鄂河谣

陶健 著

上海文艺出版社
Shanghai Literature & Art Publishing House

图书在版编目（CIP）数据

　　鄂河谣 / 陶健著 . -- 上海：上海文艺出版社，
2023
　　ISBN 978-7-5321-8759-1

　　Ⅰ.①鄂… Ⅱ.①陶… Ⅲ.①散文集－中国－当代
Ⅳ.①I267

　　中国国家版本馆 CIP 数据核字 (2023) 第 121480 号

发 行 人：毕　胜
策 划 人：杨　婷
责任编辑：李　平　程方洁
封面书法、插图：陶富海
封面设计：悟阅文化
图文制作：悟阅文化

书　　名：鄂河谣
作　　者：陶　健
出　　版：上海世纪出版集团　上海文艺出版社
地　　址：上海市闵行区号景路 159 弄 A 座 2 楼
发　　行：上海文艺出版社发行中心发行
　　　　　上海市闵行区号景路 159 弄 A 座 2 楼 206 室　　201101　 www.ewen.co
印　　刷：三河市华东印刷有限公司
开　　本：880×1230　1/32
印　　张：9.25
字　　数：216 千
印　　次：2024 年 1 月第 1 版　2024 年 1 月第 1 次印刷
Ｉ Ｓ Ｂ Ｎ：978-7-5321-8759-1/I.6904
定　　价：75.00 元

告读者：如发现本书有质量问题请与印刷厂质量科联系　 T：0316-3312202

2020 年的全家福，一直没注意，
翻拍的时候才发现，照片仿佛被美颜……

序 一

闫建国

去冬，在侯马工作的陶健同志找我，说准备将自己平时写的诗文拢到一起出书，想请我写个序。我没有犹豫就答应了，我对他很了解，知道他爱写在平阳大地汾鄂二水及吕梁山脉火焰山间的所遇所感所思，这里也是我的家乡，乡情所系，在所不辞。不久，拿到了他这部七八十万字的书稿，既惊叹其数量巨大，也敬佩他用功之勤，《鄂河谣》《有距离的地方》《看云闲笔选》《闰七月的孩子》一一读来，时时被其间流露出的真情和睿思所打动。

他的书饱含乡愁。乡愁是什么？辞典里说乡愁是思乡的忧伤情怀，我的理解，乡愁就是唐诗所谓"片云凝不散，遥挂望乡愁"的那种依恋，是对家乡的爱，是爱党之心、爱国之情和民族自豪感的根基。他的作品呈现出来的，就是满盈盈的乡愁。有对故土山川、人情风俗由衷歌赞的心声，有对人间朴素真情的眷恋与赞美，有对人生成长进步之路的思索，有对民族历史文化点滴的感悟……这些文字，读来宛如行走在乡村的黄土道间，嗅到来

1

自庄稼与杂草混杂绿植的淡淡的清香、泥土的气息，展露了作者人生体验中真实立体的乡愁情怀。这种乡愁，看似一事、一情、一思，实则融入了一方水土、时代脉动和拳拳赤子之心，充满了"为什么我的眼里常含泪水"的深沉之爱。

他的书探讨人生。文以载道，文字因为有思想而有生命，如果只是吟风弄月、强说愁楚，或只是自说自话，不问苍生，或寻章摘句，故作高深，都算不得好文章，甚至只能说是辞藻的堆砌、漂亮的废话。作者在《千古事》里，对文章的担当直抒胸臆，在《时间简史：一本更多给予我人生思考的自然科学书籍》里对人生天地间的依据、人的理性真纯宽厚和未来运命进行了深刻反思，在《关于我世俗一回的记忆》中对世俗和文明进行了探微。书中还有很多这样的思索流淌其间，而其鸣奏的主旋律就是：人生道义、家国情怀。

他的书温婉情深。散文之美，强调意在言外，情在境中，通过细节描写，表达出复杂细微的思想情感，准确反映事物特征，描摹出优美的意境。在乡愁的红线之下，他的书又交织着一条情感的辅线，亲情、爱情、友情，以真善美为取向，自由抒写着人类的普遍情感。如果说"乡愁"是这套书的骨架，那情感就是血肉，有骨有血有肉，情感真挚的叙写充满了人生的温度，这温度来自对生活细微而真切的感知。如《铁环》说"回家吃饭，走进院子，听见外婆说……我轻轻地又走出院子，靠在墙上，心头一热，泪水流了出来"。这个细节把寄人篱下的"我"在委屈与关爱之间的心灵感受写得透彻感人。正是这无数的细腻描写、细节刻画，像一颗颗珍珠嵌缀在书中，使情感的力量让人在阅读中感到温暖。

他的书质朴深沉。写文章，语言是最基本的功夫。文章语言好，并不是使用的成语多、辞藻华丽或奇诡就好，而是在平常语言的运用中酝酿出味道来，就像粮食发酵能酿出美酒。好的语言，与内容浑然一体，与所表达的情感与思想一同穿越时空，抵达与之有缘的心灵并形成共鸣。作者对情感张力与理性表达二者的把控，形成含蓄隐忍而又直达人心的写作风格，而其语言则让人感到是从沉甸甸的生活中点点酿就的，有着时光沉淀的、生活浸润的、心灵激荡的浓郁味道，像乡宁山间米酒的厚朴醇香，像襄汾油粉饭的微酸绵长。如《四月八》一文写道："其实我小小的心灵深处，是多么期盼年年四月八逢会可以有新背心。没有的我，有浅浅的感伤，可是我不说。"

陶健是基层干部，他坚持在工作中锻炼党性，在阅读中涵养情操，细碎繁重的机关文案工作和业务工作没有打磨掉他对生活的热情，没有消解掉他对文学的热爱，他以细腻含蓄的心思，真诚浪漫的情感，朴实隽永的笔触，在工作之余，在生活之暇，思考着、探索着、记录着，留下了这一页页人生印迹，让我们深切感知到新时代党员干部内心最深沉的家国情怀和道义担当。我相信陶健作品的出版将会成为临汾文艺事业发展的一个重要成果，受到广大读者的欢迎和好评。希望陶健同志在文学道路上孜孜不倦，越走越远！

是为序。

2022 年 2 月 16 日

序 二

王醒安

陶健同志要将这些年写的一些诗文结集出版，托我写序。我实不能推辞，因为陶健同志是我在侯马工作时看得上、印象好的一个年轻人。在我的印象中他不爱张扬，性格内敛，谦逊好学，颇有自己的思想见地，文字功底扎实，喜爱文学创作，较好地完成了我交给他的许多写作任务，再加上陶健同志也是襄汾人，所以我与这位年轻人便相识、相熟、相知了。

我认真读完陶健的集子，脑海中浮现出陶健人生经历的种种画面，很是感动。乡宁山居、鄂河成长、太平岁月，这些经历构成了他人生最基本的底色，透露出一种浓厚的人文情怀。这本集子既有他经年累月、回首往事时间上的距离，"记叙小小人物、小小趣事、小小快乐或感伤"，又有他走过这么多地方生活的空间距离，可以说，两者皆为熟悉的曾经历的空间和时间，如今蓦然回首皆为风景。集子中经历过的那些人和事、细细品来，历历在目，仿佛一幅幅图卷跃然纸上；还有相当篇目为记事，记录生活中的所见所闻，并于事中剖析自己，直抵灵魂。我欣赏的是陶健同志能用既平常又朴实的文字语言，通过提炼、升华，来表达自己的真实情感，总结了许多人世间的哲理感悟，值得一读。

推荐大家读读这集子，我觉得能给人以正能量。这正能量就是"乡愁"，就是融入了一方水土，融入了时代脚步，融入了拳拳之心，是对家乡、对亲人、对大好河山的浓厚的爱。

她能带你共同感悟人生，如文中所写"在听戏间，梦一般不期而至，戏完了，梦也醒了，你会觉得过去的都是一种幸福、一种感动，人生滋味，大抵如此"，等等，这样的感悟在集子里还真不少。

陶健给青年干部的业余爱好做出了榜样。陶健在完成好本职工作的同时，能跳出公文的窠臼，挤出时间搞文学创作，这一点特别难能可贵。时间是公平的，爱好是不同的，愿我们的年轻人都能养成"爱读书""读好书""善读书"的习惯，养成积极健康的生活方式。也愿陶健同志能坚持不懈，读更多的书，写出更多更好的文章。

是为序。

大山里走出的孩子（代序）

乔　琰

陶健先生要出书了，是新闻，也是旧闻。所谓旧闻，说的是，多年来陶健笔耕不辍，每每有妙语新作，便发来与我共赏，自然，出版便是水到渠成、不足为奇。新闻是，他行云流水，一口气就是几大本，把他这些年来的所想所思，除去一些不宜公开的，全部整理出来，一股脑出版，这是需要下很大决心的。

这些年，新媒体时代，读书人可能被视为另类、奇类、少数类。但陶健执意于此，可能是一种情结，可能是想对半百人生的一个期中小考，既如此，乐观其成。

陶健嘱我作序，说他的书，让我作序，让他的叔父、考古界泰斗级人物陶富海先生作跋。这让我很有点惶恐不安，很有点受宠若惊。但陶健认死理，说非我莫属，说我懂他。既如此，那我只好从命，写写我认识的陶健其人其文，不知是否算作真懂他。

我和陶健，相识于汾城中学高二时期。

当年，那是一座上了发条的农村中学，进了这座学校的同学

6

们，每天行色匆匆，生活里的每一个间隙，都像是在和时间赛跑：去食堂需要跑步、打开水需要跑步、上厕所需要跑步、去教室需要跑步……在这样的紧张生活中，我和陶健，因为不在一个"号子"（我们把宿舍叫作号子），所以整整两年，并没有多说过几句话，更多的，只是观望：咦，这家伙读课文读得这么好；咦，这家伙作文写得这么漂亮；咦，这家伙人缘这么好。

嗯，陶健这家伙人缘好，而且"蔫捣"。他似乎是他那个"号子"的精神领袖。"号子"里的其他同学，围在他身边，待他如兄弟，如一家人。"蔫捣"类似于如今的"闷骚"。陶健话少，但很有机锋，一群同学打打闹闹时，他并不轻易出招，语出必惊人。而且"捣怂"起来，会让周围人哈哈大笑，纷纷折服。

我和陶健，熟识于大学时期。

陶健上了一所培养领导干部的学校的大学班，虽然毕业证发的和我一样，都是山西大学，但四年间，人家学校的伙食，比起我们，好了很多。所以，每逢周末，我们便去蹭饭，刚开始蹭得不好意思，后来蹭习惯了，有阵子不吃他们食堂的饭，就特别馋。就在这样不断地蹭饭中，我们逐渐越走越近。

陶健上这所学校，报这个专业，如今看来，一点不奇怪，他有投身宦海的理想，他有出人头地的渴望，他有建功立业的本领。只是陶健骨子里是个文人，年少时期，谁能想到，一个文人从政，一个平头百姓的子弟从政，会有多么艰难。但年少时期，大家不会有悲观，有的是指点江山、激扬文字的豪迈以及对人生的憧憬。

陶健文章好，高中时写作文，经常被语文老师当作范文宣读。进了大学门，开始写文章，写小说。大学刚刚毕业，我曾经收到过陶健的一篇小说文稿，写在300字一页的稿纸上，厚厚一杳。小说的内容，我一下子想不起来，但我记得，当时我看完这篇小说，立马也冲动起来，以陶健为榜样，买了厚厚的稿纸，写了厚厚的一本，起了个标题叫作《驴鼻子前的草》。后来，搬家多次，找不到了。

陶健文章好，字写得更好。大学时的陶健，练"十七帖"，练"鲜于枢"。端庄秀气，很有骨感。而且我知道这家伙这么多年一直没有放松，一直在写字。前些日子，在手机上看见了他一幅作品，苍劲有力，干净大方，着实让我眼前一亮。可惜这家伙从不示人，低调得过分。

我和陶健，惺惺相惜于最近几年。

八年前，时势造化，我做了一个新媒体平台——"老家山西"，刊发一些乡土乡情、游山玩水、民俗风情之类的文章，因得风气之先，竟然小有所成。在"老家山西"上，逐步认识了许多地方贤达，每日隔空交往，以文会友，倒也自在。有一年，刊发乡宁一文友的一组文章，没想到千丝万缕，竟然结识了许多乡宁人，了解了许多乡宁事。这期间，陶健这个老同学，也通过这个事件，走向前台，开始在"老家山西"上，首发他写的《鄂河谣》。这是一组记述他在乡宁生活经历的文章。作为第一读者，我才感觉到，我是刚刚开始了解我的这位老同学，也正是通过这组文章，我才逐渐感觉到，原来我们的心跳，竟然有着神奇的合拍节奏：陶健的细小的感觉，陶健文中想表达的情绪，陶健对世间人情的感受，一步步让我触摸到了一个熟人心底最柔软的一面。

的确，在你的身边，可能有许多你觉得特别熟悉的人，其实，你根本探不到他的心底。但文章不会骗人，在他的字里行间，你感觉到的，才是一个真实的"熟人"。

陶健生在襄汾，长在乡宁。乡宁，是和襄汾紧紧相邻的一个山区县。在我们小时候，农业为王，平原上生活的人，因为种粮方便，常常有生活上的自豪感，他们把乡宁这些山区县，统称为"山里的"，甚至还贬称为"山毛"。但山里人根本不以为意，他们会宽宏地一笑，不与置评。他们对这座大山的感情，哪里是其他人能够理解的呢？

时过境迁，近些年来，我常常游走于大山，也结识了许多大山里的朋友，在他们身上，我常常会觉得自己原来是如此庸俗不堪，大山里的孩子，大山里走出的人，他们身上的光辉，让这座山，成为我向往的地方。

乡宁之于陶健，就是这样一个温情的所在。在《鄂河谣》里，陶健说："村子右脚下鄂河冲积的平坦的大片开阔地，有几千亩吧，肥得流油，又从村东辟了水渠引鄂河水灌溉，种菜蔬，西红柿茄子豆角黄瓜北瓜胡萝卜辣椒芫荽菠菜，等等，特别是绵香可口营养价值极高的山药，闻名遐迩……""这一方水土滋养的一村好几百口，人人说起话来，唱歌一样，悠扬婉转，拖着调调，朴实而热烈，情感浓而意味长……"

《鄂河谣》《山居吟》是陶健乡愁最热烈的一组文章，在这里，有他的芦苇地，有他的下县村、尉庄，有他的姥姥、舅舅，有他的老师、同学，还有他少年时所有的情愫。每一个活灵活现的场景，都充满了浓郁的淳朴味道。

你在哪里长大，哪里就是你的故乡。所以，我更认为，陶健就是乡宁人，他对乡宁的记忆，让我们打开了一扇通往我们儿时的大门，打开了一扇认识乡宁的窗口。让所有读者对乡宁的认识，停留在那可亲可亲的鄂河，可香可香的绵山药、烫面油糕里。

襄汾虽然是陶健的老家，但陶健走近襄汾，却是在忐忑、胆怯的心态下，惶恐不安地回来的。乡宁大山，给了陶健一个温暖的少年，当他离开乡宁，这个走出大山的孩子，内心的不安在《太平歌》中有着清晰地描述："一脚踏上襄汾的土地，强烈的阳光给我造成的那一阵眩晕，还有定神以后看到的车站种种乱象，浓烈的柴油、汽油燃烧的令人作呕的气味，车一走动便尘土飞扬，苍蝇在空中自在随意飞行或在摊点的水果上走爬……"

我也曾有着相同的经历，那时我刚上初中，离开我儿童时的玩伴，离开我的村庄，我到达的那个地方，同样让我感到不安，在一个相当长的时间里，我的抗拒、我对故乡的思念，至今想来，刻骨铭心。

但襄汾，毕竟也是陶健出生的地方，他"就这样，我走着，遇见人问着，往南贾去。一路上那收获过的袒胸露乳的麦田，那正在吱吱长高的棉花……""我对南贾又是异乡一样的陌生，显得有点异类，由此形成了我对哪里都留恋、对哪里都想出逃的心，我的精神始终有一种流浪感"。

近乡情更怯，不敢见来人。那是游子归来的胆怯，陶健还不是，他是在纠结错杂的情感下，他是在被乡宁大山滋润的温暖下，突然走近生他的地方，想逃避，但又不可抗拒。

幸好，陶健有着良好的学问底子，很快，他走进了紧张的高中生活。学习好，在那个时候，是一个响亮的名片，会让所有周围的老师、同学去关心关爱你。在陶健的笔下，这一组生动的高中群肖像，虽然他有顾虑故意避嫌，但仍让我们感受到了一种活泼的生活景象。

大山里走出的孩子，注定是敏感的，注定是有着强烈自尊的。他们对身边的人和事，可能表面上客客气气，但骨子里，却

有着自己犀利的看法。陶健的《闰七月的孩子》《看云闲笔选》
等，这种敏感和自尊，不时闪现：

我也是拔剑四顾
也一直想做一条好汉
可是每个人的人生
命里都有自己
无法消解的十二道金牌
……

——《拔剑》

花的绽放
气息潜伏迷魂

一滴泪水
把夜月揣在胸膛

他们糊涂地清醒着
洋洋得意沾沾自喜

我清醒地糊涂着
默然却不是沉默是金

——《悲哀与无耻》

毕业后的陶健，分配到一个小城市，开始做老师，后来进机
关。生活慢慢磨掉了一个曾经豪情万丈的孩子的进取心。当年，

他壮志凌云，以那所著名的领导干部学校为起点，以为从此可以踏上一条衣锦还乡的路。可是，对一个最最底层的小人物来说，从最最底层起步，想都不用想，一次次受伤的经历，是怎样让一个青春的少年逐步变成一个冷静的中年。

比别人强大的，是陶健的阅读与写作。这么多年，他对故乡的记忆，他对故人的怀念，他对生活的感悟，他对人情冷暖的认知，就这样一晚上一晚上地在他的笔下流淌，凝结成《山居吟》《鄂河谣》《太平歌》《闰七月的孩子》《看云闲笔选》等。

陶健喜欢苏轼，自号"坡公门犬吠"。东坡先生一生，仕途坎坷，然洞彻人生，终成文坛领袖，且笔力雄健，《寒食帖》惊为天下第三行书，后世楷模。后生追随，身处体制内的陶健必当是有更多感悟，这一切，可能都隐藏在这厚厚的一套文集里，读者诸君，需细细揣摩，方得妙处。

是为序。

目　录
CONTENTS

柏山闲言

　　一片黄土高原的经典，粗犷，豪放，博大，深沉，本色。可是，残塬断梁，沟沟岇岇，植被稀疏，风雕雨塑，开发的田地里庄稼并不茁壮，一片一片缀联了，使你的目光无处躲藏。愣怔吁叹了，你会不会有一种感觉：苍凉而单调？

　　六岁至十六岁，我就生活在这样地方的一隅。人说，常住的地方没有风景。我对这地方的确曾经十分失望：西临黄河，下为龙门，溯有壶口，相去都不过数十里，名则名矣，却被揽入了别的县市怀抱；历史上，也无十分显赫名人，出过一个叫郑崇俭的兵部尚书，虽效忠皇帝却被杀，是镇压李自成农民起义的头儿，这样人物，不提也罢。这地方的名字叫乡宁，吕梁山南端的一个寻常县份。然而，随着时光流转，见闻稍长，就感觉到，这失望印证的不过是无知。在黄土文化厚厚的积淀里，也许在地上随便踢一脚，就会踢出令人肃然穆然的事体。

　　就说乡宁县城东十五里的柏山吧。

　　有的时候，无知的便是有趣的。关于柏山就是这样。在乡宁县城西两里之外我外婆的村庄，二十多年前村小学的一位女教师给学生们讲柏山的故事。原来，柏山这片地方是条平平坦坦的路，一日，一个爱财如命的土财主从一个穷苦人的手里抢得了一个聚宝盆，这盆儿是神仙可怜穷苦人忠厚善良而赠送的。土财主拿着盆儿往回走，心里盘算着往盆里种金子银子，可是在半道遇上了响马，他急中生智，把聚宝盆用土掩埋了，又怕过后找不见，就从道路旁的柏树上折了一枝，扭了三扭，插在那里做记号。谁知轰然之间，聚宝盆里的土长成了山，柏树的枝子长成满山的柏树，都扭了三扭，土财主被压在了山下。我就是那些学生中的一个。我同大家一样听得笑声灿烂明媚，心下生出许多神奇的想法来。民间故事表达的只不过是老百姓美好的愿望，而柏山上的柏树，大多果真是扭曲着的，这便真有些奇异的味道。

如果用一个比喻，我会说柏山是嵌在黄土高原的一颗翡翠明珠，这当然不无偏心生养地之嫌。而柏山山形圆润一如大福之人的面庞，绿色从山脚绣到山顶，则是实实在在的。鄂水打北侧西去，淙淙如千百年的耳语，是小家碧玉式的、内敛的美。清乾隆版《乡宁县志》说："柏山（城东）十五里，孤峰圆直，古柏丛密，川分南北，上有晋大夫荀息墓，宋建隆建庙山腹，至国朝阔大之。"

有一年冬天，柏山脚下的村庄一个远房亲戚婚庆的日子，我前来参加婚礼，与人偷闲唯一一次登上了柏山。而那已然不是游逛的时节，天蓝云白却寒风凛冽，在满目的苍绿里，在龟裂干劲的树干间，脚下枯草与柏叶沙沙……从不是路的地方，我们登上了山顶，出了一身汗。这实在是一座不高的山。登上这山，不是因为奇异柏树的吸引，而是在于山顶有一位躺了两千多年的人。早先我听说过他——荀大夫，上中学以后，以为是给我们写了教材内容《劝学》的荀况，后来是父亲那本乾隆版县志纠正了我的错。荀息的墓已然残败不已，墓边有一个成人深的坑，显然是被盗掘的伤痕。我抚那披了干苔的墓砖,在寒风中吁唏良久。这是一个愚忠的人,但更是一个智慧的人。公元前651年,晋献公病重,群公子在外,其党在内,献公托孤于大夫荀息,命荀息做奚齐的老师,荀息说:"臣竭其股肱之力,加之以忠贞,其济群之灵也,不济则以死断之。"(乾隆版《乡宁县志》)骊姬之乱不得人心,献公重色而立骊姬子奚齐。献公死,中大夫里克、大夫丕郑杀奚齐,荀息又立骊姬娣子卓子。里克将卓子杀了,又鞭杀骊姬。荀息自觉有负献公之托,自杀了。他的生与死都处在矛盾之中:他要忠于献公托孤之命,而这孤又是不得人心的骊姬之子奚齐;他的忠贞虽可嘉,却是愚忠。

我不知道县志为什么只记载了荀息这样的事迹,大约是封建帝王统治的需要吧愚忠不过只是他很小的一个方面,他是晋献公倚重的人物之一,晋国伐冀,会虞师伐虢,假虞伐虢,都是他导演的著名历史事件……正是这智慧,晋国才勃兴,奠定了晋文公实现霸业的基础。

各代的乡宁县志,艺文类多收有关于柏山的文章和诗歌。对荀息多是喟叹惋惜其扶孤不成之事,不免小文人的迂酸之气,实在意境不高。这也似乎说明了为什么县志只收荀愚忠的段子。这些诗文总让人感觉是应景之作,作者皆不是自然而然由心而发,而是总想着不朽什么的,可惜也只能收入县志,凭借权势——诗文尽是旧县官僚乡绅的。收入县志似乎可以不朽,但诗文令人过目即淡忘,某某名字更无人识得。

柏山西北侧腹地的柏山寺,已年久失修,颓态尽显了,据说政府在逐年拨款修葺了。

附近村子的人,把柏山叫作猪头山。他们说站在某一位置看去,柏山跟一颗供奉的猪头似的。这倒也应了民间富态之相与柏山之貌，而民言志文则差异大了。乡宁煤丰质优，这柏山前后干涸的河川里，便有炼焦厂、洗煤厂，还有县属的建材厂——生产水泥的，于是这村子，这山，总也不免煤烟骚扰，当然，风向好的时候还能见到白亮亮的日头。

　　旅行远足，若是喜欢凑热闹的主儿，还是别到这柏山来；若是想把心脉与黄土地连接，这柏山，倒真是一个不错的去处。

2001 年 3 月 28 日

梦 见

对礼堂看门的徐姓老头，我素来是不在意的，他不过凭了弟弟是个小领导，才每月挣这二百元清闲钱。然而，癸未之春流行的那场非典型性肺炎，搞得人心惶惶个个自危，各地各单位都设卡查验，老徐头就负责我们这片的卡。我因此才与之搭了话，并相熟，才想，人哪，只要是人，只要是生命，就有其生动、苦乐、趣事。

名义上是门卫，老徐头的主要工作，其实是扫大院。每天天麻麻亮，院子里的哗哗声就会响起来，不管有没有脏东西，有没有落叶。那声音，从容、沉稳、有节奏、有力度。中间，定然会停两回，这是老徐头在歇息了，并不是真的累，干了一辈子农活，扫个院子值什么呢？是要吸烟。老徐头吸的，是水烟，却没有水烟壶，只有小黄铜管弯成美术字"7"模样的烟锅。吸的时候，圪蹴着，幽幽的眼望了远处，左手持烟袋锅，小指无名指与手掌夹着袋口口垂吊着，右手拇指与食指进入盛烟丝的小塑料袋，摸出适量烟丝搓成团，摁在烟锅里，打火机点着，吸三两口，长长地，才熄火，吐烟，喘两口气，再猛一吹，烟灰蛋就不知射到哪里去了。吸美了，装起家伙，站起来，往手心吐口水，一搓，又掭起了扫帚……

五十年前，正搞农业合作化的时候，老徐头的父亲去世了，母亲说："孩子，家里得有个男人，撑门事，挣工分……"母亲话没有说完，小老徐头就说："妈，我不上学了，我回来干活。"母亲瞅着他，眼泪就涌了出来。他说："我是老大，应该回来，咱就供弟弟好好上学吧。"老徐头选择了责任，也就选择了做农民的命运，背起了苦焦的日头。

老徐头辍学时还是班长，是尖子生，而弟弟也没有辜负他做出的牺牲，考上了大学，分配在县里工作，年龄不小的时候，熬上了一个局长。老徐头的弟弟是知恩图报的人，先后给老徐头的两个儿子安排了工作，给老徐头找下这门卫的活儿。老徐头人长得瘦瘦小小，长年农事劳作，背早有些弯了，穿最小一号的老式橄榄绿警服，仍嫌宽松，袖子老挽着。其肤黑红，但显得健康，眼睛深陷，鼻梁颧骨便显山露水。头是剃光的，长出些灰白的短发，头一样圆的形状。他这个样子，不说，没人能与他的小领导弟弟联系起来，小领导可是中等身材、方面大耳。

老徐头的屋子，间小，窗也小，觉得憋人，却收拾得挺齐整、挺干净，东墙上挂着一把板胡。板胡，是我们这里流行的蒲剧的最骨干的伴奏乐器之一。老徐头原来是个心灵的人，年轻的时候，自己买了把板胡，拉拉，便会了。县蒲剧团缺人手，就凑上了摊子，走南闯北，跑了不到三年，因了种种机缘，终是没有转正，又回去种地了。偶尔的雨的夜晚，机关的楼空荡荡的，板胡的奏鸣声会从他屋子的明亮而泛黄的灯光里飘出来，低沉、哀婉、缠绵、悱恻。老徐头的老伴，去世已经八年。五六年了，这琴声我遇着不超过三次，了解了些老徐头，心下不由喟叹：一个种了一辈子地的人，居然能锯出很感人的曲子来，而根植于黄土高原的粗犷高亢的蒲剧，居然还有挺抒情细腻的曲牌。

相识相熟了，没事，遇见了，我就和老徐头白话白话，反正，他见天就在这楼前转。老徐头实际上是很风趣的人。他讲自己"刀在石上磨，人在世上磨"的事，赶驴车跑三四百里进吕梁山拉炭，蒲剧团的小旦唱功如何好，等等。也讲不着边际的笑话，甚而带点黄色味道的。

有一回，老徐头说："夜儿个晚上，我咋就梦见我的头牯了，头牯么，就病了，我把它拉到兽医站，打了一针，针眼么，就喷血，摁都摁不住。头牯说：'咱回吧，我疼的。'我说好啊，就回。回的时候，天么，就下开了雨。在泥地里走，走走，走不到，走走，走不到。雨人家是不大也不小，倒老淋得眼窝不好睁，你还老得给头牯摁着针眼。"顿了顿，他又说："我那头牯，给我帮忙做了十年的庄稼，梦啊，怪！"叹口气，眼里水水的，摸出水烟锅子，慢慢地吸，烟锅里咝咝地响，烟袅袅飘着，散去。

他的头牯，是一条小灰毛驴。

老徐头讲的这个梦，使我在潜意识里觉得，他的精神有着其深刻丰富的一面，我说不清楚，而这也不是弗洛伊德的解析就可以解释得好的。

"徐师傅，又梦见啥了？"我于是就爱问。他答过"板胡的弦变成麻绳啦"，答过"娃咋的就下岗了"，答过"还能老梦"。

梦就是时光隧道，梦就是心之所系。我没有对他说。

2003 年 9 月 4 日

落地生根

　　少也在六年前了，一个乡下的年轻人，不知道通过什么关系，谋到了在机关礼堂看大门扫地的差事。

　　机关礼堂的两侧，各有二十来米宽的地，黄土裸露，生有数株高大泡桐与瘦弱松树，黄土地面而外以齐腰高的冬青墙相隔的，是不够宽敞的水泥道路，水泥路通往礼堂后面的一些单位、一些家户。年轻人要扫的，主要就是这地、这路——因为有单位和住户，便常有纸屑、塑料包装袋甚至小孩子的便溺。

　　年轻人来的时候，扛了个塑料编织袋，袋子撑得肥肥的，隐约看得到里面被褥的红红绿绿。他的宿舍就被安排在礼堂外侧的矮小平房。年轻人公牛一样壮实，四方大脸，脸有横肉，却无凶气。头发天生的泛红，而头发泛红的人肤色必白，胡髭稀少，他正是这样，还戴副大片的眼镜，我估摸他是没有跳过高考龙门的鲤，眼睛却坏了。那是春夏之交，说凉爽也凉爽、说炎热也炎热的季节，现浇顶的小平房，已然是个小温室了。但是年轻人激情的温度也许比此更高，我就是农村出来的，我能够体会到他的心情。

　　次日的清晨他就开始工作了，扫起地来，穿一件大红的背心，蓝色裤子，解放球鞋，浑身上下都是淳朴勤恳的气息，使的竹扫帚硕大，却轻巧，显力度。扫的过程中，他会自然而然按照最省力的原则把地分了片，而扫之前，都先用铁锹耙子将冬青墙角里的垃圾清理出来。扫完了，他会坐在礼堂前的台阶上，点一支廉价的香烟，看忙上学的、忙上班的、匆匆行在街面上的各色人等，落着自己的微汗。

近一年的光阴，除了扫地，偶尔被叫去搬些笨重器物，几乎就没有什么事情可做了。好在有书。想看书，书却贵，只有租，这也要隔三岔五的，武侠侦探的，看多了也没有意思了。年轻人的生活和工作便很枯燥，很寂寞。开始的时候，他曾试图同路上来来往往多的，面熟且和善的人打招呼，拿腔拿调地操着普通话说："你好！"想可以交个朋友，起码是熟人，回答的却几乎一色的是冷淡的"唔"，或猜疑的、摸不着头脑的目光。寡气，他这样评价城里人，就再也不去问候本来就不相识的人了。寂寞的街道，寂寞的小房子，寂寞的时光……城市的繁华热闹里，原来隐藏着意料之外的巨大冷漠。而冷漠最能挤压的，就是初进城市的乡村人的情感，挤压出卑微，不服气，还有欲望。

在乡村人的眼里，能在城里谋个差使，那是有神通才可以的事情。无论年轻人在城市的生活感受如何，乡村人都觉得他是有本事的，而且一个俊俏的小媳妇可是真实地娶到了家。媳妇好着呢，他就是常常遗憾她脸上的"太阳红"，他觉得城里有的女子的白嫩肌肤更可心，媳妇倘若生在城里，会比她们更漂亮。人生在什么地方是无法选择的，但是他可以给媳妇买洗面奶，买嫩肤霜。于是他就像钟摆，奔走在城市与乡村之间。钟摆的跨度是一拃，他的跨度却是六十余里。媳妇知道他在城里扫地，但是也知道他的工作叫保安，可以揣上现金，心里熨帖着哩。她更知道城

住了四十年的老院子

里的人看不起乡下人，看不起就看不起呗。一次在带美丽女人逛街的时候，看着衣冠楚楚的城市人，突然年轻人读过高中的书生意气在脑海里奔突：我为什么就不可以带着妻子甚至未来的孩子生活在城市，为什么就得扫这破地，为什么生活在农村就矮半截儿？

人年轻的时候都会有些不安分的。

礼堂前有一个小广场，隔条马路，有几个小摊点，卖麻辣烫的，羊肉串的，煎饼果子的，油炸牛排香肠的。这些摊点的生存，靠的是西边距此一百多米远的市二中的学生。一个早晨，一个学生递钱的动作，使刚扫完地的年轻人眼睛一亮。他仿佛看到了二中数千名的学生，与他们作为孩子的贪嘴儿，而城市孩子兜里的零花钱应该是比较丰裕的。他不懂得市场、经营，诸如此类的概念，但是潜意识里感觉到了其中的商机，现有的几个摊点也实在太缺乏魄力了。

三两套矮脚的条桌凳，一把防雨遮阳的大红色巨伞，几个煤球炉与一个燃气灶，配以必要的锅碗瓢盆，外带一辆从旧货市场弄来的人力三轮车，车上拉了喷绘的招牌——麻辣烫，这是其他所有摊点所没有的，于是看起来就更像回事儿。就这样的固定资产，年轻人同他的女人把一个有规模的小吃摊扎在了市二中旁边的一条胡同口。这样的摊儿，活儿零碎，细，按规模，劳动强度很大。菜啊肉啊油的，买，洗，切，串，得照顾好火，一样一样的往熟里侍弄。孩子们来了，就聊，时日一长，颇似朋友了，见天如此起早贪黑……

有那没有带钱的孩子，下了学实在饿了抑或嘴馋了，就和他们商量：我吃多少多少什么，给你串多少羊肉或麻辣烫串。商量好了，就吃，就串，孩子有的是气力，而年轻人两口子自然算计叫孩子们多串一些。最初形态的剥削就有了。

冬去春来，时光把年轻人往中年里雕刻，而他们的一个虎头虎脑的小子就仿佛草一样自己长大，如今已经在市委机关幼儿园上学了。由于事业的关系，年轻人和妻子的衣着十分随意。他是廉价的西装、夹克、T恤，随四季而变，但总离不开一件土色的有很多兜儿的马甲儿；女人也穿城市风尚的衣服，偏好红色，却总有抹不去的些许乡土气息，但是干练，只是日晒风吹，皮肤不细了。

我家是礼堂后面的一个寻常住户。一天妻子下班回来，神秘兮兮地说："你知道二中旁边卖麻辣烫的那两口子，这几年挣了多少钱？"

这我如何知道啊。

妻掰着手指头算："他们已经在我们这座不大的城市不错的地段买了两套三居室，二十来万吧，二中刚集资的门面房人家又通过什么关系报了两间，八万，想一想人家摆那样个烂摊儿……咱这工作干得有啥意思？"

我听来觉得简直有些匪夷所思，而这一定是实情。老百姓说，好汉不挣有数的钱，而我还在为一套房子的钱节衣缩食、愁眉苦脸呢！

1998 年 10 月 27 日

心的朋友

——记作家李锐的一次文学讲座

20世纪80年代，中国文坛"晋军"突起，领一代风骚，李锐便是其中的一员主将。80年代末期，我在省城太原求学，一个冬日的下午，班里有文学爱好者，竟然请到了这位红火而创作十分繁忙的作家为我们搞了一次文学讲座。

那时，大约是这位作家最得意也最烦闷的日子。《厚土》系列小说风行海内外，译成多种文字，文坛上好评如潮，其中《合坟》还荣获了1985—1986年度全国优秀短篇小说奖；而另一方面，来自某些人的诘责，把他的作品和张艺谋的电影《红高粱》一样地批，说是只把中国的落后、阴暗面展示给外国人看，丢民族的丑。如此大的帽子，谁的头颈堪受！

讲座是在能容纳二百人的阶梯教室进行的。李锐先生在我们这里写诗颇有些名气的同学的陪同下走进来时，等着的我们立刻掌声雷动，他便忙挥手示意。这是我第一次见一位全国知名的作家。我久久地细细打量他，奇怪这么一个瘦劲的，眼有点瞪、颧骨有些突出、留小胡子、头发有些像鲁迅的普通模样人，如何能妙笔生花，写出篇篇经典的小说。在我出神之际，他已脱下半大的褐色呢大衣搭在椅背上，身穿深颜色的西服，给大家鞠个深躬，开始讲了。他的讲座全然不似他的作品那样冷峻、内敛，他讲得很激情，急于倾诉的样子。讲座内容大致是探讨人性与生命中最为深层的东西的，我只记得思路很开阔，也很真诚、深刻，没有一点儿敷衍的东西。他讲课的时候，下面静悄悄的。而坐着的他时不时就会站起来，难以控制似的，偶尔还会反问他的批评者。我不禁想起当年法国启蒙思想家卢梭为他人诋毁陷害，曾愤然书而辩白……李锐当时还年轻一些，现在大约不会那样容易激动吧。功过自有后人评说，时间会还给人们一切公正的。我学习向来喜好老本家渊明先生的"好读书，不求甚解"，觉着得靠个"悟"字，不爱记笔记。但俗话说得好，好记性不如个烂笔头，他讲的详细内容现在我已不甚记得了，想来实在遗憾。但他的精神气质已全然印在我的心间，因为我那时也是个热爱缪斯的人，对他甚至有点崇拜，其《眼石》我就读过好几遍，每次读完都觉得胸间压抑得透不过气来，我喜欢那种说不出的深刻。

听他的讲座令我最难忘的事，是后来大家给他递条子提问题。由于时间关系，他只挑了三个做了回答，其中就有我提的，而且回答的时间最长。当时我激动得莫可名状，而他又曾在我的家乡邻县插队劳动，当过工人，我觉得自己同李锐有一种机缘。

时光是白驹过隙。后来我大学毕业分配工作，飘零在一座小城，一待就是十年。其间，我从零零碎碎的消息里，知道他写了几部长篇小说和一些散文随笔，然而，这个年代，不知是谁远离了谁，人们对文学已然不如饥似渴，文学对人们可有可无，甚至形同路人。在文学的尴尬处境中，像李锐这样比较纯粹的作家，也无法摆脱其影响。我没有看过他的这些作品，只在一个偶然的机会里，买到一本以《厚土》为主的小说集、长江文艺出版社的跨世纪文丛之一《传说之死》。作者在书的代跋《留下的，留不下的》中有一段文字，恰是那次讲座的中心思想，也正好能弥补我听讲座没有笔记的遗憾："幸亏造化在给我们死亡的同时，也给了我们回忆的智慧和力量。由此，逝去的生命的堕入永远黑暗冰冷的寂灭时，也有机会获得动人的喧哗。每一秒钟留不住的生命，却也都会留下每一秒钟的记忆。如果你有足够敏锐的感觉和才能，如果你有充沛的想象，如果你能锲而不舍地在记忆的莽林和沼泽中跋涉，那么，终有一天，你会有幸获得一个感人至深的故事，你会有幸在一行诗里，在一瞬间，与人共度岁月千年。"这也是他写作的终极意义。

如今，在这小城，在日益喧嚣浮躁的四下里，我兢兢业业地工作着，不求闻达，只愿心不为形役。李锐对我依然素不相识，而其《传说之死》在我的案头，是一汪荡涤魂灵的清泉，那里面取向于真、善、美的倔强的个性、精神的操守和从骨子里透出的高贵（高尚），是我心的朋友。

2001 年 8 月 4 日

绿绿的小鸡

　　一年级的学习就要结束了，在炎热的天气里，儿子考完试，一出校门，就急切地对我说，他的语文没问题，数学有个小题不敢保证对。

　　"没事吧？"他问我。

　　"没事，儿子，老虎有打盹的时候，人有失误的时候，关键是以后不能犯同样的错。"我并不是苛求的人，对儿子的学习，我的教育理念是：不求一百分，只求努力做得更好。何况儿子是想学好，爱让人表扬的（按妻的说法是"爱戴高帽子"），而据教育专家说，教育这般大的小人儿，需要的就是鼓励，让他有心劲。

　　数日过去，到了发考卷的日子，儿子还是问："数学没考一百分，没事吧？"

　　"没事，儿子。"我一脸宽容。

　　考卷领回来，却是语文没考一百分，九十九。错在一个"小鸡"的词前加定语，儿子加的是"绿绿的"。

　　"爸，为什么这个不对？"他问我。

　　"小鸡怎么能是绿绿的呢？"我很奇怪。

"那次我在街上买的小鸡，不就是绿绿的吗？老师为什么给我打错？"

我是曾在街上给他买过小商贩将通体乳黄绒毛染成绿色的小鸡。老师又怎么知道这些呢？

我心下不禁为儿子能自己观察，并且按照自己的观察而不是靠记忆课本来做题十分高兴，于七八岁的孩子来说这是难能可贵的。可"小鸡"的确不应该用"绿绿的"去修饰，"绿绿的"只是表面现象，是人造的"美"（其实是不美）。但是对这么大的小人儿，我能要求他去抽象出事物的本质，理解现象与本质的区别吗？

"儿子，小鸡本来是乳黄的，卖小鸡的把它染绿了。"我试图给他讲清楚。

"为什么要染绿？"

"好看好卖呗。"

久居城市的儿子虽并没有见过本色的小鸡，但还是说："染绿的小鸡也不好看呀！"

"可是他就觉得这样好看，就那卖小鸡的人。"

"好看在哪儿？"儿子好困惑。

我觉得自己是无法给儿子说清了。我不能说审美的主观性客观性什么的，他不会理解；我也不能说是小商贩们唯利是图、扭曲自然，他们想发家致富生活得好，并没有错，小鸡染绿也并无大碍；我还不能说，儿子你是对的，是这世界错了，反之亦然；我更不想和他们说的一样，长大你就明白了——大人们也有许多困惑的事情。

我能说什么呢？

两样饸饹面

山西是中国面食之乡，面食品种可谓是百花齐放。这也有其固有因缘。三晋大地表里山河，太行吕梁，雄浑莽苍；汾河贯穿南北，数个盆地珍珠一般缀连。山地丘陵平原，复杂的地形，肥沃的土地，多样的气候，孕育了灿烂的农业文明。这里自古就是棉麦盛产之地，是举世闻名的"杂粮王国"。农业发达，五谷丰登，面食在勤劳智慧的人们手里自然是花样翻新，通过蒸、煎、烤、炒、烩……什么馒头、莜面栲栳栳、高粱面鱼、烧卖、面塑、剪刀面、刀削面、拉面、拔姑、拉条子、揪片、剔尖、炸糕、一窝酥、甩饼、锅贴、麻花、锅盔、煮饼……做法不一，风味亦各有千秋。

在诸多面食里，饸饹面可谓是其中的一朵奇葩。在山西，从南到北，从东到西，饸饹面几乎是家家户户一年四季的必食之品，街头摊点也比比皆是。这是一种用面粉压制而成的面食。压饸饹有专门的工具，叫饸饹床。饸饹床身用粗壮而弯曲的木料制成，前后两端四腿支撑，中间挖一个垂直圆洞，下面镶上一块布满小孔的铁皮。床身上方加一根平行的木棍，一端固定在床头可以转动的轴上，中间对准床身圆洞设计固定一个可以像活塞一样上下运动的木芯或铁芯。使用时，将饸饹床横跨锅上，待水烧得似沸非沸时，将揉好的面团坯填满圆洞，然后将芯置于洞口，手扳木棍尾端，甚至坐在上面利用体重用力压下，面便从小孔落入锅中，自然形成面条。面条煮熟后捞入碗中，浇上菜臊子汤即可食用。饸饹多以麦粉压制而成，也有用荞麦粉或其他杂粮面粉压制的。比如晋南一带盛产小麦，一般都用麦粉压制饸饹，而雁北一带则用荞麦粉压制。饸饹的另一个关键，在于菜臊子汤的不同。

我的家乡晋南地区，古河东地，更是中华文明的发源地，是山西面食文化的重要代表地区。民间有言："金襄陵、银太平，数了曲沃数翼城。"寥寥数字，就如泼墨的国画，写尽了这里一派物阜年丰的景象。人生在世，衣食住行。晋南人一天没有一顿面（特指面条一类），就觉得吃得不熨帖，这一天就仿佛受了恓惶。饸饹面在晋南，可谓县县不同，各具风味。这里小记两样吧。

乡宁饸饹面。

乡宁县位于黄河晋陕大峡谷东岸、吕梁山最南端，有郁郁葱葱的林，也有光光秃秃水土大量流失的山，盛产煤，质优，民风淳厚。乡宁饸饹面，是百姓过日子的一样寻常饭，也是年节或改善生活的一样饭。

其做法是：胡萝卜、豆腐等菜（可以是豆角、土豆等多种蔬菜的集合，但是胡萝卜是主要的不可或缺）与羊肉切成丁，半厘米见方。将锅内油烧热（不能冒烟过热），先炒肉丁，至半熟，然后葱、姜、花椒粉、极细的辣椒粉入油，三五下搅动，红红的，即倾入菜丁，炒制片刻，倒入些许酱油，再稍加炒制，即倒入水，量不可少，最后要有丰富可浇面之汤。菜熟时放上豆腐，又熬几滚，放盐，芫姜细切，起锅时投入焖着，浇面的菜臊子即成。菜臊子汤有红有绿，观之悦目，闻之异香，食之味浓。若无羊肉，猪肉也可，或以年节时炼好藏起的荤油取一些代肉，素食自然也不错。然后，锅煮白水，似开非开。用热水将面和得软软的，要揉到劲，荞面、红薯面、白面都可以，但以白面为最好。现在生活好了，人们会以为粗粮面更有风味。面和好要醒一阵，筋丝好，揪一疙瘩，团之细长放入饸饹床子（先前多是木制，又粗又笨，如今都是省力的机械）里压，直接入锅，熟，捞出过一下凉水，爽利，挑入数碗内，全部压完，又逐碗热之，浇菜臊子汤，即可食。喜食醋者，滴入陈醋，大善。

此面，平时养人壮实黑红，有人来则是待客佳选，办红白喜事就是坐底的饭了。从前这样，现在也没变。外乡人来用过，尽赞其香美，有惧辣者，再加半句："就是有些辣！"

曲沃交里桥饸饹面。

我大学毕业分配到曲沃县划出的侯马市里工作，初，单身，工资 121 元，单位小，又穷，无灶，食即在街头寻小饭摊点便宜去处，朝三暮四地算计，一不留神就会出现赤字，家里贴补不上，嘴却不可挂起。

一日饭时，于呈王路立交桥东见一店，牌子歪扭，书"曲沃交里桥饸饹面"。试入，里面人还不少，嘈嘈杂杂，吸吸溜溜，多是干体力活的。试食，很可口，一碗五角，两碗吃饱，暗喜。隔三岔五食之，日久香味愈长，与乡宁饸饹面，不分伯仲。

时，尚不知其在远近名声之大。

此面极简，先压好面，面穿油，放一面大木屉里。一口大锅，不离火，锅内卤汤，不知其配料窍门何在，香气诱人，锅上偏外横放一拃宽木板，上置砂火锅，肉系炒制好的猪肉臊子，旁有一盆，依然是调味东西。有食者，则取碗，从木屉里抓面适量入碗再倒入木或竹编笊篱，没入锅内卤汤热面，同时抓切好的菠菜、韭菜或葱丝投入锅内，面三涮两涮热好时，便连面捞鱼般收菜带汤一同出锅入碗。须注意的是，漏勺一定要往碗里带适量卤汤，再浇木板上两样，即可食，喜食辣者，可放生辣椒面，喜食醋者，倒入米醋（一定要酸倒牙的米醋），也有蒜瓣等可就。盛此三味物器皆油腻腻的，而食者却不管不顾，自唇边油光，口溢香气、头上冒汗，以现今年轻人叹词形容，叫"爽"。

曲沃饸饹面我在结婚后吃就受了限制，一者婚后不会总在外面吃饭，日子还是要细作地过；二来妻对外头饭摊的卫生不放心，面也油腻，阻力很大。工作数年，与朋友同事偶尔吃饭，就要点个小菜喝些小酒，去有炒菜的有点小样的饭店，饸饹面这东西独自吃可以，几个人喝酒热闹就不大适合了。有酒醋之时，总会想起吃饸饹面来，想到唇边油光，口溢香气，头上冒汗，想到吃饭的民工和市民，四下里食声吸溜一片，心里便有几份怀恋，几分亲切，又想，明天还是去吃一次吧。

现在这面是一元钱一碗了。

1996 年 12 月 6 日

读书：人生突围的一把手枪

沈从文先生在一九三一年写的自传中说："我从不用心念书，但我从不在应当背诵时节无法对付。许多书总是临时来读十遍八遍，背诵时节却居然朗朗上口，一字不遗。也似乎就由于这份小小聪明，学校把我同一般同学一样待遇……"

我上小学的情形也大致如此，并且总能考学校第一，这让外婆逢人便当面夸奖我爱读书，而且仿佛是与生俱来的那种，弄得我一天头大得柳篮一般。其实，我爱的，也同沈先生一样，是读那本大自然的、人生的大书：在山间闲游瞎逛，躺在山葡萄藤织就的天然吊床里吃各样野果，穿行在青纱帐中，折了青绿的玉米秆吃甜儿，呆望流云，谛听天籁，同几个伙伴玩各种游戏，甚至搞一些恶作剧……读书，古人说的十年寒窗，是件苦事儿，又不是吃糖块儿，谁爱呢！我是说不上喜欢或十分厌恶，但肯定的感觉是一种负担与压力，尽管书中许多的新鲜事体勾起些好奇心，或还有一些求知欲。只是很小我就对城里人的优裕闲适与乡下人的苦焦有了比较，想到了自己的农村户口和未来之路，明白自己书必得读好，读书是农村孩子的唯一出路。

求学读书时苦，而读过些书以后呢？

苏轼诗云：人生烦恼识字始。读书打开的是人的心灵之门，面对大千世界，芸芸众生，欲望与诱惑，理想与现实，人生就是一座迷宫，要把这纷扰看个清楚明白真切，读书会把你修炼成一些抽象的词——心机，精明，世事洞明，人情练达什么的。如此理解苏学士的烦恼，是不是有些片面了？我想他所谓的烦恼更多的表达是人生况味。读书成人，毕竟有其美好的一面，书间科学的理性、哲思的智慧、情感的真挚，能陶铸你与众不同的灵魂。

要形容读书，我觉得还是台湾音乐人罗大佑的《年轻人的心声》中的一句歌词好：（蝴蝶）只有经过那蛹的挣扎，才能有一双翅膀坚实如画。

作家李存葆一部中篇小说的题记说：历史就是局限，没有局限就没有历史。其实人生何尝不是如此！人总生活在局限中，总必须突围，从物质到精神。北岛一首题为《生活》的诗，内容就一个字：网。可谓精彩深刻之极。中国有着耕读传家的传统，我的老本家渊明先生"觉今是而昨非"，都为的、讲的是人生的突围啊！而读书，就是这人生突围的一把手枪。"书中自有黄金屋，书中自有颜如玉。"虽然把读书推向功利性的极致，黄金屋、颜如玉何尝不是美好生活的标识？这话又怎能不是鼓励人们好好学习，天天向上，突围人生的另一种表达？

我的读书，少年时自觉，但不自愿，似是好的，但资质并不特出，又不懂得平台的重要性，不知道读书深造是通往高的、大的平台的路径，终只读得混在一个小城做普通市民；如今虽自觉自愿，只觉得书读得太少，有了读书的习惯，却又非学者或没了凡心的僧道，一个寻常人，生存生活，七事八事，心间烦乱，要潜下心来，钻进一本书去，已是种精神上的奢侈事情。

近来，中央电视台的一则公益广告说，知识改变命运。它的另一则公益广告还说，心有多大，舞台就有多大。我听了，眼里便酸酸的、潮潮的。

2001 年 8 月 28 日

邻居王军先生

上大学时，人都说哲学系的，十有八九将来是疯子，因为，这专业就是参世界，参人，参透了，就没意思了，就疯了。尼采，就是一个。

我的邻居王军先生，一九六七年生人，是我们这里一个学校的讲师，再过两年，或就能评高级讲师了，相当于副教授。他是学哲学的，却不疯，大约还是恋了爱，结了婚，生了女，羁于凡尘之故。然而，其言谈行事，仍是很哲学，很个性。

王军先生出身农村，爱吃面。白菜白萝卜剁了，丢锅里，面擀得厚厚的，切得裤带宽同菜一块煮，熟了，捞到小盆里，炝点葱花，盐酱醋调上吃。本可以再加上红红的辣子，只是有痔疮，忌了这口。

口壮，个儿高，人便长得胖大。一家电视台有个明星脸节目，就是弄一些与知名的演艺人员生得像的人，模仿模仿，寻开心，其实很是有些拙劣。忽然一日我想起根据钱钟书的小说《围城》拍的同名电视剧里的赵辛楣，无论身材还是方而敦实有大镜片的脸，王军先生与之简直是一个模子里铸出来的，而演赵辛楣的演员可是全国知名，就建议他去参加节目。

王军先生说："节目办得寒碜，不去。"

我说："可挣钱哩。"

"挣几筐金子也不去丢那人。"

王军先生饮酒特别豪爽，能自己喝，能关键时候替人喝，好像无量；更能劝人，劝得你心甘情愿还感谢他，但是回头再一想，好像不对，一时也想不明白咋不对。总算下来，他替了劝了也没有多喝，你承情感激的也没少喝。

三十五六岁的人，去年冬天一个下午往办公室走，王军先生突然心口疼，在地上坐了好半天才有所缓解。王军先生的女儿已经快八岁了，乡村还有老爹老娘，想着养小侍老，就赶紧去医院检查，心电图并无异常。大夫说："一般心脏病，发作时才能看出来，你，就在家里、身上、办公室，都备点速效救心丸、硝酸甘油片，常喝点丹参，锻炼锻炼。"他就备了，就喝着，常饮的小酒也忌着些，有量了。

在城市的街面，傍晚时分，就有了王军先生无固定线路的步行身影。走在街上，他从不斜视，熟人见了不叫他，他是绝不会主动去打招呼的——他是高度近视，八百多度，他不是不想在大街上看街景，实在是戴着八百多度的镜子也还是什么都看不太清楚。他曾经遗憾地说："在街上看不着，你以为我不急呀！"他说的是美女。

上街走，王军先生偶尔会吆喝上我，说："咱这年龄，该开始锻炼啦，咱上大学的时候，看见锻炼的人，说人家怕死，现在，这锻炼，理解应该是，怕死是小方面，尽责任是大方面，此一时，彼一时也。"

王军先生的单位清闲，清闲还放寒暑假。闲极了，王军先生就陪电视机，锁定新闻和动物世界，他的记忆力又奇怪地好，什么美国的国内生产总值，欧元与人民币的比率，本·拉登跑到了哪里，"非典"的影响……零里巴碎的，都记得住，一方面还思辨呢，能把国际时事国内要闻社会人生都分析评价一番，逮啥分析啥，很有见地。人熟了，与之在一起闲聊时候，王军先生便口若悬河，从康德到麻雀，从星星到脚气，从南极到酸菜鱼。王军先生的妻子也是老师，在市二中教学。二人经济生活的紧张，使王军先生总会设想做很现代、很规模的经济实体，设想完了，就完了。王军先生不爱动手。述而不作，君子固穷，王军先生有先圣风范，却没有弟子，言论也就没人记录留存下来。留存下来的，是他亲自写的，应付评讲师职称，找人发在一家省级报纸的两篇官样文章。

现录王军先生言论二。

其一：

一次散步，他问我："现在街上好看的姑娘是不是比以前觉得多了？"

我想想，的确是。

我打趣他："你那瞎眼窝，又看不见。"

他说："还是大概能看一点点的嘛。"

"为什么？"他又认真地问。

"我哪里知道？"

他解释说："不是好看的姑娘多了，而是我们的年纪大了，男人年龄越大，对女人美的感知力就越差，天下的美女在他们的眼里就越多。"

其二：

某日于屋内独叹："看了一二十年电视，今天才发现最好看的节目竟然是动物世界。"

俗话说，远亲不如近邻。我与王军先生住得只一墙之隔，所以，日子过得像新中国成立初的互助组似的。

"老王，你家有葱吗？扔一苗。"

"有。"随了长长的调子，墙那边便飞过来一苗葱。

"老陶，吃完饭了么，溜达去。"

"等两分钟，把碗涮了。"

"你这男人需要解放了。"

如是。

现在，王军先生最重要的事情，就是接送女儿上学过马路了。他又胖又大，女儿瘦瘦小小长得像她妈妈，二人牵手走路，仿佛儿童卡通片里的人物剪影。

王军先生迫于女儿的压力，春暖花开时节，在小小的院里养了条白色的小狮子狗。女儿只管玩儿。喂食，洗澡，看病，王军先生一个人干，心里烦透了，还得在女儿面前装得很喜爱。与我散步时他表达过烦恼，说："死了吧，凄惶的；丢了，丢了就省心了，可总丢不了。"有一次，小狗跑出去一天没回来，我想王军先生心里一定暗喜哩，谁知狗后来居然回来了，隔着院墙听见他居然说："贝贝（狗名），跑哪去了，叫人心焦的，脏死啦，洗澡澡。"哗啦啦的水声，亲昵的骂声，响了好一阵儿。

有时候，王军先生会在屋里吼几句，没词没调，大约和古时洒脱飘逸的阮籍稽康的长啸差不多。就这几声，外面如果有不了解的路人听了，会有念叨："神经了吧。"我若遇了，是认识的，会说一句："学哲学的。"

我的心里却会一哂，只是个学哲学的，却不成哲学家，大约是因为没有像尼采、叔本华那样不结婚的缘故，近视成这个样子了，还惦记大街上的美女，噫，不够纯粹嘛。

2003 年 4 月 24 日

我的消极

　　我从小学到初中、高中的老师们，都说我消极，他们彼此并不相识。我小学 5 年级的数学老师王说："好娃哩，你这么小就这么消极长大可咋办呢？"她是我母亲的同学，那时候我学习成绩好，特别是数学，她很是爱见我。

　　老师们每每说我消极，使我感到十分惶恐，心里可难受了，可自卑了，可委屈了，想想自己还有漫长的人生道路要走，都汗水涔涔了。

　　我怎么就消极了呢？

　　消极的意思，按照词典上的解释，是否定的、反面的、阻碍发展的、不求进取的、思想沦落的。我也始终反思，自己怎么就没有感觉呢？我喜欢自由，在大山里奔跑，自己支配自己的时间；我喜欢平等，不欺负别人，也不愿意别人欺负；我有淳朴的爱心，喜欢自然，喜欢身边的人，爱小动物，我养的一只小兔子死了，我哭了许久，还给它做了个小坟头；我喜欢真实，一是一，二是二，不做作，不作假，不浮夸，不爱表现。

　　可是，他们为什么说我消极呢？

　　我小时候得过一场百日咳，差点连小命也没能保住。用我姥姥的话说，就是"恓惶瘦得胳膊跟个枣树枝枝似的，谁能想到把你养活成个人"。她老人家这样说我的时候，都会伸出一根手指比画。大约与体弱多病有关系，人就沉默寡言、不活泼、不昂扬、爱较真、爱实说。

也许，还有一些事情，还有一些想法，使得我不像同龄的孩子。

小学3年级，上面给政策，说原籍平川在山区工作25年的干部可以将家庭成员都转成城镇户口。对我家来说不啻是最大的福音，连平日稳重的父亲看上去都喜不自禁的。可惜父亲填表以后就杳无消息，后来知道是被人占了指标。父亲不是能踢能咬的人，只是逆来顺受，一家人就空欢喜了一场。这件事情对我影响特别大，这件事对我也形成了极大压力。那时候我心里已经知道市民与农民的天壤之别，我还是农村户口，好好学习考上大学才是唯一出路。很多成人看见我都认为我是一个心思重的人，他们不知道我的压力，还有忧伤，我一想到繁重的农活与我瘦弱身体的巨大反差，而且一辈子只能面朝黄土背朝天去打牛后半截，心里就冷，透彻的极寒。

上过的《青少年修养》教材里说，劳动是一种幸福。我那个时候怎么想都觉得假假的。我没有干过太多的农活，但是也算有所体验，掰玉米、剁玉米茬子、刨土豆、送茅粪等，没有一样省力的，我体会不到那劳作的过程幸福在哪里。有人说是收获的幸福，而城里的人们生活光鲜，却不需要这样的劳作，支撑他们光鲜生活收获从哪里来的？书上说劳动创造了人类，改造了世界。是这样的理儿，但是这样的说教，一个孩子如何能够去充分理解，空洞就是印象，厌倦又无奈，不学还不行。

转眼几十年过去，回看自己45年的人生路，他们说我所谓的消极，其实并不是消极，我只是更喜欢讲唯物，讲实事求是，讲理性，讲真善美，如此而已。我努力做到踏踏实实做人，勤勤恳恳工作，厚道忠诚，与人为善，任劳任怨，乐于奉献，无愧于社会、家庭、个人。

老百姓说，人都有自己的生性，我的生性也许就是这样，可不可以说是命运呢？！

2014 年 6 月 6 日

红球衣　白道道

　　我初中的体育老师，姓黑，却长得挺白，二十二三岁，瘦高的个子，瓜子脸，小平头，头发颜色有点发红，稀疏的胡子，也有点发红，最有特点的是鼻子，从眉宇之间平缓地下到半截，突然隆起，陡陡地接下来，鼻头儿又收得极紧，在面部就显得像世界屋脊似的突出，于是，不知哪届学生就送他个外号——喜马拉雅。平时他总穿一身大红色运动衣，肩臂和腿两侧有两条白道，人又爱干净，如今回想起来，他就像飘在大山里的，飘在简陋的学校里的生动的红云。

　　黑老师看上去是个很文静的人，脾气温和，平时见了学生总爱笑笑，其实上课特别严厉。那是 20 世纪 80 年代之初，在吕梁山南端的火焰山间，我们一礼拜有两节体育课，这真是让人欢喜让人忧的时光，除了一个篮球和操场上两个相遥望的破破旧旧的篮球架，除了单杠双杠，除了几粒铅球，学校可以作为体育器材的就是校外的蜿蜒山路了。打篮球是僧多粥少，单杠双杠着实费劲，投铅球特别乏味……所以，上体育课，特别是秋天冬天，我们基本上就是在那山路上奔跑。这次的目标是某一棵树，下次的目标是某一石头，跑的时候，黑老师必然和我们一起跑，在路上总催促："快，加把油。"回头看看跑在后面的，厉声喝道："再不跑快，来个狼追上把你几个吃了。"最后给成绩差的以惩罚，俯卧撑仰卧起坐什么的。

我上初二那年，过青年节，县里要举办中小学运动会，黑老师抽我参加短跑项目。他觉得我一定能拿个奖牌，因为我的个头儿已有一米七五，爆发力相当不错，而接到通知后，他又对我们几个挑上的运动员进行了强化训练，我基本掌握了起跑啊加速啊的正规要领。在他的鼓励下，我也踌躇满志。可是，我没有参加运动会的衣服！我的父亲虽然是挣工资的，但母亲是家庭妇女，又要养活我兄妹四个，哪里有闲钱买一身运动服呀！我其时已懂得了一些世事的艰难，感觉不能向父母开这个口，而我是要去县上，是要代表学校呀……我急得都要哭了。强化训练的那几天，一休息，衣服的事便袭上心来。黑老师大约看出了点什么，有一次就问我。我嗫嚅半天，还是把烦恼告诉了他。他呵呵一笑，说："穿我的，行不？"我说这怎么行！他手指点着我，无声地摇头笑了。

黑老师带我们去县上参加运动会，我换上了他那身大红色的、有白道的运动服。我个头儿高，穿上他的衣服还真合适，衣服下的肌肉，在奔突呢。我想，自己一定得拿奖牌，一定要对得起黑老师，脑子里都装上了学校、养育我的大山。我憋着一股劲儿。

比赛的时候，我心跳得突突突的。

"预备——"裁判喊着，随即发令枪"叭"的就响了，一百米预赛开始。我起跑不慢，跑在第三，但还是只想加速，除此之外脑子里一片空白，腿上的肌肉有如燃烧的两团火。我超过第二了。我与第一位的同学就差半个肩膀。我死命地加力，可就是差半肩膀。该死的半个肩膀！我双腿的频率已不能再快了，就加大步子，骤然，却失去了重心，摔在了地上。我知道，一切都完了，才突然想起似的，这只是预赛，我不追第一，完全可以进决赛，为什么争这没用的第一，为什么不决赛时再拼？我后悔极了。

爬起来走出跑道，一只大手在我的头上抚了一把。我的泪水不知不觉流了出来。我不敢去看黑老师的脸，那曾经充满信任与期望的脸。

我的胳膊在地面擦破了，疼在皮肉；我把黑老师的运动服也擦破了，疼在心里，愧疚在心里。

运动会结束后回到学校，我去给黑老师还运动衣，他说："你就留着穿吧，但是要记住，凡事，欲速则不达。"

黑老师送我的运动衣，我一直没好意思穿。

哦，红球衣，白道道……

2003 年 9 月 10 日

雨后·小园

我喜欢雨。有时候就想，雨就像人，像骨肉丰满、六欲七情俱全的人。春天的雨，如雾如纱，生机盎然的世界一时都回到了青春的时代，充满梦想，有点稚嫩，有点莽撞，有点冒失，也不乏淡淡的忧伤和怅惘，是感情细腻丰富时时会掉下眼泪的人；夏天的雨，噼里啪啦，来得急，去得也急，恢宏粗犷，是急性子的人，是脾气如炮仗的人；秋天的雨，若钢琴弹奏一曲，都湿漉漉的，浸染了金色，缠绵悱恻，是莫名的忧思，是生命的怅然，是知道生命应该从容一点且能从容了的人；冬天的雨，是雪，是它自己的精魂来到人间，凝重呢还是轻灵，叫人想到升华这个词儿，想到那些精神清丽高贵的人。

在北方，黄土高原，教科书上说是温带季风气候，特点是夏季高温多雨，冬季寒冷干燥，冬冷夏热，雨热同期。实事求是地讲，夏季高温多雨的"多雨"有点言过其实，实际情况应该是十年九旱才对。更多的时候，人们是盼雨、求雨。

今年的时序，中秋已过，回想一下，年初以来雨水似乎不多，但也并不很少，而立秋后几乎没有下，秋老虎便逞强得很，居家还是热燥，吃点饭便大汗淋漓，电扇得吹，甚而开了空调，一场秋雨一场寒仿佛成了传说或梦想。

农历八月十八，礼拜天，但是中秋节调休上班的日子，雨终于来了。那是在下午，临近下班的点儿，街上的人们在细雨里便有点措手不及，行色匆匆，车辆也挤得乱了的蚂蚁队伍一样。几天来的天阴，时轻时重，就是不见雨点滴落下来，人们就疲了。有些湿热，有点江南的味道了，北方人却不习惯，突然想明白了，南方人爱洗澡，或是为了洗去身上黏腻的不舒服的感觉。

是因为黄土高原缺雨水，还是生就的悲悯性格，我就是喜欢雨，喜欢雨天的感觉，偶尔竟然会遗憾没有生在南国。有一首叫作《姑苏行》的笛子名曲，我听到的不只是苏州，而是以苏州为代表的江南，烟雨江南，是美景，是悠远，是愁思，是对心灵和自己生命的洗涤和审视。不过网上解释说这首曲子表现了古城苏州的秀丽风光和人们游览时的愉悦心情，这解释令人十分遗憾，我固执地按照自己的理解来听，曲子总是带我的灵魂上升、上升，肉体坠着匍匐在黄土地面。

细雨把人的思绪扯得接地连天，却安静，沉思或脑袋空空，都是享受；暴雨则仿佛把人从人间择了出来，就像停电的电视。

雨是屋外的世界，雨是内心的独白。

次日，天没有放晴，但没有了雨脚。早上花了一个来小时将工作上的几件事情安排妥，已经花了两年的眼睛便有些迷离，突然想起了办公楼马路斜对过的街头小园。何不去走走呢？活动活动腿脚，歇歇眼。

街道湿漉漉的，横穿街道走入小园，也是湿漉漉的。今天的世界大概都是湿漉漉的。真好。

小园有四五亩地吧，中间辟出一小片开阔地，往外是一圈的约两米宽的路，还有蛇曲的细径随意通幽，路径边全部是冬青的绿篱。草地如茵，各处随意地栽植着乔木灌木，乔木有塔松、法桐、桑树等，灌木就不知道名字了，竟然一种也叫不上，有一种印象深的，每年秋天都结出鲜红的绒绒的如花如果的东西掉在地上腐烂。

园子闹中取静，虽小如手掌，此刻，却盛了满满的秋。

小园二十多年前就有，一九九一年我大学毕业分配到位于它北边的一个闲散单位工作，人也就在这座小城落了脚扎了根。那个时候，小园才建成两三年吧，是小城的最热闹去处，特别是夏天的傍晚，男女老少，闲步的，聊天的，枯坐的，照看孩子的；卖刨冰的，烤羊肉串的，涮麻辣烫的；气冲的蹦蹦床，能开的小孩电动汽车，等等，不一而足。最惹眼的，是在园子中间空地，人们在简陋的卡式录音机放出的音乐声中翩翩起舞，交谊舞，有异性的配对，也有同性的配对——这实在是忒中国特色了。园子的建设有点简陋，道路，小开阔地，砌的多是水泥筑构。中央一匹汉白玉雕塑的奔马，有点小号。西侧是直径约一米的一排高大泡桐，也没有几株，却很有森严气势，守领地一样，下面的草坪便长得稀稀拉拉，缺了爹娘管似的。东边有塔松，有其他的乔灌木，不像那边有泡桐蔽日，草皮便长得绿莹莹的。各处散着些石椅，被人坐得油亮，脚下时常有瓜子皮和方便食物的彩色的塑料包装袋，是不自觉的人留的。

可以说，我熟悉这园子的一草一木。单位闲散，成家养子，孩子小的时候，一天必来几趟。当时有个年轻人，好像是新绛县的，总守在小园门口，是专业照相的。我和儿子，偶尔会请他给我们留个影，之所以偶尔，是因为嫌贵，一张一块多，而我一个月的工资也就二百出头。时光荏苒，儿子现在都快要大学毕业了，小园数年前也改造提升。我调动了三两次工作，单位却始终在它的周围。

信马由缰，走在透水砖铺就的小径，像朱自清先生《荷塘月色》里说的，什么也可以想，什么也可以不想。其实是，脑子里面没空过，思维也没有一刻停下来，意识流一样，这个，那个，过去的，现在的，唯有一声叹息，或连叹息也没有，只有望着，也许是视而不见地望着这小园景的默默。

植物们都湿漉漉的，有的叶片捧着大大小小的水珠，清新，晶莹。脚下的透水砖小径，却只是潮湿，只是清爽。

四下里没有几个人。小园西侧原来高大泡桐的地盘，改做了一个小小的运动场地，并无器械，光是青黑色透水砖墁地，用红色黄色绿色的透水砖勾画了简单的交叉的菱形图案。有两个男人在推手，有一个腿脚不便的人在缓慢走动。推手的一个，身上着白色中式的衣衫灯笼裤，脚下穿白色旅游鞋，是我原来单位一位主任的女婿，在一个小学做体育老师，姓朱。开始，朱老师是幼年从农村考入戏校、分到蒲剧团的演员，走乡串村，流动生活，日子也并不好过，不同于现在的电影明星歌星，吃香得不行。后来认识了主任的大女儿，招了亲，主任将他调到了学校做教师，生活安稳了下来。多年来他几乎每天都在这里锻炼，年纪不太大，头发谢顶了，后面却留得很长，扎起来一蓬——自来卷，挺文艺的。看到我，他总会叫，领导。我便说，不要胡叫哩。我调动了单位，几次下来，其实一直都是干活的，可他总是这样叫。他的声音有点绵，有点尖，我奇怪这嗓子当年怎么能考上戏校呢，他也许唱的是小生吧。他的儿子幼时多病，却长成了一米八高的帅小伙，学习成绩不太令人满意，三本毕业在西安那边当了空乘。他现在估计不代课了，应该更没有什么事儿了，日子滋腻（方言，意为舒服）着呢。

腿脚不便的，是二元，武装部的职工，先是做食堂厨师，后来看武器库房，是附近一个村子的人。他什么时候得了脑血栓的呢？我知道他的时候，他正是三十四五岁吧，和他老婆在小园外的礼堂前面经营蹦蹦床——不是充气的那种——和几个小孩玩的蓄电池摩托和汽车。他有一女一儿，十来岁的样子，总是帮着出摊儿、收摊儿。我的儿子会走会跳以后，没有在他们的摊上少玩过，后来熟悉了，他老婆总是不收钱，我爱人跟他们熟得一口一声大哥嫂子的，家里人一样。眨眼之间他们的女儿考上了大学生村官，儿子当兵也安排在了事业单位；眨眼之间他也腿脚不灵便了。他不理我，我和他打招呼他也不理我，好多次。后来相遇，我就不理他了。他病得这么厉害吗？病得不认识我了，还是……

而这一阵儿，在南边的一座圆月一样的小桥上——纯粹是造景的小桥，一个老头儿，梳着背头，穿着T恤，T恤外面套着件深蓝色的干部服，时常在桥北头坐着马扎吹笛子，脸上脖子上的青筋随着吹奏暴起、平复。他的膝上，放着一叠折了角的有点脏了的曲谱。三个奶奶级的大妈围着他，跟着他的吹奏唱，唱公社好，唱若是那豺狼来了有猎枪。没有能吹完唱完一曲的，中间不是这个提建议，就是那个说吹得或唱得不合适。不过他们的吹奏和演唱，的确不能恭维，感觉就像是一些干枯的树枝在接龙。而他们还是兴致勃勃，自我陶醉。从前，小园一直有个拉二胡的，每天大早起和下午都要锯一阵，跟杀鸡杀不利索似的，拉了多年，许多人骂，来闲走的，附近住的。好在，他有几年不见了，突然想，是不是那个了呢，有莫名感叹。

多年来，小园里还有很有特色的人。有个撞树锻炼的，每天在原来的泡桐树干上撞脊背，远点都能听见他身体撞出的低沉的声音，听见他的脏腑们在体内叮当作响。有个站在东边一棵塔松下的干净利索的老太太，每天习练嗓子，美声唱法那种，哼哼哈嘿的，右手搭在嘴边像半个喇叭，人却像一只又老又怪的鸟。还有个老头，常常坐在最东北角的石椅上，看着脚下吸烟，不作声息，却突然会发出一声类似猫头鹰的叫，嘴带动着脑袋还突然歪动一下，是抽动，开始的时候那叫声使我毛骨悚然，找不到声源，后来才发现是他。

小园里弥漫着雨水调动调和出的气息，水的气息，植物的气息，泥土的气息，它们的气息相互浸润杂糅形成的综合的气息，甜蜜、舒畅、亲切、感人。静静地、深深地呼吸着，令人怡然陶然。小径有零落的秋叶，不多，黄的、黄绿的、绿的，静静地躺在地面，湿，显得有点冷寂，是秋的气息。绿篱里面的草坪依然浓绿；抬望眼，一树一树，间杂少数黄叶，绿的颜色一下僵硬了起来。被叶子们强调了的季节，还有依然阴着的天，忽而透出一丝凉意，不是冷和寒，就是凉意，这个词儿表达太准确了。

在园中小径随意走着，突然脚前躺着一片法桐的黄叶。这片叶子舒展地静卧在透水砖面，黄透了，却仿佛还透着一丝的绿意，还是那么的丰润、肉感。捡起来，才发现它十分完美，叶肉叶络叶柄，完整得没有一点疤痕一点缺损，整体形象又是那样美，恰到好处。它的凋落，叫人想到的不是香消玉殒，而是完美谢幕。对，一次生命旅程的完美谢幕。不禁想起阅读过的天文科普知识来，想到超新星爆发，想到宇宙学家关于宇宙归宿的令人悲观的结局。有开始，有终结，小到一片叶子，大到我们的宇宙，万事万物，无不如此。有人视过程就是意义，而有一个完美华丽的谢幕，是不是也是意义。而终极意义呢？

我想把这片叶子带到办公室，夹在书页中让它干成一片标本，但想想还是放弃了，把它放在了绿篱冬青的脚下，那里是泥土，它可以腐化融入。我不希望它被清洁工扫进垃圾，然后运到垃圾场……

没有风，一丝也没有。少有的几个人都忙着自己的事情，偶尔才有人从园中路过，园外马路上的车和行人也仿佛悄无声息，小园显得有些寂静。那几个吹笛子唱歌的老头儿老太太的笛声歌声，显得突兀和怪诞，使得小园显得更加寂静。小园雨后的寂静，很是漫长。走着，我看见了自己带动的空气的涌动，看见了寂静在我的身后亦步亦趋。我在心里告诉这寂静，我不孤独，我一个人的时候从不孤独，我和众多的人在一起时才孤独，人越多，越孤独。孤独不是迷药，有人说孤独是创造者的素质，我想孤独还是心灵不能随波逐流的决绝。

突然间，小园西边响起了一小段音乐，随着音乐，透视的栅栏墙那边有孩子在奔跑，伴着嬉闹的声潮。那是一所初中学校，与小园一墙之隔的，正是学校的操场，孩子们潮水一般涌入，是要做课间操了。

我站在栅栏墙的这边，看着那边的孩子们做广播体操。三十二年前，我也是这样的风景。这逝去的风景，永不再来。

会有一个孩子注意到我吗？或者说我会成为某一个孩子眼里的风景吗？中秋雨后，天还阴着，无风，一座小园里，一个近知天命的男人，静静地站立着看的风景。

2016 年 9 月 21—23 日

文章千古事

　　小孩子的学上到三年级，就该写作文了。这是在许多孩子心目中最为神秘的、既渴望而又令人畏惧的事情，你还无法脱逃。我的头一次作文课，老师用红色的粉笔在黑板上写下《我的理想》的作文题目时，我的手心顿时就出了汗，脑瓜子里面空无一字，窗外满山颜色深浅不一的红叶子，在秋日下午的阳光下绚烂得叫人晕眩。出神许久，虽然明白自己想开飞机，想当周总理那样的大干部，想生活在外婆住的县城郊区，可就是感觉老虎吃天，无从落笔。

　　那时，山村小学的教学是复式教学，就是几个年级在一个教室里，一个老师每天挨个给各年级讲课。四年级有一个同学，姓尉名字叫占龙的，小招风耳，鼻梁中部隆着个结，他的作文被老师狠表扬了好几回。我们的作文是两个课时，因此我在白坐了一节课后，休息下来就赶紧向他讨教。他眼睛往上翻了半天，说："你不能着急，心里得想，想一句，写一句，就成了。"东山一犁，西山一耙，算怎么回事儿！还是什么也写不成。

　　老师讲，作文要有时间地点人物事件……

　　老师讲，人物要典型，事情要典型……

老师讲，你不能眉毛胡子一把抓，要有顺序……

老师讲，事情记得要像流水，有起伏，有缓急，人的情感也一样……

老师讲，不要写成流水账，不要……

……

我们不知道怎么样就典型了，顺序了，起伏了，缓急了。我们不上课的时候，会说，他是个点心（典型）人物啦；你的胡子还没有长，没有办法和眉毛一把抓；去厕所前多憋憋就急了，出来就缓了……然后就朗声地笑，笑得腰都直不起来。可是作文还是我们的一件烦恼事情，每周的两节作文课，就好似孙猴子头上的紧箍咒，那唐僧不念，你心里也是一疙瘩。有同学就买了作文书，那里面可是品种齐全，你可以把里面的人名换成班里随便谁的，地点换成老师知道的地方，随意去贩卖。我虽然也仔细研究过作文书，但是从来不去抄袭或修改别人的东西据为己有，我觉得那样没有意思，叫老师看出来了就更没有意思了。老师每每布置了作文题目，我总是自己想啊想，写自己的。所以好几年里，我的作文一直没有得到老师的赏识，作文自然没有像数学那样叫我感兴趣。对于我来说，作文只是不得不上的课和不得不做的作业而已。

也许我坚持自己写作文，虽然拙劣，但是有爱因斯坦童年时自己做小凳子功效。上了初中，在一年级升二年级考试的时候，我的坚持终于有了回报，作文分数是全校三个年级的最高分，并且在多个班级作为范文宣讲，一时间我成了学校的小名人。一个孩子，被近千人注目，他怎么能不飘飘然啊，怎么能不自命不凡！那是20世纪80年代初，文学正是最吃香的时候，我便做起了文学梦。我觉得自己生来就是当作家的，搁得有如大衣服架子，做严肃状，做思考状，做深沉状。我给自己起笔名，江河，雪青……却犹豫不定。我时刻都在想一篇有分量的然而自己又不知道模样的东西。我的数学成绩一路下滑。我攒下所有的却仍旧是可怜巴巴的一点零钱买小县城报亭这样那样的文学杂志，买喜欢的长篇小说、名家散文集，读得如饥似渴。

我和张云鹏同学，为了写一篇关于月亮和河水的作文，在一个秋夜，在乡宁县城郊的鄂河石头砌的堤坝上，看皎洁的月亮，看幽幽的河水，听潺潺的水声，听城里隐约的嘈杂声音，闻堤坝里的衰草与泥土的清香，闻河道里的微腥的气味，坐一会儿，站一会儿，蹲一会儿，踱一会儿。两个人观察呀观察，体会呀体会，那月光只是月光，河水只是河水，终是没有弄出什么深意来，遗憾不已，我心里本是暗暗打算写一篇好文章，投给《山西文学》杂志发表，希望在学校有更大的轰动。

考高中，差八分不够重点，这一棒打醒了我。我终于明白了原来文学梦在现实的生活面前是这样的虚幻和不堪一击，而考不出好的成绩，我就无法改变回乡面朝黄土背朝天的种田的命运，父亲将我转回老家襄汾县的被树为全省农村中学一面旗帜的汾城中学上高中。我一下子老实了，把那梦撕成了碎片，扔在了风中。

高中的第一节作文课，教我们语文的梁老师见我不写作文而在学习其他功课，严肃地对我说："你怎么不写呢？"我说自己不想写。他说："你不写考试的时候可咋办。"我说没有问题的。他是个很民主的人，说："你好自为之吧。"结果每次考试我的作文分数都是高分，还有几次得了年级第一。他没有再说过我，我高中的作文课时就成了其他课的自习时间。苦行僧一般的学习生活，捧在手里刹那间叫人眼含泪水的一纸大学录取通知书，现在想想，那感觉用当时的一首台湾校园歌曲来形容是再恰当不过了：就像那蝴蝶只有经过蛹的挣扎，才会有一副翅膀坚实如画。我感谢梁老师的宽容。和作文绝缘三年，后来顺利地考上了大学，幸耶？悲耶？

就在那为了改变命运的灰色时光里，我那同样无比宽容的父亲从拮据的家庭生活用度中挤出钱来，给我订了《小说选刊》，这是我心虚地向父亲小声的仅仅一次请求的结果；阅读这一份杂志和只在学校图书室唯一一次借书而借来的卢梭的《忏悔录（第一部）》，是我高中生活唯一生动的色彩，是我休息的最好方式，也是我心间文学薪火的传承绵延。我知道了人性的善良与恶毒，人格的高尚与卑劣，人间的真情与世故，以及人类永远的真善美的取向。

大学教育方式的不同，使我可以有大量的时间去泡图书馆，看文学期刊，找寻知道的国内外文学名著和理论著作，而我的专业是政治理论。我的文学梦又一次不可遏制地泛滥开来，天将降大任似的，定然不鸣则已一鸣惊人似的……一如初中时代一样狂热。但是一直到分配至一个小城的极其闲散的成人学校工作好几年以后，我仍然没有写出什么好东西来，几个报纸"豆腐块"令人汗颜。后来终于写成了一部中篇小说，一个同学看了十分感动，帮我寄给一家文学杂志发表了。经历了这一次，我开始客观地认识到，自己并没有这一方面特出的天赋，而十数年单调枯燥的学校生活又能提供怎样的创作源泉啊！

在时光加速度（这或许只是不同年龄阶段对时间流逝的不同感受）的流转里，油盐酱醋，大事小情，我心态渐次平和下来，我喜欢上了不紧不慢的庸常日子。文学在我的生活中的分量减轻了，又减轻了，然而终不能挥去，我奇怪在我的心灵间她依然神圣如昔。我会为一片白云的流浪、一只秋虫的吟唱、一个生活场景的生动、一段情感的缠绵而提起笔来，可是再也不会去刻意、强求了。我有一天突然明白，自己本末倒置了，原来生活才是本，文学不过是它上面迸出的小火花而已，写作是为了生活而非为了文学本身。她也就只是我的爱好了。

我的叔叔是一个从高小文化水平自学成为知名考古学家的人，最注重真才实学。当他读了我的散文，并知道在一些大报刊发表时，问我是托熟人发的吗。我告诉他没有，一篇都没有。他说："那你可以，你这样发表东西很不容易，但是你还得努力。"

"文章千古事，得失寸心知。"每写一篇文章，我就不由得会想起这两句诗。想想在这网络的时代，快餐生活的时代，速成的时代，写文章还是那种郑重其事的千古事吗？谁在变得可笑甚至荒唐呢？写作时，总感觉自己是被撕裂成了两半的人。

我曾几多惶惑，不能不去思考自己写作的意义，因为我靠心之所至信笔写来的些许文章，既不能赚到足以养家的钱，也没能博得浮浪的名。但是我至少可以这样解释：那是一个少年梦的憧憬的碎片，是理想光芒的所及之处，无论在世俗的意义上是否算得上成功，起码这憧憬和理想塑造了一个正义、真诚、有骨气的人。这是文章千古事的意义，或是一个失意者对自己的宽慰。

2005 年 11 月 27 日

过新年　穿新衣

　　离春节还有两个多月的时候，妻就见天叫唤上了："得赶快给儿子买过年的衣服了。"并且逢了双休日，除了在家洗洗衣服，便是上街践行此言。街上的时装店，平日就是妻魂牵梦绕、一有空闲便一头扎去的地方——这家进，那家出，即便不买，看看心里也觉得舒畅，现在更有了过瘾逛的理由。我们的城市不大，哪儿新开了一爿店，哪儿生意不好关门了；谁家的款式新潮，谁家的价贵质好；这个老板好说话，那个卖主很刁……妻对这一切都了若指掌，逛将起来轻车熟路，此地与导购小姐聊聊，彼处摸了衣服犹豫不定，时光如此流逝使得妻心间熨帖而兴致不减，她却每每要拉上我，陪不了半程我的腿便如灌了铅似的沉重。

　　不过，妻还真有时尚的眼光，无论给自己，给孩子还是给我，买的衣服总是价不高，还很潮，人穿了也精神，显年轻，不怪味。儿子就爱穿妻买的衣服，有过年新衣服购回，小东西试在身上便不愿意脱下，在镜子前左顾右盼，然后爬上床舞枪弄棒一翻，才会在妻新年才穿新衣服的劝说催促下意犹未尽地脱下。妻在邮政营业大厅上班，儿子去了，那里的年轻女营业员们总是你一句我一句地叫："小帅哥！"他便羞涩……

每当儿子试穿过年的新衣服，在镜子前照得美滋滋的时候，我就不禁想起自己小时候的新年穿衣服的事。

我的母亲是聪慧的人，她在县里的一个服装裁剪缝纫班学习了二十天，一回来就敢拿剪刀。那是二十六七年前了，计划经济，粮食、布匹、棉花什么的都要票，钱缺，这些票证更缺，一块布料万一剪坏剪不合适怎么办？我当时就特别佩服她。我父亲是公社干部，有工资，总比村里人强，他们过年不一定能吃上肉，穿上新衣服，我们家一定有肉、白面吃，可以过好一阵子嘴瘾，而母亲也总要强地让我兄妹四个都穿上亲手缝制的新衣服。一年四季，没日没夜地纳鞋底不说了，离春节还远呢，母亲就开始办新衣服这件事情了，选买好布料，卡其或的确良，在一个又一个夜晚的煤油灯昏黄的光影里，母亲不知疲倦地一针一针地缝啊缝。后来，父亲通过关系，求人，从供销社弄了一张缝纫机票，把机子买回来后，母亲一下子轻松不少。母亲踩着缝纫机那细密的说开始就开始说停就停的"咂咂咂咂"的声音，是那么的悦耳动听。有时候母亲不在家，我会把机头搬起来，搭上皮带，踩一踩玩。

常常，哥哥的是干部服，妹妹的是花衣裳，小弟的是要弄些活泼的花样，我的是绿军装……

我的哥哥准备上高中那年，母亲给他买了一件深蓝色的中山装成衣，我见了，才知道什么叫周正，什么叫精致，什么叫帅气，才知道母亲手工一般，觉得她偏心，便一肚子意见，争，甚至哭闹，不吃饭，要母亲也给我买。母亲不知道费了多大的气力，连哄带压，算是把我镇住了。但是那个年我过得不舒心，受了多大的委屈似的，小屁孩见天皱着个眉头，人见人说："咋啦，这娃，谁欠你两吊麻钱！"逗我。其实，那时别说在公社的供销社，就是在县城，有几家商店可以买到我这半大小子穿的成衣？我当时只有盼望过年的急切和兴奋，怎么知道体会大人们的心情！

　　年年过年，今又新年。而今，我自己为人夫为人父，才知道做父母的难和对儿女的倾尽心力，才知道什么叫少不更事。现在的日子比那时不知好了多少倍，我的母亲却在四十二岁那年去世，已然十九年了。如果人不在了真有在天之灵，那我的母亲看到自己的儿女在世间都成人成家，踏踏实实过日子，心里也会很宽慰吧。是呀，做人，踏踏实实把该干的干好，把日子过好，日子缀联了，就是年，年就好了。

2003 年 1 月 18 日初稿
2005 年 5 月 16 日改毕

南　山

　　提起南山，我总是会想起小时候读到的一副对联："福如东海长流水，寿比南山不老松。"这南山可是有名，是终南山，道教的发祥圣地，素有"仙都""洞天之冠"和"天下第一福地"的美称，令人仰止。也会想到我的老本家陶渊明的诗："采菊东篱下，悠然见南山。"老先生见的南山具体在哪里，我不甚了了，却为其精神所折服，也是令人仰止。还会想起我在乡宁生活时期，大山里的尉庄公社在县城之南，那里也被城里人叫作南山，我随父母从尉庄到了县城西边后西坡村的姨姨家，姨夫总会装出一副万分惊讶的样子逗我："呀，这是谁呀，是不是喔南山娃？"我便羞涩……这个南山，没有名气，不一定令人仰止，于我却是少年时期一份纯真情感的承载。

　　我所安身立命的小城，也有南山。这里是汾水南流西拐的地方，有一条自东而西的浍水注入。一部古书记载："不如新田，土厚水深，居之不疾，有汾浍以流其恶，且民从教，十世之利也。"新田是小城的古地名，曾经在二百零九年里作为春秋时期晋国的都城。文中的浍，就是小城南侧的那条河。浍水之南，有山，系中条山的余脉，叫紫金山，大家都叫南山。这南山的官名紫金山，令人不禁会联想到南京的紫金山和它上面的天文台，相较之下，仿佛矮下多半截，仿佛模仿或假冒，实则不然。这紫金山，也叫绛山，山色为绛，山间有金，名副其实，春秋时晋迁都的新绛，就是因此而名。从时间上讲，从历史文化底蕴上讲，这紫金山应该不会比南京的逊色吧。

我大学毕业分配到小城，一晃，已经是整整四分之一的世纪。说时光白驹过隙也好，荏苒蹉跎也罢，寻常日月，百姓生活，说世事不常、人事纷繁、几多波澜，若有若无、若烟若霭；似有小小块垒在胸，说也不清、道也不白，只有一腔废话仿佛都已经随时光且流且走，反正怀揣指点江山梦的少年已变成了沉默中年男。有点空闲时光，便会坐七楼家的阳台——南边没有高大建筑、没有遮眼——遥望起了南山，时不时地饮下一口熟普洱或金菊花茶——据说普洱暖胃、菊花明目，我就喝得多点——默默地看着，也算一种对话。在日复一日生活忙碌里，更多的是无暇顾及，去专门看它一眼，甚至忘却它的存在。

刚来小城的时候，总是把西边感觉成南。那是因为我大学毕业分配至此，坐公交车从老家襄汾经曲沃县城一路而来，往南的公路在曲沃县城不知不觉就拐得朝西了。于是，转换为正确的方向感用了好长时间，有两三年吧，望见南山，总感觉是东山，心里却更正这是南山，总有别别扭扭的劲儿。

南山经常是隐约在雾霭里的，是世间气息，是污染，或二者兼有，无论如何，有点气象万千的小意思。看山，常是看不清的，只如国画家笔下的远山，是几笔粗略的墨晕。也有看清的时候，少，雨后，或是刮过了大风，山梁，沟谷，山路，山间的一座突然发财的人出资塑的站立佛像……便都渐次清晰起来，很是细碎，但很亲切。南山没有险峰，真的像没有创意的木匠做的一排屏风，远望，便有一种"乌蒙磅礴走泥丸"的感觉。其实要真去走一遭，上到山顶，不出几身汗还真达不到呢，这也是印证事情往往看着容易做着难的道理吧。

南山有多少道梁、多少条沟呢，没有人细数过。梁和沟起伏蜿蜒，曲折通幽，形成层峦叠嶂，往南渐次高去。山上的植被不好，多是低矮的灌木和荒草，也许是土质和干旱的缘故，每年植树季节栽的松柏等乔木，成活无几。然而依然是春天生机勃发，夏天绿意盎然，秋天金黄艳丽，冬天雄浑苍莽。有几个小石料厂沿山脚分布，日积月累地开采，就像蚂蚁坚持不懈地在大象脚跟钳咬，山体被采得灰白岩石裸露，癣疥一般，幸好都是小小的几片，幸好人类在大自然面前是渺小的。近几年这些小石料厂都给关了，体现了生态建设的战略部署已在落实，而灰白裸露的山体，恢复生态却不是三年五载的事。据说这样的小石料厂，一年下来也就能挣个二三十万，而它们带来的生态破坏，也许花费十倍数十倍也不一定能完全恢复——这需要时间，需要耐心地等待。也许是为自作聪明的想法，也许是为显示自己的能量、满足虚荣的心，人们往往会干出许多得不偿失的事情，往往还会为从中谋得的眼前利益或一己私利而沾沾自喜，而当规律的惩罚降临，又追悔莫及。

在山上面，几个小村庄散在几道山梁上，名字都是姓氏打头，李家山，张家山，马家山，等等。于是，就有了几条稀疏蜿蜒上山道路，三五米宽，多是泥土砂石路面，水冲的槽，碗大至核桃大的石头遍布，也有粗糙铺了水泥的，显得生硬了一点。山下的汾河谷地、浍河两岸，平坦，肥沃；山上道路崎岖，土薄水缺，这些村庄何以会生长在如此地方，有点令人费解，而想来它们的先民们有其扎根下来的道理：烽火战乱，逃荒寄居，桃源之想，或今人根本想象不到的具体历史条件和个性化原因。

　　成为小城的居民，想想在二十五年的时光里，自己上南山，统共不超过十次吧。而南山已经融入我的生命，成为我人生的一道背景，寻常的背景，对个人生活并无多大的作用和意义，却离开不得，就如人物照片后面的背景最好不要用现代电脑技术抠去一样，不影响人物什么，却感觉总是缺了什么，而又说不太清楚。

　　头一次上南山，是工作之后的第一个夏天初始的一天，去螃蟹沟。这条沟，原本没有名字，只是有山泉形成的细细涓流，涓流形成了串串珍珠一样的小小水面，生长了不少的螃蟹，城里的人喜欢远足，这地方就成了一个亲近山水还能有收获的好去处，于是就图叫着方便，口口相传，把它叫作螃蟹沟了。我们是顺着通往一个村庄的道路到达山顶的。那天的天气很好，天蓝，山青，不热不凉，空气纯净，相跟去的是三四个襄汾老乡，都是大学毕业分配在小城工作的年轻人。二十多年过去了，那次捉螃蟹的情景历历在目，美好的天气，年轻人的无忧无虑，充满活力的气氛，而细节又不记得太多。上山出了汗，却并没有太累，上得山来是一个村庄，不知道是什么家山，没有几个家户，尽是就了地势箍的低矮土窑洞，各家三孔两孔的，破砖石块柴草垒的院墙，院里村路旁有枣树桑树生长得不太成气候、有鸡和猪闲步。从一家门前的缓坡下去，就是螃蟹沟的上源，我们就从这里开始了捉螃蟹的历程。脱掉鞋子，挽高裤腿，沿涓涓细流而下，在水的缓静处，在水里的草丛间、石块下，动作或缓或急，屏息静气寻找捕捉螃蟹。水的清香，泥土的腥气，植物的青草味道，当时没有留意，却如梦一样萦回在记忆里。一条沟下来，并没有收获多少螃蟹，有四五十只吧，大的如银元，小的像一分钱的钢镚。

早上班两三年的陈老师，属于有经验的，说："可以啦，现在来捉螃蟹的人太多了，螃蟹下的赶不上捉。"后来，螃蟹们除了太小的给同事两岁的女儿留在小盆里当宠物外，其余的经过几个小时的盐水浸泡——陈老师说这样泡螃蟹就把肚子里的脏东西给吐出来了，油炸了，成了晚上喝啤酒的一道小菜。我尝了两只，感觉除了硬的壳之外几乎没有肉，想想它们上午还活得好好的，经过我们的手转眼就成了菜，心下总有点不美气的感觉。记得上大学时期有一次过年，我亲手宰杀了一只公鸡，处理干净，后来却没有吃下一块肉、喝下一口汤，就是这样的感觉。他们说："你这人心太软。"后来我再没有去过螃蟹沟，多少年来早忘记了它是南山的哪一条沟了，也没有想再去、想知道的欲望。

在靠东边的一条沟，南山上还有一股细细的泉水。这一条沟是石头沟，山体就是石头，沟里也大小石头散落，一会儿是沟，一会儿是崖，这与螃蟹沟的土石形成、一条沟大致一路下去大不一样。石头的质地积的尘土却也生长着些同螃蟹沟里一样的灌木杂草，只是泉水里没有螃蟹。我的儿子八九岁的时候，我和两个朋友带孩子，在暑假周末曾闲跑至此。对这条沟这泉水本就没有想得如何清奇，到来以后也没有失望，能够使久居城市的孩子亲近一下大自然就好。在水流冲刷出的地形里，大人孩子都如猿行走攀爬跳跃，孩子们还不时大呼小叫、雀跃欢喜。记得有一条狭窄而小的山涧，有水积的大如瓮、深齐腰的小潭，只一边有点可下脚的地方，人要经过，须踩着这边，小心着脚滑，手扶着对面石壁才能过去。我儿子过的时候脚下就滑了，掉在水里，他掉下去的时候我心里一惊，下意识赶忙去拉他，结果我自己也掉了下去。心里一惊，是因为不知道水有多深——水虽清澈，但由于阳光照不到，看不清楚有多深。水没了我的胯，没了儿子的上腹。

虚惊一场，都哈哈大笑，挪揄我和儿子，我却紧急从裤兜里把手机掏出来，竟然没事儿，他们又笑我珍贵手机的财迷心疼劲儿。上到一个平坦的地方，我和儿子把湿了的衣裤脱了放在光洁石头上晾晒，只穿个小裤头。朋友带着他的女儿去另一个看不见我们的层面了，和我们远远地喊话聊天。朋友说："今天发生故事啦，陶氏父子双双落水。"天色湛蓝，没有一丝云彩，太阳正好。

那年冬天，大雪初住，恰好是个周末，三个喜欢锻炼的朋友，唤我一起爬南山。说是爬山，实际上是顺着一条马车宽的土石道往上走，这路，开始是两三里的水泥路面，随后便是泥土路了。那是上午九点来钟，天色依然灰白，视线所及的空间却明亮透彻，难得的纯净。山的每一处都是雪，厚厚的雪，除了断崖这样盛不着雪的地方。草丛、灌木和山地表面变化，使得山色并不是上学时候同学们描绘的盖了棉被一般，只是白，而是白与黑的飞白或混沌，白色仿佛占了优势但有些漂浮，而放眼望，唯余苍莽二字。这条山路并不陡峭，却漫长，像长鞭甩开，顺着山势弧度开张优雅从容。雪把路盖了起来，这才像没有穷尽的长棉被呢。路上只有一串行人的脚印一路上行，仿佛很急，仿佛有点孤寂，几个人猜想了几句，并不会有结果。脚踩在松软的雪上，咯吱咯吱地微响，脚下也不滑。顺着路走，没有人说要走到哪里是终点。都是四十五六的人，孩子正上大学，调侃彼此孩子男女朋友之事便成了重要话题。曹的孩子上大二，已经是不谈了，谈过的是高中同学又上了同一大学的同学，他儿子说，不谈了，麻烦，不谈清静，工作了介绍个得了，小小年纪一副曾经沧海、世故老成的口气。毛的女儿在成都上学，理工女，大家说这可是学校的宝贝，别找个四川男朋友，吃饭都弄不到一起。黄的姑娘在太原上医科大，学影像学，黄和老婆关系不融洽办了离婚证，离婚不离家，姑娘旗帜鲜明地站在母亲一边，见面就攻击他。我的儿子也是一上大学就谈了个南方姑娘，结果又不谈了，因为他想留学了，想一门心思把绩点考好。聊了孩子聊乱七八糟，房价像脱缰野马，孩子们打算毕业了留在大城市，令人压力山大；深秋以来雾霾的笼罩叫人觉得肺里面都跟污浊大气在飘似的；一个在曲沃搞农业合作社的朋友，专门种出口黄瓜，光养土地就用了好几年，出口的黄瓜放在凉快地方半月二十天的不坏，根部根本没有一点点苦涩味儿。上到一道山梁，我突然眼前左边发黑，有金星闪，心说坏了，偏头痛犯了。我不走了，原地站着失神，分散注意力，这是我自己总结的抑制和从苗头防范偏头痛的比较有效的办法。偏头痛是从十一二岁起就困扰我的病，前年冬天遇到一位武姓家传中医大夫，让我喝了三个月的灯盏花素片，居然就好了，他说我是脑部微循环不好，没有其他毛病。不知道他们又走了多远才折返，他们返回到我歇息的地方，我的偏头痛症状缓了许多。站在山梁上，我只顾得偏头痛了，雪景的美好是它自己的，登高望远一览小城、一览群山雄阔的心情完全没有了。美好与遗憾融合得如此完美。这次，是我最近的一次来南山。

喜欢运动特别是喜欢爬山而又为条件和时间所限的人，来南山的还是比较多的，经济实惠方便。我喜欢静，运动也就喜欢在小区附近的公园或车辆少的街道快步走，每天四十分钟到一个小时的样子。于是，南山于我来说，更是一道风景，远观的风景。

在南山的西南半坡上，是耕地与石山交接地带，坡度由缓变急。就在这里，建有殡仪馆，市民们都叫火葬场。每年，我都有来参加葬礼的时候，或帮忙办葬礼。每来一回，心里就把名利世事看淡一次，说，想想人活着，争啥哩，斗啥哩，到了了还不就这个样子，一把火，啥也不是了。大家都是如此想，如此说，然而过不了几天，依然又都投入熙熙攘攘的世事人情去了。原来，通往殡仪馆的路没有铺油，沙石路面坑坑洼洼，后来准备修了，确定的政府会上管事的官人说，把它修得平平的，人这辈子就是受苦来了，一辈子的路坎坎坷坷，临走了就不能走一截平平坦坦的路吗？把它修得平平的，道边的树也载大苗，让它也绿莹莹的。一时参会人员唏嘘感喟不已。在小城有一句骂人的话说，送你上南山呀。

南山形成多少年了呢？小城作为春秋古都城是两千多年前的事儿了，而今的小城是由一个小镇发展而来的，建市也就四十多年。南山，亘古不语。

南山，南山！

2016 年 9 月 28 日—10 月 3 日

铁　环

正是夏热未了秋老虎逞威的时节。

那一天的傍晚，我在离家不远的小花园里闲步，突然一种金属的声音从后面传来，伴随了小小的急促脚步声，由远及近，回头一看，是一个五六岁的小孩子滚了铁环跑来。铁环不错，是从前木水桶的铁箍，但是这孩子滚的技术并不娴熟，老怕铁环倒了的样子，而这丝毫不影响他高涨的情致，跑得是满头大汗……

如果连上上大学的光阴，我在城市生活也有二十年了。在时光的流转里，在熙熙而来嚷嚷而去的城市生活中，一种麻木，一种乏味，一种疲惫，使得在乡下生活的种种——幸福的，感伤的，有趣的，无聊的……有如纸上劣质墨水的笔迹，在水里浸了许久，都渐渐地远去，淡化，模糊，却不会一干二净，留下的，只是概念化了的童思与乡愁。可是人哪，心灵又是这样地容易被触动，一个物什，一件小事，在不经意间，就会像针一样悄悄地投入你心的最深处，叫你心热鼻酸泪流。就如这滚铁环的小孩子，那一刹那，他将我一下子提起来，抛到了我的孩提时代。

在20世纪的70年代末，在吕梁山南端的余脉火焰山间，铁环，是孩子们最喜欢的、永远也不会厌烦的玩意儿。那个时候，生活窘困，衣食尚且不足，何以能有如现在孩子们的如许丰富的玩具！但是，仔细一想，铁环虽然简陋，滚铁环却正好适宜了孩子喜欢运动奔跑的天性，在滚的过程中，需要掌握平衡，还可以玩出许多技巧，在强健孩子的身体、培养孩子的专注力、开发孩子的智力、培养孩子的动手能力方面，一点不比现在的玩具差。在那懵懂的岁月里，在山梁平坦的砂石公路上，在山间无数蜿蜒崎岖的羊肠小道上，在山庄狭窄而坑坑洼洼起起伏伏的村街上，在柴篱石块围就的院子里，我滚了铁环心醉地曾经划了多少条没有留痕的轨迹！

铁环也是有"等级"的，最好的，是从前木水桶的铁箍。这铁箍直径三四十厘米，有两厘米宽，半厘米厚（并不整齐划一，从中间到两边微微有往薄的过渡，特别不明显，而边儿就自然地圆滑了），拿在手里，特有质感，有贴心的感觉；滚将起来，更是感觉好，得心应手，得意扬扬。但是这样的铁环一般不是很好弄，因为那时人们挑水，早已经是轻俏的白铁皮桶了，有废弃木桶的人家也不算多。有那搞不到、父亲还和蔼些的，就会用钢筋焊一个，可这焊来的铁环与水桶的铁箍比较起来，简直有天壤之别，拿出去玩也显得猥琐，不是正经东西，滚的感觉自然也不是很好。有了铁环，滚铁环的把儿就成了关键。折把儿的，须得是8号铁丝——轻重粗细正好，又有硬度，趁手。把的形状，是头上折作个英文的"U"字母样，再从这字母的右肩（左撇子得从左肩）垂直了它的面直折过来，有六七十厘米长了即往下回锋近十厘米，利于手握。这应该算作现在明白的"工欲善其事，必先利其器"一理吧。

铁环，你可以一个人去玩，再长的路你都不会感觉长，再独自一人你也不觉得孤寂；你可以和三五个小伙伴去玩，像山间蒲公英的种子，无限自由地飘荡；你也可以寻几个对手比赛，比快也行，比慢也行，那时刻的欢乐笑声，有贯通你一辈子的穿透力！滚铁环，得有些技巧。上坡你得有劲儿，下坡你得会刹车，拐弯你要保持好倾角，比快你得有速度，比慢的时候你得掌握好平衡，在地上滚字，画北斗七星的勺子形状，就一个根本标准：不能坏，就是倒了。

准备上四年级的时候，我的父亲母亲要把我的小弟送去离乡宁县城二里路、曾经是乡宁故县城的、外婆的村子去上学。送他走的时候，我爬上他要搭乘的公社唯一的墨绿色卡车车厢，死活不下来。我也早想去外婆那里上学了，因为我每去了，外婆总是那样地亲，还有大我一岁的我们特别能玩在一起的表哥，还有星期天可以去县城逛，看那百货店副食店五金店……总之是那样繁华和几个有趣的疯子……最终我是达到了目的。然而我却忘了一件事情，就是带上我的铁环。那个时候，交通很不方便，而我能蹭来已经不错了，还怎么敢提把铁环捎来的事情，因为大人们如果反问你是来上学了还是来玩了，我怎么回答，那岂不是在找不自在？

在上学之余，看见别人家的孩子滚了铁环在四下里飞，甚至听见滚铁环在某条村巷传来的金属的摩擦声，都只能增加我的无限思念、神往和遗憾。我怎么样才可以在这里拥有自己的铁环呢？有一个星期天下午，外婆的一只芦花鸡没有按照规矩在窝里下蛋，却是红着脸大叫着"个个大""个个大"从后院放着外公的寿木和一些柴草的小窑洞一摇一摆出来了。那会子我正在后院的阴凉地儿里看借来的岳飞传连环画，见此，忙去报告了外婆。外婆说："我娃去找找。"

外婆总爱把我叫"我娃"，我每每听她老人家这样叫自己，心里就特别地亲，实际上也是这样。她会把糖块水果等好吃的攒给我而不一定给我的表哥她的孙子，会把给外公独享的多下的白面条（我知道她那是有意多和了面）给我吃而她和我的小舅他们吃玉米面的圪切切，会在热天晚上睡觉给我用扇子扇凉儿、赶蚊子，会在冬天叫我睡在炕的最热头，她还总夸我是好孩子爱学习又听话（我始终认为我能考取大学和她的表扬是分不开的，现在不讲究赏识教育吗）……人说"外孙是狗，吃了就走"，有时候有邻居老婆儿来和她纳凉唠嗑儿，有时候我在旁边听（我小时候很是爱静静地听大人们聊天的），邻居老婆儿就会用这话逗我。我说不会。那老婆儿就会说自古就是这样。我说不会不会不就不会。外婆老说："我小健不会的，我小健和别的娃可不一样。"我想还是外婆知道我，我怎么着也不会那样儿。我心里恨死那总结这句话的人了，我想我长大了，一定像她对我一样对她，我是真心地亲她，也叫这话像狗屁一样不算话。

我去那孔小窑洞，的确是提着个心，却有了意外的收获。那白花花白松寿木，你个十来岁的小孩子独自一个去接近它，你不瘆得慌才怪呢。可是大白天的，说害怕，又有损于我一个男子汉的形象，我就只有硬着头皮去了。当我一门心思地找到了热乎乎的鸡蛋，才发现鸡蛋原来是下在了一个旧木水桶里，而且旧木水桶上还有一个桶箍，桶箍虽然锈了，却还是叫人一看见就知道滚着会是最称手的那种，这个我有经验。我心里一阵暗喜，不由就想起了那时候在收音机评书连播里常听的一句话，叫踏破铁鞋无觅处，得来全不费工夫。我给外婆送鸡蛋时，把发现告诉了外婆。她说："你拿去玩吧，反正也没有用了。"还出主意叫我找小舅折滚铁环的把儿。

我费了好半天的劲儿，才把铁箍取下，拿出去时，在院子里正好碰见要出去的外公。外公问："你拿那干啥去？"我说：
"当铁环呀。"外公脸色突然就一沉说："放回去。啥东西都能
玩？"我说："我姥姥说……"他不等我说完又是一句放回去。
我讪讪地把铁环送回小窑洞，越想越委屈，心说外孙本来不是吃
了就走的狗也得叫弄成吃了就走的狗，眼睛热热的。我默默地转
回家，外婆发现我有些不对劲儿，就问我。我说不咋。她说不咋
咋就一副受屈的样儿。我毕竟是个有点心眼的半大人了，就装得
没事地说姥爷叫我把铁环放回去了，说还有用。外婆没有再说
话，我便出去了。

　　瞎逛了一阵子，我的心里舒坦了许多，但还是惦记那个铁
环，所以一想起就叫人闷闷不乐。

　　回家吃饭，走进院子，听见外婆在窑里说："我还不知道
你，你想把那给平子（我表哥的小名）留着。平子上初中了还滚
那哩？你把我娃受屈的……"我轻轻地又走出院子，靠在墙上，
心头一热，泪水流了出来。

　　第二天放学回来，小舅把铁环交给了我，还有一个 8 号铁丝
折的把儿。

　　……是近三十年前的事儿了。

　　外婆九十有三，无疾而终，也已三年余矣。

2005 年 8 月 12 日

孤独中坚持

当你看到荷兰画家文森特·凡·高的《向日葵》傲然开放在灿烂的阳光之下，并为之连城价格瞠目结舌时，是否想过这位大师本人？

当年，他的画摆放在画廊里无人问津。没有人留意细细体会这些作品的艺术感染力，没有人相信以后他会有名堂，任意拿出一幅就价值连城。只有他的弟弟偷偷花钱雇人去买一些，为的是安抚他倔强、孤独、执着但看来无望的心，也为他能继续从事他的事业（在他的弟弟眼里和别人眼里也没有什么两样，他这只是孩子一般的爱好，永远不会有出息，他的弟弟只是爱他，不希望他伤心绝望）提供生活和买颜料、画笔、画布的费用。这样的方式避免了他不得不接受施舍的尴尬。

那个时候，凡·高是那样孤独。大家都认为他是个神经质的白痴，甚至疯子。众口铄金，在人言面前他失去了做人的自信、尊严，他曾为此割掉了自己的一只耳朵。但是不作画他又能干什么呢？我想他那感觉就像驾一叶扁舟在大海里，四处不见陆地，只有在孤独中坚持。这坚持却直到他死，也没有看见陆地。而当陆地稳稳当当摆在他面前，我是说，当人们开始发现他大师的一面，他离开这喧嚣的他也许认为不真实的世界已经有多少年了！

如果凡·高的整个创作过程就在人们的赞美、阿谀奉承中，他能画出向日葵顽强的生命力在灿烂的阳光下自在张扬吗？能画出阿尔的吊桥在蓝的天蓝的水间的那独有的淡泊宁静吗？能画出矿工生活的粗粝真实吗？能画出自己在世俗中倔强、孤独而绝不妥协苟且吗……我不知道，但我是持怀疑态度的。喧嚣之中，恬淡没了，沉静没了，要命的是在那热烈的纱的笼罩下，人本性里的轻狂、放纵被放大了，感悟生命的孤独与绚丽的神经麻木了，创造只能是浮皮潦草，难以企及本质的东西。

孤独是创造者的一种素质。因为是创造，那就在现实中不是业已存在。新生事物开始的时候，总是不为人们所理解和接受。让人们理解是最困难的事情。我的内心是怎样的，你要理解，其实在你认为理解了的时候就已经歪曲了，语言不免存在词不达意或欺骗性质。人的永远无法彻底真正地理解，造成人的孤独。人是惧怕孤独的，情感、智慧又是需要理解认可的，在深刻的孤独中，孤独的挤压必然使情感和智慧迸发，这就是创造。因而没有孤独就没有差异，没有差异就无所谓创造。

而创造者在孤独中必须坚持，坚持是对毅力的考验，是对生命质感的锤锻。没有持之以恒的精神，孤独只能蜕化为悲哀，创造只能是黄粱梦般幻想呓语。当凡·高艰辛与无奈地在人世旅途、在绘画艺术的大海里扁舟独行，四下里一片茫然，如果他稍微松懈一下，犹疑一下，他和自己的扁舟就早被波浪吞没，我们永远也不会看到《向日葵》太阳一般的辉煌，人类的文明不能不遗憾地缺一道亮丽的风景。

当孤独者饮尽孤独、用创造表达自己的时候，感到的，不会是悲哀，而是陈子昂的"前不见古人，后不见来者，念天地之悠悠，独怆然而涕下"，是李白的"古来圣贤皆寂寞，唯有饮者留其名"，是苏轼的"我欲乘风归去，又恐琼楼玉宇，高处不胜寒"……是诗意的悲凉，是穿越时空、对人类及其心灵整体的审视。

在孤独中坚持，凡·高卑微寂寞的身后是流芳千古，还有司马迁宫刑之后著《史记》；孙膑刖足而作《兵法》；当代大书法家、我们襄汾人卫俊秀二十四年蒙难衔冤于困厄中解决了用魏碑笔意书写连绵大草的难题；奥地利作家卡夫卡深味着现代人的疏离与寂寞、孤独与绝望，成为与但丁、莎士比亚、歌德比肩的世界文学大师……也许，人类的创造注定了就是孤独的命运。

1998 年 7 月写
2005 年 6 月 6 日改毕

亲人与酒

戊戌岁末，小年后某日，《收获》杂志微信公众号刊发了周作人先生的文章《谈酒》。故乡，中外，酒事，人性，信手拈来，饶有趣味，酒仙气儿的一面扑面而来。我不觉就想到我的姥爷和表哥小根子——他们俩是我们家族里最有名的爱酒的人，还有各位亲人饮酒的趣事逸闻，便忍不住提起笔来。

一

先说我的姥爷吧，老人家1905年生，属蛇，乡宁县鄂河畔的下县村村民，是家里的独子。独子在民间以往的概念，就是一个家庭只有这么一个男孩，但是或许还有女孩，我的姥爷却是真正的独子，连姐妹也没有。我用村民这样官方名称讲他，是因为他的确当了一辈子的农民，是地地道道的农民，但不是做农事的好手。他从小家庭还算殷实，几十亩山地，几十亩鄂河冲积的肥沃滩地的桃园，有点娇生惯养的意思吧，干活不太行。干活不太行，大集体以后，地都归公，日子便不太好过了，甚至是窘迫；干活不太行，倒是忠良厚朴人，最爱好的一样，和我那本家陶渊明一样——"嗜酒"。

他与姥姥养育了二男三女，我母亲行四，是小女儿。从我有记忆起，他老人家就是满头银发，一厘米左右的长度，人常坐在炕头里，眼墙边儿，谈到搞笑的话题或遇到不好意思的时候，一只手便不由自主地搔头顶或脑后，只手指头动，幅度很小，不会从前往后或左右通达地搔。我知道他喜欢喝酒，是上四年级刚从尉庄小学转到下县小学上学之后的一个礼拜天的上午，姥姥到院子里不知道干什么去了，就我和他在窑里，他引颈从窗户玻璃上望了望外面，敏捷地从炕里挪动到炕沿，伸下腿去，脚够到鞋，趿拉着，三步并作两步就到了窑洞最靠里面的桌旁，伸手拿起个透青的玻璃酒瓶，瓶嘴对人嘴，头仰了好几下。我奇怪他都七十五六的人了，动作如何能那样敏捷。他是背对着我的，我不知道他在干吗，也没多想，毕竟我还只是个小孩子，再加上我是个老实得近乎憨的小孩子，怎么会有那么多心眼儿啊。很多人特别是姥爷都认为我缺心眼儿，至少是不活道。可我就犟，从来就想，人实实诚诚的有什么不好呀，心眼儿多——我想象一颗心脏，上面全是眼儿，身上鸡皮疙瘩都绿豆大了，我都厌恶得快有密集恐惧症啦。姥姥从外面进家，往里面几步，就看了姥爷一眼，是眉头拧着地看，说，就叫你偷地喝，外就不要命啦。她是进门闻到极其淡的酒味了，我一直在家里，就闻不到。姥爷呢，坐在炕里头，两只胳膊拢着膝头，先是装得若无其事，终于不好意思地笑了，右手搔几下头顶。这件事使我在意识里强化了酒的概念，知道有人爱喝酒，甚至嗜酒，后来才慢慢知道得更多一点，酒是有趣的，酒是精神的火焰，光照千秋，陶渊明"提壶抚寒柯"，李白"会须一饮三百杯"，苏轼"把酒问青天"，纳兰性德"谁道破愁须仗酒"，等等；酒是精神的驿站，小酌浅饮，把自己放到最懒散什么都不想的真空里休憩片刻，就如机器人断电了一样；酒是心灵的修复液，借酒浇愁愁更愁，也许不尽然；酒是友情的催化剂，酒逢知己千杯少，劝君更尽一杯酒。酒或者也是祸害，看那酒驾的，酒后滋事的、失德的。酒是什么样，其实根本在人，酒性即人性。

鄂河自东向西流过，乡宁县城缀在中游北岸，下县村在县城下游两里处。那时候下县人去县城逛街办事，最直接的路就是河滩里"走的人多了也便成了路"的路。鄂河河道比较宽，百米余吧，平常水流却只两三米宽，细如丝带；水量大就是夏天不多的发洪水的时候，如千军万马过境，浩浩荡荡涌满河道，裹挟着大小石头柴草树木，或还有畜禽甚至车人。河滩高低不平，有巨石细沙，还有一些顽强的野草。人们走出的路，蜿蜒如绳，在出村和进城处的水流最窄地方摆上踏石，权作桥过河。就在这样的路上，姥爷隔一段时间就要走个来回，逛街散心，更主要的是打酒，打的散酒。既然嗜酒，在家又被姥姥这样那样限制，每次逛街打酒，姥爷都会在打酒的店铺里先喝个差不多，过了瘾，这样姥姥是鞭长莫及的。问题是，姥爷要从河滩里走，喝多的时候，河风一吹，酒劲上来，偶尔就支持不住，在河滩醉卧。这在夏天是十分危险的事情，因为鄂河上游下雨，县城这一带不一定下甚至是艳阳高照，上游的雨水汇聚成洪水奔涌而来，速度之快，待河滩里行走的人或积水处游泳戏水的孩子发现，已经来不及跑出河滩到安全的高处了。姥爷这样的醉卧不知道什么时候发生过，但是肯定有过数次，并且姥姥让我的大舅小舅都找过，找是因为姥爷去了县城，左等右等不见回转，甚至到了傍晚。我是从姥姥和西坡二姨的一次谈话中得知这样事情的，心里忍俊不禁。我听过姥姥这样吵偷偷喝了酒的姥爷："去，走河滩里睡呀，叫山水把你冲跑了就不喝了。"

姥爷出门，必挂拐杖，他的拐杖是一个白亮的微型洋镐样的铁的抓手，装着直径1.5厘米的硬木棍。他有腿疼的毛病，毛病不在膝关节，而是在小腿肚子，有时候就剧痛，找不到病因。我的父亲迷信，遇到姥爷不分昼夜剧烈疼痛的时候，他会跑到二百里外老家南贾镇东刘村找一位相熟的法师施法治，据说很灵验。我非常喜欢姥爷的拐杖。我想象他在河滩醉卧被小舅找见了背上，手里横着他的拐杖，这幅图景使我忍俊不禁。

姥爷有心脏病，犯起病来，能把人吓坏，但他就是喜欢酒。有几次他犯心脏病，躺在炕上，被人围拢了救治，搁鼻子上闻的急救药气味在窑洞里弥漫，十二三岁的我，只敢悄悄地坐在角落的小凳上，大气不敢出。可是病犯过去，一如既往，我不知道他酒瘾有多大，却老见他在姥姥出一下屋门就赶紧偷喝一点，好像他心脏没毛病似的。那个时候日子拮据，在村里应该基本没有什么酒场子吧，也难为他老人家啦。

姥爷1986年去世。姥姥小他五岁，2002年腊月去世。我们这堆外孙有能喝好喝的，逢年过节办事，聚在一起总要喝一顿，总有要狠喝的。姥姥在世时看到总是说："都是你爷外老教头带下的。"是埋怨，是揶揄，是爱。

二

表哥小根子，是县城西后西坡村的，我二姨家的老二，属猴，长我整整一轮。年轻时的小根子哥，混得那是相当"吼雷闪火"的，十八九岁就当上了生产小队长；后来顶替二姨夫在县汽车运输公司上班，当过食堂的司务长，常驻过临汾转运站；再后来呢，单位和煤炭运销公司合并，人员多，他年纪不老但也不小，就坐家里了，而工资倒也不少。坐在家里无所事事，他就和人跑红白事。他大约很年轻时就喜欢这一套，因为老早我就知道他和乡宁县当时吹唢呐最有名的曾子关系特别好，忘年交。跑红白事，在红事上，叫礼宾，在白事上，叫阴阳。谁家有了红白事特别是白事，就要靠他们，场面怎么铺排，程序怎么安排，仪式怎么进行，都得听他们的。乡宁人办白事十分隆重，所以干这个的在事儿上特别重要。阴阳是个热心的活儿，一般没有报酬，但是少不了主家的感谢，一两条稍好的香烟什么的，吃饭什么的也都在主家，其实也不白忙乎。在祭奠的场面，阴阳头戴礼帽，鼻架墨镜，在灵堂前吆喝，声音抑扬顿挫，韵味悠长，把事情理得井然有序，献，响鼓，就餐，等等，乱而不乱。"尚飨——"这一声吆喝，仿佛就把天与地与人参透了。

小根子哥跑事，还可以很好地满足他的喝酒嗜好。乡宁的红事白事，都是上酒的。说喝酒是他的嗜好，是没有问题的，前几年有一次聚在一起，他说他早上起就要喝二两，就是佐证。他今年六十有三，酒量稍减但码子从来不乱，这个在每年正月初二去给大舅小舅拜年时吃饭就表现得很明白。我是不太能喝酒的，年轻时候还敢胡喝，现在已知天命，身体实在消受不了。兄弟们坐在一块儿，他也不狠劝我。在我们总共十九个表兄妹中，他和我最谈得来，最有一份天然的亲情，不知道为什么。

我看到的第一个喝醉了的人，就是小根子哥。那时候我在乡宁二中上初中一年级，父母亲在尉庄工作生活，我没吃住的地方，他就让我住在他汽运公司司务长办公室，在他们灶上吃饭。一个礼拜天傍晚，我从下县姥姥家回来，拿钥匙打开门，发现床上躺着个人，姿态有点别扭，不是自然睡的，而像是人放的。房间灯不开，影影绰绰的样子把我吓得头发都竖起来了，吆喝两声，也没有反应。怎么会有人躺在我的床上，是死是活？我手哆哆嗦嗦摸着灯绳拉开电灯，才看到是他。我叫他，摇晃他，他依然没有任何反应，软得跟面条一样。我不知道他怎么了，赶紧往后西坡二姨家去。听到我的叙说，二姨却自言自语地骂"那不够数"，走到院里叫："爱萍，快去看呀，外又喝多啦！"表嫂从她房里出来，脸板着……

因为爱喝酒，小根子哥的人缘很好，知名度也高，县城里很多人都认识。他社会上的事情经得多，明了事理，姥姥爱见他，大舅有事也多与他商量。他与我父亲不像长辈与晚辈，在一起，跟兄弟似的，颇有汪曾祺一篇文章题目的意思，"多年父子成兄弟"。

最近几年，我们在一起喝酒的时候，他总不由得流眼泪。我能够理解他的心情。他看上去虽然是老成于社会、嘻嘻哈哈的，其实内心比较敏感，容易感世伤时（我也如此）。他流泪的时候我心里也戚戚然，想到光阴的一去不返，人事的纷繁，老一辈的老去甚至逝去给人的感伤，新一代倏然长大给人的欣喜，等等，等等。

他来我生活的小城，我总是请他去小饭馆吃饭，但来得也不多，有数的几次。陪他喝酒，一瓶，他多一半，我少一半。喝完了，他也不停留，搭公共汽车就走了。他其实也没有什么事，可以住下来的，但是不。我知道，一方面是我工作紧张不能陪他，这样他会很没有意思，就像我们到另外陌生城市开会或办事一样的感觉；另一方面，各自成家，另一半，毕竟没有血缘关系，生活习惯也不一样，乡宁人一般是很自觉地不惹人嫌。

我们长年生活在不同的地方，其实对彼此的生活已经比较陌生。他有自己的子女和孙辈，我想象不出他每天怎么过，想象不出他饮酒的场合习惯，除了知道他一如既往地喜欢喝酒，还知道他说他还可以喝，他体检的胆固醇甘油三酯血糖血压的好着哩。有时候坐在一起，有点没话找话，但是亲情丝毫没变。

三

除了姥爷和小根子哥嗜酒之外，我的其他的亲人们有很能喝的，也有量一般的，更有不能喝的，下面或状况或故事，简记之。

我的父亲是最不能喝的，小酒盅喝必不过三。我对他喝酒的印象有两次。一次是他在尉庄工作的时候，过年有同事邀请吃饭，我也就七八岁的样子吧，和他同事的儿子是同学，他们吃饭的时候我恰好在他家玩，看到父亲拒酒，他好像只喝了两小盅，用鲁迅小说里的一个词，是满脸溅朱啊，他的脸都红到脖子根了。后来我离开他上学、工作，并不知道他的喝酒情形——过年他也不沾。再见他喝酒，是小弟订婚时，大约是2002年吧。彼时他得脑出血已经两年了，在订婚宴桌上喝了两盅，依然是满脸溅朱，脸红到脖子根了。

叔父在襄汾的丁村搞考古，年轻时工作忙，我家又随父亲搬到了乡宁，交通不便，所以我小时候极少见到他。到后来他退休了，我工作了，但是我的条件又很不好，依然见面不多。再后来，整个社会条件都进步，我也好了点，我就往丁村跑得多了些，但是去了一般是神聊一阵儿就走人，不吃饭，因为我的婶子已经去世，他在别人家交饭费搭伙解决吃饭问题。我和他喝酒有四次。一次是山西师范大学的几个教授和学生到丁村访问他，一起吃晚饭，正好我也去了他那儿，给赶上了。吃饭的时候敬酒，我也依例而行，不多喝，他说："小健啊，你可以发挥一下你接待工作的特长嘛。"结果喝得我第二天早晨起床都想不起来自己是怎样回来的了，但记得他喝了八九小杯，有二两吧。第二次是河南省方城县陶岗村的血缘最近的一家亲人来襄汾（我们家是在我爷爷那辈时由陶岗村来山西汾城县南贾落户定居的），2017年暮春，他出钱请客，十分开心，喝了也有二两白酒。第三次是我亲兄妹四人2018年初夏去看望他，聊了很久，安排我们吃饭，再次喝了二两，我感觉应该是他最开心的一次。第四次是此年秋，汾城镇的一家醋业老板找他指导策划申请山西省老字号，老板请他吃饭，我正好也在，这次他又喝了二两。我曾经写过两篇关于他的文章，他工作勤奋，生活有趣，成绩不少，十几本薄薄厚厚的专著和散文集就是最好的注脚。2019年了，他85岁，祝愿他老人家依然能二两二两二两地喝。

我的大舅平时不沾酒。关于他喝酒，一是听过他一则故事，说前些年，小根子哥等几个外甥、女婿去给他拜年（没我，那时候没车，很不方便），吃饭喝酒，喝得太多了，叫停，都不听，大舅就火了，到他们喝酒的桌前，把半瓶白酒一口气喝了。外甥们立刻鸦雀无声了，都以为大舅不能喝啊，平时不喝，谁知道他庐山真面目呀。二是近年正月初二我们都去给他拜年，他也喝我们敬的酒，能喝个五盅八盅，总是说，好了好了，不敢喝了。大舅是乡宁县电力技术的老把式，20世纪50年代毕业的中专生，人却极其谦逊随和，今年整八十，慈眉善目的。

小舅呢，是个实诚的农民，语迟本分，喝酒也是这样，我们给他敬酒，他一面说不敢喝啦，不敢喝啦，一面还就喝了。他长得有点像相声大师马三立，瘦的，脸上全是皱纹，也是两个招风耳。我很爱他，我的实诚和他一样。

表哥平子，是大舅唯一的男孩，喝酒唯一的特点就是实在，宁愿自己喝倒，也不作弊耍赖。近年去给大舅小舅拜年，都是他安排吃饭。顺便加一句，我们给舅舅拜年，是要戴上帽子，在张氏神主前，正正规规地磕头的。这不是守旧，是一份永远敬重的心。

有个表姐夫，小根子哥的小妹夫，长得黑、瘦、小，却能喝酒能吃肥肉。有一年在大舅家拜年喝了一阵酒，大舅把酒给限制了，他要和我划拳，说谁输了谁吃一片梨肉。梨肉，是乡宁宴席的一道名菜，甜品，用肥的猪肉——当然带着里层的红肉，经过煮、炸切片等工序，与切片的梨相间，码碗里上锅蒸，蒸妥了用一个碗盖住，翻过来，菜品翻进盖的碗里，齐齐整整，浇上蜂蜜等勾的汁液，再在上面放一撮白糖。有人是吃不了这一道菜的——闻着都腻得想吐，但是有人就吃着觉得香甜无比。我小时候不能吃梨肉，上初中的时候无来由地就特别喜欢了。我一看他这样建议正中下怀，立马答应，却没想到他瘦瘦小小竟然也喜欢吃。划了几个回合，把几乎没人动的一碗梨肉俩人快吃完了，他说："咱不要划了吧，没想到你这么能吃梨肉。"我说我也没想到，围观的都哈哈大笑。这个表姐夫比我大两岁左右吧，已经驾鹤西游五六年了，我没参加他的葬礼，因为我恰好刚到南京有事情，时间来不及。四十七八的年纪，无常啊。

我大堂哥，N年前春节去乡下朋友处喝酒，喝多了不听劝骑摩托车往回走，半道上在雪地里就睡着了，幸好有路过的好心人看见后相救助，否则后果不堪设想。还有一个堂哥，嗜酒，年纪轻轻酒后驾驶摩托车跟汽车撞了，幸好不严重，两根肋骨骨折，那以后便戒酒了。

不多说了。

最后讲一个我喝酒的洋相事做结尾吧，近二十年前的事了。五月，和朋友去河南焦作云台山两日游，晚宿，饮酒，饮毕，竟然又遇到隔壁单位的，即又相互敬了一通，喝的啤酒，喝酒用的是老钵碗，也没感觉多。回农家店，五人一房入睡，都是男的嘛。夜半，口渴，尿急，只记得迷迷糊糊，问题都解决了。次日凌晨，楚老师找来找去，就是找不到自己的裤子。我也帮着找，几个人一起找，还是找不见。找的当间，我偶尔一低头，发现自己穿的裤子脚怎么在小腿半肚子处呢，挤眼再一看，里面还有一条裤子，是我腿的长短，猛然之间明白了，忍不住哈哈大笑，叫大家都别找了，说楚老师的裤子在我腿上哩。楚老师是个小个子，不到一米六的个头吧，我一米七八，想一下他的裤子在我腿上的效果吧。大家笑得眼泪都出来了，腰也直不起来了。我纳闷他的裤子怎么能穿到我的腿上呢！忽又记起昨夜内急时皮带死活解不开的着急情形，他的皮带扣和我的皮带扣机关不一样啊。

2019 年 2 月 4 日戊戌除夕

小 舅

　　大凡老实人都寡言，我的小舅便是这样一个典型。

　　小舅老实寡言，亲朋言是属牛的缘故，而属牛能言会道的人也多的是，我以为他是一个茶壶里煮饺子——心里明白、不善表达交流的人。他爱读一些浅显易懂的书，爱听县广播站的有线广播。我上初中，有一次暑假他送我从县城回三四十里外在尉庄的家，步行，在路上他讲县城西的结义庙是明朝打李自成的郑崇俭孝敬母亲修的，样子跟金銮殿一个样，只是小了许多，因为他母亲没见过皇上住的金銮殿而皇上因此疑其有反心而杀之；县城南山文笔双塔压的是凤凰的翅膀……讲得头头是道。当我长大成人，我想他这样沉默寡言更多的是性格方面造成的。这方面，我和他很有些像的。不由人。

　　然而，拙于言辞，人又诚实，在旁人眼里便归于傻，说媳妇便成了大问题。小舅近而立之年，我十岁左右的样子，才好不容易说了门亲事，大家帮助他娶了亲，无奈那女人头脑不太好，有几分痴，又懒惰馋嘴，不久就离了婚。小舅就又打起了光棍，他的婚姻问题重又如巨石压在了姥姥姥爷，包括姨姨大舅和我母亲的心头。但小舅能吃苦，干起活计下死力，是种地的好把式。又

076

过了两年，说了个比他小十多岁的，就是我现在的小妗子。小妗子为小舅生养了一女一男。

小舅只高小毕业，却热爱时下年轻人觉得高古而枯燥、感觉要速朽的蒲剧。《西厢记》《窦娥冤》《卖水》，谈起蒲剧来他如数家珍。其实他并不一定知道这出戏是谁写的，那出戏是哪个朝代的事情，但这丝毫不影响他的兴趣，他更多的是沉浸于或曲折或离奇的感人剧情中，寄予忠奸善恶爱恨以分明的爱憎。我小的时候总讨厌戏曲咿咿呀呀的，而蒲剧的乐器演奏起来又太吵，演员唱得越起劲，乐器演奏就越响，高亢嘹亮得一塌糊涂——所以蒲剧也叫乱弹。小舅总是说我不懂戏。当时我想自己能辨得清戏里的人物，故事也了解，甚至时代也知道，如何不懂戏？小舅不过是故作高深罢了。后来我喜欢上了京剧，始觉今是而昨非，那个时候自己真的是不懂戏。戏曲演唱其实就是人生真情的抒发，世事的喟叹，懂戏就是懂人。

我的母亲十七年前去世，其时，正值壮年的小舅同我们一样一身缟素，在母亲灵前呼天抢地，涕泪俱下，久不止息。我那时只觉得只有自己是世界上最哀痛心伤的人了，可是，见他的样子，我知道，同我一样伤心的，至少还有小舅，我的孤苦也有他在分担。我想起课本里手足情深这个词，斯情斯景是最生动的注解。母亲去世后，只要见到小舅，总能从他的目光中读出怜爱与惜痛，仿佛母亲遥远的在别一个世界的同样的目光。

小舅在山坡上种地，在鄂河冲积的平展土地上侍弄时令菜，还自己揣了干粮挑上菜去二里之外的乡宁县城卖……辛勤终年，亦无发达，倏然之间，已是过知天命之年的人了。我曾经很觉得他没出息，但在世上活一活，才知活人真不易。生活在乡间，劳作已使小舅人形干瘦，背也有些驼了，脸和身影都与老相声艺术家马三立酷似，一脸瘦削皱纹老皮，也有两只招风耳，只是胡须一如既往茂盛凌乱——不知道他几天刮一次。我在外地工作，不多回去，回去了，小舅总是叫妗子做乡宁饸饹面来，香喷喷，热辣辣，大海碗端。这种面，我曾为文，刊在省里的报纸上。

如今，我的小表妹已然成婚，女婿是个比猴子还机灵但也诚恳的男孩。我们都想小舅的门风变了，他那踏实却不裕如心意的日子也要变了。苍天不负好心人，大约是这样，但愿是这样。

2003 年 1 月 4 日

我的叔父和丁村

引 子

20世纪80年代初，在吕梁山间一所初中的历史课堂上，一个学生因为手舞足蹈、眉飞色舞地和同桌交头接耳而被老师罚站。这个学生是我，那是我的第一堂中国历史课，教材上的"丁村人"实在是叫我骄傲不已——我的叔父陶富海就是研究"丁村人"的。

关于丁村

山西省襄汾县城南去五公里，有村东依塔山，西傍汾水，田亩丰饶，枣木成林，是谓丁村。这实在不是一个平凡的村庄，可是在多少个世代里，她宛然一位厚积薄发的大手笔，在汾河的这一湾里醉心于笔耕而不辍，耐得寂寞。1954年，当"丁村人"跃然于中国历史的第一篇章，于此三十年后她的明清民居被辟为中国第一个系统反映汉民族民俗风情的专业性博物馆，两处先后于1961年（第一批）、1988年成为全国文物保护单位时，我不知道世界是多么的震惊，却知道由此，在绝大多数的国家、省的地图上，都不可以无视她，都会有一个表示文物古迹的符号标识她，或还写出名址。

丁村人，是更新中晚期居住在汾河流域的人群，他们连同他们创造的"丁村文化"，是从五十万年前的蓝田猿人、周口店猿人到一万多年前的北京山顶洞人之间的旧石器时代中期人类化石和文化遗存的不可或缺的链环，在中国旧石器时代考古领域占有举足轻重的地位。1954年三枚人类牙齿化石的出土，可谓是石破天惊，其中两枚的铲形，恰是铲形门齿的黄种人的重要特征，与白色人种的勺形门齿别于天壤，打破了此前西方人所谓中国人的祖先由欧美迁徙而来，中国人是外域人变种的说法。1976年出土的幼儿右顶骨，是又一个驳倒此说的有力证据。三枚宝贵的牙齿化石和幼儿右顶骨，还有发掘的其他人兽骨化石、大量的石器，都散发着丁村人顽强的生命气息，写着他们走向文明不可阻挡的脚步。

丁村实在是一片文化矿藏的富集区。丁村文化遗址的发现，不知已使多少人跌破眼镜，而丁村那集自明万历至清末的四十二座四合院民居建筑群落，幽静典雅，规模宏大，保存完整，其格局、结构、装修、木雕、石作，以及民宅的家族、生计、教育、风俗信息，透出的浓郁绵长的黄土高原民间风情和民族艺术气息，同样使人入迷陶醉。

前考古岁月

我的叔父聪敏耿直，青年时代却运命坎坷，但是他的锐气没有因此而挫。

1952 年 6 月，我 19 岁的没有上小学的学徒工父亲和 17 岁在原汾城县南贾完小毕业的叔父，双双考上初中，而且叔父以十分优异的成绩被省重点中学临汾一中录取（我的父亲被汾城中学录取）。我的祖父母又是欢喜又是忧，家里生活太困难，哪里供养得起两个初中生，犹豫再三，爷爷把已经背着铺盖卷到临汾一中报到的叔父叫了回来。叔父辍学了，但是他学习好在区里是出了名的，区政府觉得他这样辍学太可惜，就送他上晋南地委党校，可是这里只要党员，而他只是共青团员，事又黄了。有句话说得好：机会是给有准备的人预备的。10 月，区政府又通知他，山西省行政干部学校招生。这一次，他以临汾第一的成绩被录取了，短训了六个月后，被分配到山西省建二公司工作，从此开始走南闯北，踏上了真正的人生旅途。

然而，初涉世事的叔父差一点被打成右派。他们公司在双塔寺下成立子弟学校，他因为勤奋好学，被调来当教员，那是 1955 年。子弟学校的校长讲话时把"桎梏"说成"diegu"。我的叔父当面纠正他，他却说："我就这样读，我咋读咋对。"我的叔父不是个圆滑人，那校长则死爱面子、小肚鸡肠。反右的时候，我的叔父在看报纸时，无意间说了一句话，被人报告给了校长，校长如获至宝，要划我叔父的右派，可是一查，几代贫农，又没法划，思来想去，给我叔父定了个右派言论，下放到太原东山观门前村建设系统劳动锻炼基地改造。我叔父劳动还没有一个月，村学校的老师死了，村里的李支书知道我叔父原来是教员，就找了他说："二十几个娃娃就交给你吧！"他又拿起了教鞭。劳动锻炼时他没有吃大苦头。也许因为年轻，他也没有把"右派言论"的帽子当回事，他把自己的巨大热情都投入自己喜欢的漫画创作上，在《山西日报》《太原日报》《太原文艺》等报刊发表了近五十幅（组）漫画。祸福相依，在太原举办的下放锻炼干部成就展上，他因为既有漫画成果参展，又参与布展，多才多艺，又年轻活泼，颇为引人注目，就被抽去搞太原工业展览馆，1959年正式调入太原市政府办公厅，主要工作是设计每年的国庆大型活动，布置各种会场。省城国庆十周年游行的体育方队就是他设计的。

1963年，和叔父青梅竹马、当时在自由恋爱的后来的我婶母从山西医学院毕业，分配至襄汾县人民医院。为了爱情，为了生活，他开始了两三年的在太原与襄汾之间漂来漂去、四处找人调动的日子。后来他终于调到了襄汾县文化馆，适逢"文化大革命"开始，他先是在襄汾古城公社当观察员，后又加入了红卫兵，在毛泽东思想宣传队，自己编写并且表演相声、山东快书、数来宝，唱革命歌曲，画宣传画，写大字报……

一场洪水冲来的丁村缘

老百姓说，人过三十不学艺。1969年初，襄汾县文化馆负责文物工作的王先生退休了，领导却安排我三十大几的叔父接手。他在文化馆本来负责群众文化活动的辅导和阵地宣传，对文物考古工作是隔行隔山，而他的完小文化水平，虽然在实际工作中有提高，但是所学的东西是不系统的，甚至可以说是杂乱零碎的，如何应付得了考古这高深的东西！一切得从零开始，真是艰难的抉择，但是我的叔父没有犹豫，毅然把文物考古工作担了下来，因为他既有那个年代"革命战士是块砖，哪里需要哪里搬"的豪情，又有自己"不干就不干，要干就一定干成"的倔性格。专业知识，政策法规，他勤奋地学、钻。与此同时，那个年代，大量文物被破坏了，文物工作也不正常，他出于责任，尽心尽力地调查了解文物现存情况，宣传文物知识，提高群众保护文物意识。几年下来，他行程数千里，走遍了襄汾21个公社200多个大队，复查全县古文化遗址100多处，古墓葬30余座，古建筑20多处，并对其中重要的进行了测绘、照相、记录，建立档案。文物考古的文化魅力，使他不知不觉越来越深地爱上了这一行。学习中实践，实践中学习，博闻强记，钻研思考，他渐渐成了行家里手。

丁村文化遗址在1954年大规模发掘后，一直没有再次发掘。1975年的夏天，一场特大洪水漫溢了汾河河道，大水涌上了几十年没有登临过的高河滩。丁村人化石发现地54：100地点河岸坍塌，砂层流失，受到了生死存亡的威胁。山西省文管会派王向前会同我的叔父立即对受害地点实地勘察并编绘保护规划报国家文物局。1976年8月10日，由中国科学院、山西省文管会、临汾地区专业人员包括我的叔父共同组成丁村遗址抢险发掘队，开始了第二次发掘。就是这一次，那块意义重大的幼儿右顶骨化石出土了。1977年至1980年，在山西省考古所王建、临汾的解希恭和我的叔父主持下，继续对丁村遗址范围内的汾河两岸的地层地貌以及文化内涵做了更大范围的调查、勘探和试掘，发现证实，丁村遗址不是仅限于1954年的汾河东岸单一的中期文化的11个点，而是扩及汾河两岸，时间跨旧石器时代早中晚期、达20万年之久。为研究丁村文化的来龙去脉及有关细石器分布、演化提供了异常宝贵的资料，并在地质时代划分上找到了新的有力证据。此外，我的叔父对丁村以东7公里的大崮堆山石器制造场新石器的制作流程进行了探索性研究，成果发表在权威的《考古》杂志上，有日本考古学家慕名而来，专程来丁村同他交流。

在晋中的大院文化旅游开发得轰轰烈烈的今天，丁村民宅几多落寞，几多怅惋。还有多少人知道她是1985年中国第一个系统反映汉民族民俗风情的专业性博物馆，全国文物保护单位？对此，我的叔父也无可奈何，这不是一个研究人员管得了的事情。他为此曾付出了多少心血！他是这一博物馆的积极倡导者、方案主导设计者，并亲自参与布置，这里摆放的文物，90%是他一件一件从民间收回来的。他主编出版的《平阳民俗丛谭》里，70%是他的文章。他曾应邀赴日本与他们的民俗学家交流，并在东京都大学讲学。他写的《父亲的良民证》发表在日本东京《日中艺术研究》1998年8月号上，真实记录了日本侵略中国的一个细节。

半路出家搞考古的我的叔父一头扎在丁村，如痴如醉。这里丰厚的文化哺育了他，他又以自己的才华智慧把这颗明珠打磨得更亮。他勤奋探索的成果，不少发表在了《考古》《文物》《考古学报》《大自然》等权威刊物上，有的还翻译成了外文。1994年他顺利通过国家文物局的正高职称评定，一个完小文化程度的人，成了山西考古界的十几名研究馆员之一。对此他总是云出无心："人不能老考虑当什么，而要考虑干什么，怎么干。一分耕耘，一分收获，你只要干了，高调点说是人民不会忘记，按老百姓的话说是老天爷心里都记着哩。"

良师益友

贾兰坡，我国著名的旧石器考古学家、古人类学家、第四纪地质学家，中国科学院资深院士、美国国家科学院外籍院士、第三世界科学院院士。这位在11天之内连续发现了三个"北京人"头盖骨的大学者，曾经多次来山西参与旧石器遗址的发掘工作，在芮城的西侯渡，襄汾的丁村，沁水的下川，都留下了他的足迹。

1978年9月中旬，贾先生赴下川考察，陪同的我叔父由此结识了这位考古界的泰斗。1979年12月的一天，我叔父他们的研究成果在北京的科学会堂举行的中国猿人第一个头盖骨发现50周年纪念会上交流，受到了贾先生的关注，由此我的叔父成了他的学生。贾先生此后又三次到丁村考察，我的叔父每赴京必去拜访他，这都是他们交流学术和感情的好机会；而平时，书信则是他们研讨沟通的鸿雁。贾先生很是欣赏我叔父的勤奋、悟性和敬业精神，二人十分投缘，亦师亦友。我的叔父说："他对我真是言传身教啊！"贾先生曾经在临汾做过一个题为《中国旧石器时代研究的发展趋势》学术报告，后来由我的叔父根据录音整理并且发表在《山西师范大学学报》上，已经有相当水平的我叔父由衷赞叹那真是出口成章的一篇很好的考古学启蒙教材。贾先生不仅学识令人敬佩，做人也是楷模。贾先生去沁水下川考察时的一句话叫我的叔父铭记至今："讲错了不要紧，谁有新的观点来纠正我，我也改正自己的看法。科学就是在不断修正中前进的，我愿意当靶子。"这是贾先生的治学精神，又何尝不是他做人光明磊落的生动写照！

回忆起四年前去世的贾先生，我的叔父总是不由得眼含泪水。一次他上北京出差，顺便去看望贾先生，一进门，贾先生就嚷嚷："富海，会包饺子吗？到厨房帮忙去。"那感觉，就是回到了自己家！

贾先生这样的良师益友，我的叔父还有不少，像山西省考古所的王建，像……

淡泊生活

10 年前，我的叔父退休了。但是工作退了，考古研究没有退。

近年来，他不仅继续挖掘丁村，还进一步拓宽研究领域，对陶寺文化、龙文化、尧文化进行了深入研究，取得了不少成果，除了在《文物》《大自然》《山西日报》《临汾日报》等报刊发表论文外，由他撰写的三晋文化系列丛书，《丁村文化遗址》《丁村民宅与民俗》《陶寺文化遗址》已经出版发行，《平阳古村落南贾》《汾城故城》即将脱稿；由江苏教育出版社约稿，他的十余万字的民俗专著《丁村》也已付梓。

他有不少社会性的职务，又由于在当地有些名气，就频频被注重文化发展的县乡村这里请去当顾问，那里邀来搞策划。要建设文化大村的襄汾县的贾罕村是把他"缠"得最紧的单位之一。南贾村为自己出了个考古学者自豪不已，竟然把他编进了村民知识竞赛题里。后来还被县委聘为襄汾县文化总顾问。

退休了，时间毕竟归自己安排，工作的闲暇，他就写一些颇有灵性的小散文，发表在《山西晚报》《山西日报》等报纸上，自得，玩味，消遣；也可以每天练习书法了。他练书法有"三不"，即不入会，不参展，不参评，纯纯的就是玩，就是兴致。然而 10 年下来，他的字居然有人求，还有人要买。

我的婶母 5 年前去世，他的儿女都在县城居住，他却还是独自一人生活在丁村。他的心胸开阔，性情豁达，幽默风趣，70 岁的人，看上去也顶多 50 多岁的样子。他自己没有置办过房产，就借住丁村一处明代的民宅，人们说，陶先生住在国保文物里，是宝贝里的宝贝。他只是简朴地生活，默默地工作，静静地看日影的脚步，听风从树的枝头吹过。

　　每天的早晨和黄昏，我的叔父都会在丁村和汾河之间的南同蒲铁路边上或乡间小道，长时间地散步。久久地望着那村落、田地、河水、枣林，目光抚摸一般，他知道，自己此生已经离不开这片土地……

　　　　　　　　　　　　　　　　　2005 年 5 月 29 日改毕

　　陶富海，完小毕业，三十五岁始学习考古，把整个生命都融入了一个文化积淀深厚的村落，1994 年成为山西省文物考古界屈指可数的十几名研究馆员之一。

小果子　大果子

　　不知何时，城郊的一片苹果园，有人在临大路的一角，辟了一个乡村风情啤酒村。这也就是个小饭馆，不过是十来间临时建筑房，红砖砌墙，石棉瓦顶，房屋后面，是水泥打的小径，和小径联络起来的在十来棵钵碗粗的苹果树下的小圆场，小圆场上摆了农家的小方桌凳，上面吊一把大伞，伞下拉一盏灯，各以黑色的遮阳网罩了，蒙古包似的。

　　有一个喜欢风雅的朋友，路过不经意间发现了它，遂邀三二好友——自然有我——去饮啤酒，品农家菜，以消刚刚开始的炎炎酷夏，也可以说是以慰田园情怀吧。

　　作为一个吃酒的去处，这里的确是不错的。设施虽是简陋，环境却是可意。没有了城市的所谓工作，没有了热岛效应的燥热憋闷，坐在树荫下，遮阳网挡了些暑气，网眼却透入了徐徐田野清风。树上的小苹果，干核桃那么大了，掩映在枝叶间，仿佛青涩少女。饭菜虽然做得粗放了些，但正是这个粗放劲儿才得农家日月烟火的气息。啤酒是在一个井里水泡着，透心的凉，而没有冰柜冰镇的寒意。服务员都是十八九岁的小姑娘，泼辣、麻利、爽朗间有随意，别是一番风情。

你不能不想起陶渊明，真是"问君何能尔？心远地自偏"。

吃酒，酩酊而归。

后来，我们又去了。这是大约隔了半个月的事。

一切依旧，只是这里的生意红火多了，人多了。大家赞叹这老板有头脑，而没有谁注意那树上的果子，已经小孩子的拳头那么大了。青青的果子，突然叫我想起作家池莉的一个小说开头的话："有时候闭上眼睛，把头晃一晃，就感觉时间是在飞。"我的眼里一热，有些湿润。

吃酒的时候，我在心里就不由得盘点自己这半个月的日子。

教上小学的儿子学习了不知道几个单词，因为工作，因为杂七杂八的事情，基本上是三天打鱼，两天晒网。

双休日睡了两次懒觉。

单位的上半年总结写写改改，占去好几个日子，写公文的枯燥，艰难之感，叫人心里仿佛棉被里装了N多年没有弹的棉花套子。

一个早晨刮脸，发现下巴有三根刺眼的白胡子。

醉了三次酒，就废了三天。

去书店看书，蜻蜓点水，半个小时。

每天在网上玩一阵儿游戏，或QQ聊天，或听古琴《梅花三弄》《平沙落雁》，听朱哲琴的《信徒》《央金玛》——我最喜欢的音乐。

看电视，科学方面的《悬棺之谜》，情景喜剧《闲人马大姐》，新闻节目，等等。看过之后，在记忆里仿佛了无印痕。

还发过呆，烦过心……

有时候我就老想，在这段时光里，我所做的事情的意义，有一个果子从干核桃大长到小孩子拳头大的意义大吗？！

2005 年 7 月 6 日

三兒子上樹瞧打父親樹下尋
誤看誰敢得逞誰

佃玉灯画

090

窗外的歌声

　　楼外高大的白杨蹿得老高，枝叶把我在四楼高处办公室的窗都遮掩了，屋里的光线便暗了些，泛着绿意……可是，它却不能阻断那每个工作日的清晨自窗外如期而至的孩子的歌声、嬉戏声。那声音，和那绿色的光一样……

　　窗外一墙之隔，是一家幼儿园。

　　我窗户的一隅，有树的枝叶留下的空白，望下去正好对着幼儿园教学楼口。九点来钟，先是稚气的声音："一二一，一二一……"一队队的孩子，在一个个阿姨的导引下由楼口踏步出来。孩子们衣装色彩斑斓，有那调皮的孩子推这个一下，挠那个一把，或是走得散漫自由，有阿姨厉声的叫喊也好像无济于事，因为这个被喊老实了，别一个却以为没有喊他又有小动作了。那队伍虽不齐整，但没有成年人抑或半大孩子不守纪律不学好那令人厌恶和不争气似的感觉，那份不谙世事的勇敢，那份抑制不住的活力，倒是叫人觉得有忍俊不禁的可爱。

　　队伍在操场上均匀地散开，幼儿园的高音喇叭就响了，孩子们开始做儿童广播体操。赤橙黄绿青蓝紫，还有调配的许许多多颜色，在配了儿童音乐的稚气的口令声里，在窗外跳荡不定的枝叶间隙，跳荡、闪动。高音喇叭的效果不好，有电流的声音，还有嘈杂的其他声音，但这并不能影响这一片的纯净、有趣、美好。

广播操做完，孩子们又按照班级集合，各唱三两支歌儿，解散。那操场一下子就成了沸腾的锅，无忧无虑的海。

每天这样的时候，我都会在枯燥乏味的公文中，在缠人的事务里抽出自己来，踱去窗前出神张望，而更多的时候会在写字桌前，饮下一口酽酽的茶水，闭了眼睛，慵懒地靠在椅背上，听，直到又复归于一片寂静。

春夏秋冬，窗外的树叶绿了，黄了，又绿了；稠了，稀了，光了，又稠了。那声音不是大珠小珠落玉盘，却胜似大珠小珠落玉盘，永远纯净，鲜活，生动，很厉害地感动人。

在这世界的最初声音里，在时光的流转、季节的嬗变中，我仿佛听见了孩童时代在吕梁山间的溪流淙淙，听见了山风吹动森林飒飒的温柔抑或呜啊呜啊的强劲，听见了一串串的野葡萄，听见了羊肠小道上匆忙的大蚂蚁，听见了母亲在叫唤吃饭，听见了父亲均匀的鼾声……心中有一份怀恋，一份感动，一份安宁。

找找快乐，拉拉弦子

人老难过

自得其乐 怡平 [印]

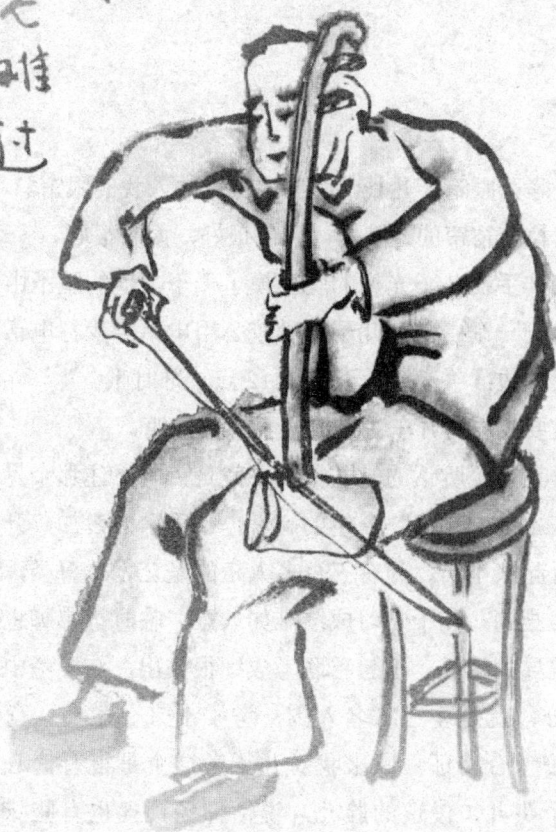

我的 2012 中秋节或一个碎屑的日子

早晨一睁开眼睛，儿子熟睡的脸庞就映入我的眼帘。

从飘窗拉着窗帘的缝隙看，天气很好，太阳很好。

我不禁伸手在儿子光洁的脸上摸了一下，他的脸不由地抽动了一下。前天一个中午，儿子用学校公用电话给我打电话的声音又回响在了耳边："爸，后天中午 12 点，准时哦。"

儿子是要我届时开车去接放两天半假的他。

儿子一直是个听话的乖儿子，可就是控制不住那个晃劲儿。高中三年在本地中学上，今年的高考，一千余人参加，升学的有六百人，听起来不错，却有三百多人走的是艺术体育类，真是盛名之下其实难副；儿子学习成绩难如人意，临时抱佛脚也学了个广播电视编导的特长，不想省联考成绩很突出，在校考中却不是差五分八分、就是差三二名入围，考了十来个学校，竟然没有取得一个校考合格证。原来我对儿子考这个是很有信心的，一米八三的个头儿，俊逸的脸儿，说话抑扬顿挫也有些味道，谁想……后来才听有经验的人说，要想办法联系到校考的老师，送上十万八万的钱，自然就取得合格证了，有的还承诺倘若文化分不达线录取不了，退一半。后来想想，我和儿子也不后悔，谁的钱都不是风吹来的，何况学这样的专业，也不是自己喜欢和特长的，将来在社会上何以谋生，何以过上好点的日子？因此在儿子高考前的两三个月里，我就一直引导他，大体就是男怕选错行女怕嫁错郎一类的道理。够了二本分数线，却没有学校录取，一个时期里他一直陷于广播电视编导艺考的失利和对潜规则的愤愤然不能自拔，总还算好，调整过来了，立志复读，考一个好些的大学，学一个实实在在的专业，法学、会计学什么的。于是就回到我的老家县中学复读了。只是妻一直埋怨我，学这广播电视编导专业课陆陆续续也花了有三四万块钱，心疼的。

儿子回老家县中学复读，我们半个月可以去看望一次，孩子一个月可以回家一次。7月30日开学，到今天整整两个月了，学习半军事化的管理，儿子的成绩上升较快，而没有一点先前的疲惫感和手足无措感，更重要的是信心十足，瞄准了上海的一所会计专业不错的大学，第一天不适应晚上一个人在被窝里流眼泪的事情已经成为笑谈。

我和妻第一个半个月时见到复读后的儿子，就发现他那说话的神情里，没有了以往让人感到的浮躁不安、满不在乎、什么都不当回事、什么都差不多又不知道差多少的感觉，倒是透露出了一丝的书卷气和沉稳，说话也变得有点舒缓起来。我心里顿时有一种欣慰之感，知道复读的选择对了，只等来年的高考了。儿子也深知选择对了，他一个上了专科学校的同学有一次打电话和他聊，将彼此境况一比较，后悔了，说想复读去，更印证了这一点。用一年的时间来重复踏步坚实一辈子的发展基础，应该不是蚀利的买卖吧。

我从床头柜上拿过来手机一看时间，显示的是八点二十六。再看几眼儿子，心中始终洋溢着一种难以用言语表达的亲爱情绪。但人过不惑之年，早已没有了恋床的习惯，我便起床，洗漱。在另一间卧室睡觉的老婆问："几点了。"我随口说："九点四十了。"她说："啊，都九点四十了，儿子没有起来，我再睡五分钟。"她是爱睡懒觉的人，她的五分钟，可以等于一个、两个小时的，甚至更长。我说："啊，随便吧。"我知道叫是叫不起她的，不需去费口舌，也许会演变成争吵呢。

洗漱毕，我吃下陈醋泡的三片生姜片。这是照央视国际频道中华医药节目介绍的方法做的。节目里一位鹤发童颜的老者说，他吃了四五十年的醋泡姜片了，现在的好身体就是每天三片醋泡姜养出来的，主持人和专家从中医的角度讲，姜健胃脾，人吸收好了，增强身体机能和抵抗力，其他各方面可能的疾病就给预先消除了。五分钟后，我喝下一杯白开水。再十几分钟后，我又喝下降血压的酒石酸美托洛尔。这方面我还算坚持得凑合，但也总难免有旷课的时候。这个时间段我很无聊，总想儿子早点醒来，和我说话。我跑过去看了他三次。第三次他睡眼蒙眬的一转身说："爸你起来啦。"我说："哦。"心里特别满足，而还是特别希望他立刻醒来起床和我坐在一起，哪怕不说话，静静的就行。

九点半左右，妻终于起床了。她起来在客厅看见钟表，说："哎呀老陶你个大骗子，现在才九点半啊！"便洗漱去了。她是一个做事情有点杂乱无章的人。我和她在一起生活也十八年了，尽管我絮絮叨叨地说，许多习惯她就是无法改变。我的絮叨是故意的，有时候她咬牙切齿："你怎么比老婆子还啰唆，我的妈呀。"好在我也习惯她的杂乱了，随她去吧，不耽误事情就行。她起来没有叠被子，在客厅转了一圈，没有目的，然后刷牙，刷完牙不洗脸就去叠她的被子，收拾完她自己的床去洗脸，温了水洗把脸去厨房看了看，问我是否买胡辣汤回来喝，定下来买了，又到卫生间往脸上涂抹奶们膏们，好不容易抹完了，又换出门的衣服。到提了小包小锅出门时，都快十点半了。她一脚跨出门，回头说我："吃完跟我去我妈家，啊。"啊字特别托了腔拐了个弯。我说："不去。"她眼一瞪说："你敢！"又眯眼讨好地对我笑了一下，走了。

妻那一笑是有她的用意的，平时我哪有如此待遇。

她的母亲没有工作，就生了三个闺女，父亲是邮电局的邮运司机，三十八岁时因公亡故。她的姐姐在十四岁时就顶替父亲参加工作，在邮电局当了话务员，在通信不发达的时代，这还是个挺吃香的工作。一家四个女人，生活虽说艰难，也还可以维持下去。后来妻也参加工作，在邮电局做邮政营业员；小妹也被安排到供热公司工作，又都各自成家育子，整个大家庭生活有所改观。三个闺女，大的招亲留在家里顶门立户，还恰巧又生了个小子，真是要改换门庭啊，一家人欢喜得，把这小子娇惯得拿在手里怕捏着，含到嘴里怕化了。小子学上到初一，不上了，要踢足球，想当球星，家人拗不过，正好市里有老板开了个足球学校，就去吧，去了没有多久，打架喝酒，花了几万块钱，又回家了。小子眼见着大里长，工作又迫在眉睫了。家里人就托了关系让他去当兵，想着回来后会安置工作，但最终也落空了。后来就结了婚，开了家网吧。不想有点钱小子就滋事，滋的事还叫人害羞，花不少钱。后来，事情被小子媳妇发现了，不干了，闹离婚，都写了离婚协议，与民政部门联系咨询了。大家知道都急了，劝，他们也不听。小子的奶奶，我的岳母和大姨子一日到我家要我劝小子，我说我说了也不管用。小子弄网吧，我说按照正规公司管理，他不做，小子媳妇每天收钱管钱，一人掌着，也弄不清具体多少；闹离婚之初，我说不管将来和了还是离了，现在的收入找第三人来管，小子也不做。岳母和大姨子知道了我不想去劝说，老大的不高兴，她们认为我说什么小子都会听的，让我劝他们别离，或起码把账搞清楚钱弄利索再离。妻和她们在说话间，不觉就火花四溅，大吵一顿，她们愤然而去，竟然都说要断亲，不过这话也不是初次说啦。大吵到现在一礼拜了，又是中秋节，妻没有说，我也知道那一笑是她要回去与岳母和大姨子和好，叫我做搭话的和缓冲器呢。

我去看儿子，他睡得很轻。我一进卧室门，他就开口了："说我马上也起呀，做数学练习题，老师布置的。"我说别急。这时，妻买早点进门了。她把买在锅里的胡辣汤舀好，去叫儿子，那感觉就像太监伺候皇帝，只是其中融进了无限的母爱。我生活的这座小城市，20世纪50年代建立，区位优越，交通发达，是有名的"南来北往商埠地，千车百货早码头"，但面积很小，仅二百平方公里出头，也没有什么有名的小吃，有名的也就是这孔记胡辣汤了，清香，醇厚，爽滑，的确是好，我走南闯北的老同学安每次来了，早餐都是胡辣汤，一喝三碗。

儿子起来呼噜呼噜喝了两碗胡辣汤，吃了三根油条，便写他的功课了。

这个中秋节和国庆假日连在了一起，有八天的假期。我并没有特别的计划，出游或什么的。一方面，我喜欢安静，不想和人出去凑热闹挤，到景点去人看人，多年的所谓黄金周我都猫在家里；一方面儿子的两天半假期，我想每时每刻都和他待在一起，以前没有感觉，最近儿子去复读，总想他，觉得心里空落落的，依恋得很，大约是我开始变老了？！

该手机发节日祝福信息的昨晚都发了，到现在还在零星收到回复过来的或被祝福的。我无所事事，就看电视。节目都很喜兴。我把遥控器抓在手里，在央视《纪录频道》《科教频道》和《世界地理频道》之间换来换去，看看这个演的动物，看看那个讲述宇宙什么的。我一般不看省台的卫视，感觉很无聊，不是做作无聊的电视剧，就是一群闹得慌的男女在做游戏，再不就是声音霸道、画面难看的药类、收藏钱币的广告。总结起来，我现在只喜欢看自然方面的节目了。

妻洗了碗，叠了儿子的被子，又开了洗衣机洗儿子从学校带回的脏衣服，同时又用抹布这里擦擦，那里擦擦，身体里安装了弹簧似的不停。相信她和我一样，此时想的是儿子赶紧做完题，好和我们说话，不说话待在一起也行，只要待在一起，心里就满足了。

儿子的题做完了。妻说："走，我们去奶奶家。"儿子从开始学说话就把姥姥叫奶奶，因为我母亲去世早，儿子都没有见过，叫姥姥为奶奶，也很正常，倒显得亲。儿子说走，我故意说："我就不去了吧。"妻一嗔："你敢！"我在逗她呢，手指点着她哈哈大笑，一面去换鞋子，她则有点不好意思的小尴尬。

岳母住在邮电家属院，20世纪90年代中期单位集资的房子，离我家不远，隔着一条商业街。十几年的工夫，院落已显得很破旧，邋里邋遢的看门老头，一片水泥抹就油漆刷黑在墙上的黑板上用彩色粉笔画着天安门、写着中秋国庆标语，一个仿古小亭的廊柱红漆斑驳，几株乔木胳膊一样粗细树盖稀疏蔫了吧唧又被修得小小的像一把把伞。楼道里墙角走着分户改造的包着黑黑的保温材料的暖气管道和自来水管道，还有住户堆积的或多或少的杂物，光线是线条粗笨的混凝土花砖透入的，很暗，不同楼层还隐隐有着不同的气味。

我们步行着过去，提着乡宁空心月饼、水果、饮品，上到五楼，妻专门让儿子走在前面。她说，赶紧敲门，儿子。儿子就啪啪啪地在防盗门上拍，嘴里喊："奶奶，奶奶。"声音还有着变声期的影响。等了一会儿，听见门里边若有若无的拖沓的脚步声，随之，门开了。岳母开的门，没有说话，拉长着脸，转回身走去坐在沙发上。她这是给妻看呢。我们也都坐在沙发上，一时都没有了话语。

岳母近七十岁了，一个人居住。废弃的纸盒、街上发的广告单、旧鞋子、饮料瓶等都舍不得扔，到处放到处塞，家具的表面多有灰尘积聚，日常用具也乱放着。整个家里显得很凌乱，这表明她不是一个有条理会安排的人，而不是因为年纪大。

片刻的沉默，岳母开始抽泣起来，随之竟然哇哇地哭了，手捂着脸，趴在腿上。妻使眼色、努嘴唇示意我和岳母说话。我怎么开口啊，和妻、儿子面面相觑。情急之下，我想豁出去了，就客观地说吧，便站起来走到客厅中间开了口。

我说："妈，你也别哭了，没有用。你和我姐说我说话小子听，实践证明我说了根本不管用。他开网吧之初，我就告诉他按照正规公司管理，当时我考虑的是怕他和那个合伙人之间出现矛盾，他没有这样做，结果媳妇管钱，挣点都贴给了她妈，结果现在两个人手里空空；我说买车别买太贵的十几万的就可以，代步嘛，结果小子买了三十多万的；前一段两个人开始闹离婚，我说以前的糊涂账再说，从现在起你叫第三人收钱管账，小子也没照我说的做，近两个月了，能收多少，毛收入小三十万，哪里去了呀；我说叫他现在口气硬起来，结果他一和媳妇通话，软得稀泥一样……我还怎么说呢？"

岳母渐渐地平复了情绪，但脸还是有些被焦虑的情绪扭曲着。看我停顿了，她说："那，也得管啊。"

我问她："怎么管？二十七八的人了，人家不听，你怎么管啊？"

她说："那咱们不是太亏了，网吧挣的钱都叫媳妇她妈用了，还说不上多少，一离婚，小子手里啥也没有。"

我说："哪也没有办法，你孩子不争气，咋也没有办法，刘备的儿子阿斗还有诸葛亮姜维辅佐呢，最后不连国家都亡了？还乐不思蜀呢。"

岳母仿佛没有听到我说的话，只是一只手背拍着另一只手心，一副痛心疾首的样子自言自语："得管呀，得管呀。"

妻于是接了腔："你说咋管？他说了那么多，你娃就是不听，何况他有些话就不能说。你就光是听我姐的，什么你小子就听他的，听了个啥？"

岳母还是说："那也得管啊，总不能看着娃就白白地……"

门上突然有钥匙声，门一开，是妻的姐回来了。她是个胖子，个子矮，穿一身宽宽大大秋天的衣服，颜色灰黑，走起来企鹅一样晃，衣服便哗啦哗啦抖，手里提着两个紫红塑料袋，里面装的是青菜和水果。她母女几个长得颇为相似，个都不高，额都不宽，肤都不白，发都不密。她和我打个招呼，去卫生间洗洗手，就坐沙发上和我们说她儿子的事情。

说来说去，也说不成个样子，她倒说是她也干了件糊涂事，她暗地里给小子开网吧拿了十几万，她儿子也没有打欠条，到现在这样地步，她儿子也不承认有那么多。她让我给小子打电话，我打过去问，小子说他母亲胡说，只有两三万的样子。她听了气得牙痒痒。

我只能给她们宽宽心了，岳母总是担心小子"丧权辱家"，想看起草的离婚协议。我说："看也没用，你看过后人家出去就改了，改了再签字，你能咋办？"

此行仿佛无果，其实也有果，妻与岳母和大姨子的关系和解了。她们母女之间经常那样吵架，不同组合地，原因没有巨细，这大约和家中长时间没有男人有关。吵架之后，彼此关系会自然修复，就像海水有自我净化功能一样。

一出门，我感觉阳光从没有过的灿烂。

"午饭没有吃呢，"妻问儿子，"吃什么。"

儿子说："还不饿。"

妻说："都过饭点了，不饿也得吃点，回家把炸酱面做好你们吃，反正料已经都做好了。"妻是个不吃肉的人，天生的见肉就恶心，但我们婚后她锻炼得可以炒肉菜了。

一家三口路过紫罗兰美发店，这里是我较为固定的理发的地方。我想理头发已经有两个月了，便顺路去理发，他们二人回家。我已过不惑之年，白发却早已生出不少，因此每次理发都得焗油，挺麻烦，我总是不到忍受不了的时候就不理发。紫罗兰美发是温州人开的夫妻店，就两个人工作，时有时无会有一个临时洗头的，或兼徒工。他们手艺比较好，特别擅长给中年人理发，两口子经常一面工作，一面说话，和外语一样都难懂。我进去时，就两个中年女人在烫发。

"理发啊。"男老板没有停顿手里的活儿和我打招呼。

我说："是啊，正好，这会儿人不多。"

"呵呵，是啊，过节呢。"

不想我头发涂抹上油，就来了好几个人，理的、烫的、焗油的、兼而有之的，搞得我还等了好久，理完，已经是下午三点二十了。

走在街上，我不由地有些感伤。多少年来，在热闹的节日里，我都会有这种感觉，节日越是隆重热闹，这种感觉就越是强烈，特别是在像春节、元宵节、中秋节这样人们高度重视的传统的节日里。我不是怕节日作为日子的节点暗示时光流逝、去日苦多，而是总不由地想起斯蒂芬·霍金的《时间简史》写的，所有星球向四面八方加速度远离我们而去，地球在宇宙中微不足道，人类无法逃脱孤寂命运，当我们为节日焰火所震撼时其实在宇宙中它连一个火星儿都不算；想起往昔日子的某个艰苦生活的片段，或街上遇到的某个蹬三轮的汗流浃背，或拿把铁锹在劳务市场等活儿的民工的愁容什么的。因此，我还总会想到杜甫的《茅屋为秋风所破歌》和成语杞人忧天。

街面上人比平日多，但各家店铺看来人气不错，购物者却不多。2008年袭来的经济危机影响深远，好比吧，微观看吧，我走在街上就不知道该买什么，作为一个公务员，收入不高但工作算是体面，老婆在邮政工作，也不错，我想买的是一部十几万元的轿车，或一套100平方米左右的房子给六七年后要结婚的儿子住，可是手头没有钱，有的是买现在住房的一些贷款，儿子明年上大学又要的不小开支，呵呵，我觉得自己是放眼世界，鼠目寸光。

都是这么矛盾。

回到家，我肚子里猫抓一样饿了。儿子在卫生间洗澡，水的声音哗哗的。妻给我煮面，我便隔着门大声和儿子说话，问他还需要准备什么东西。他说，不需要了，核桃已经买下，晚上都砸开剥好就可以了。我说，我给他砸，自告奋勇的口气。以前我就叫儿子坚持吃核桃，他不喜欢吃，妻厉害我说儿子不愿意吃就算了看把娃逼的，就没有勉强。结果儿子前一段不舒服，上火，嘴起口疮，找妻的一个中医朋友号了脉，中医说现在把火气下下，然后每天坚持吃核桃，增强体质和脑力，没有其他的，于是儿子就开始坚持吃核桃了。妻说就当吃药这总比药好吃，心疼得不得了的样子，我心里暗自发笑。

妻给我捞好面，浇炸酱时突然说想起墩布池子下水还堵着，说："我骑电车去买个皮碗，你一碗不够再自己煮啊。"

我只吃了一碗面。

儿子洗完出来，不等头发干，就匆匆出去和同学见面去玩了。

妻买回来一个红色的皮碗。她把皮碗罩住墩布池下水管眼摁下提起，就一下，便畅通了，直感叹："这几天还说去找楼下卸天花板弄呢，笨得就没想到这。"没感叹完，突然记起了似的询问我："你今晚是不是值班？"

是呀，我怎么忘得一干二净了！

此时已经五点十二分了。本准备晚上给儿子把核桃都砸好，吃着方便节时，可是我五点半就要走，不行了，不到二十分钟的时间也做不了什么事情，而关键是心乱了。我便换上衣服，坐在沙发上看着电视打发时间。电视里的俊男靓女两个主持人正在说关于中秋的话题，很是煽情，叫人觉得比假牙还假。我抓起遥控器换台……

值班要在单位睡觉的，妻说："我给你带个什么吃的？"我想想说不用了，不饿，反正进入中年晚上少食为妙。

来到单位，应该给我交班的人并不在，他把电话转移到自己手机上临时出去了。我去自己的办公室取来水杯和一小包铁观音茶，才发现饮水机没有反应，坏了，只好去门卫处借水喝。

我给上一班的人打电话，给他取消转移，便无所事事，于是打开电脑，消磨时光。听一阵降央卓玛的歌，听一阵古琴曲，看看新闻、论坛，搜索出情景喜剧《我爱我家》看了几集，又开始在QQ上斗地主。

突然隐隐听到外面有人老是喊叫，我到窗前看外面，过节的彩灯辉煌，几个人影在市委楼前广场上弄大箱子，铺地毯，拉线——哦，是在布置明天早晨国庆的升旗仪式现场。美美地饮下一口茶水，电话响了，要我安排通知近三十个人明天上午十点开会，安排十月十二日出生于这个城市的一位老一辈革命家诞辰110年暨故居纪念馆落成开馆仪式筹备工作。

通知多少人，就打了多少个电话，不，要打得多，有那不接手机的，还要找到家里电话再打，还有没有记清楚的回过来电话询问的。我和另一个值班的同事通知完毕，感到了口干舌燥，脑子缺氧了似的有点转不动——和着急有关。

电话又响了，是儿子。他问："爸，你饿吗，饿了我给你送吃的去。"

我说："你回来了儿子，爸不饿，你看看电视早点睡吧，明天下午就得去学校了。"

"我知道，爸，你别操心啦，你也早点休息。"

"哦。"

这个假期，又休息不成了，而且没有加班费，调休也是妄想。

夜的十二点，睡觉。

这么凉快的天气了，办公室居然有蚊子，把我咬醒了，在我的肩头叮了好几个大包。起来，我拿一本厚薄称手的杂志，一阵好寻，寻见了一架蚊子，啪，再寻见一架，啪，黑蚊子保持着飞行动作在固定在白墙上，周边有红红的血。

复又躺下，突然想起中秋夜竟然没有看一眼月亮，而四肢已经感觉累得像卸掉放在了一旁，与己无关。不看也罢，月亮还是那个月亮，里面没有嫦娥，也没有玉兔，只有荒漠和环形山。

我闭住了眼睛。

两只蚊子固定下来后，一夜无事。

2012 年 10 月 6 日

杏茶饭

　　吕梁山脉在山西西部、黄河东岸起伏逶迤，有如莽苍苍一条游龙，纵贯南北。山脉南端，有一条支脉叫火焰山，其间有一县，名叫乡宁，西界黄河奔流向南，溯流而上可遇名闻天下的壶口瀑布，顺流而下就是传说中鲤鱼跃跨的龙门，相去都不过数十里。吕梁山南起于此，乡宁便统帅群山，龙首宛然。此县，有森然的林，也有光秃秃水土大量流失的山，煤储丰富，且质优，是全国三大优质主焦煤基地之一，煤业虽然可以生些财来，却民风淳厚，心远地偏依然。

　　山区多果木，野生家栽，四处都不少。杏虽然比不得苹果梨枣，但在四五月这成熟的季节里，酸的甜的，可就是孩子们的香饽饽了。乡宁人把杏念作"xia"，城西十五里的柳阁原，是产杏最好的地方。那里出产的杏，黄里透红，虽是只有核桃大的个，却极甜，汁多，肉还有西瓜微沙的口感。倘在县城街面，正是杏黄时节，有细汗沁头的汉子挑了杏卖，当地人看定了，定然还要问一句，是柳阁原的吗。

　　杏肉吃了，还有杏核，杏核有甜苦两种，甜的随手砸开便吃了，苦的，大人们会叮咛收拾回来。苦杏核扔在外窗台，积少成多，随风干去，用时再砸开取仁，这就是杏茶饭的主角了。

杏茶饭属于乡宁县城及周边乡村家家户户都会做的饭，做法并不复杂。一把杏仁用擀面杖擀碎，在白水里熬，不久即有白沫聚集于水面，据说苦杏仁有毒，而这白沫就是。但是这白沫无须撇去，只要时不时地扬扬汤，白沫自会散去，毒就消解了，这一道工序必须扬到熬到时候。然后在汤里煮上麦仁、黄豆、干豆角、干萝卜条，也可以加小米，待它们都煮软了，就下上面条，汤翻几滚，端锅放盐，再用勺子盛油，炝葱花花椒，热的油勺扎猛子入锅，咕嘟滋啦，饭在这一沸腾里就好了。

小的时候吃杏茶饭，因为耳朵里拾了大人们关于苦杏仁有毒的闲谈，每吃都有些担心，但是每吃都没有什么事，而饭的香气里透出的杏仁清醇而似有似无的微苦味道，直逼人的心底。其时是20世纪70年代，人们的生活还不是很好，那白面，那油，金贵，所以杏茶饭一般还是难得吃上的。现在好了，你若有旅游远足的爱好，看完了壶口或龙门，可以绕不远的道到乡宁去，尝一尝这种特别风味的饭。

苦杏仁的毒性在我的心里一直是个谜。后来我上了大学，在李时珍的《本草纲目》里查，才明白了。那里面写道："杏核仁，甘，苦温，冷利，有小毒，两仁者杀人，可以毒狗。元素曰，其用有三，润肺也，消积食也，散滞气也。"

1992年出版的《乡宁县志》，在民情风俗一章里记载了杏茶饭，说："正月三十熬苦，是将杏仁粉碎，加冷水熬煮，配面条或面片煮食，称杏渣饭，以祈把人间的苦愁熬去。"读到此处时，我的心间不由默然良久。我觉得饭名里用"渣"不大妥，渣是榨去精华留下的废料，还是写作"杏茶饭"好，符合实际，也好听。

2004年10月28日

初识人生始知戏

鲁迅先生的《社戏》里，有一段对戏曲的描写："……于是看小旦唱，看花旦唱，看老生唱，看不知什么角色唱，看一大班人乱打，看两三个人互打，从九点多到十点，从十点到十一点，从十一点到十一点半，从十一点半到十二点，——然而叫天竟还没有来。"在初中语文学习时，老师说这啰里啰嗦，是一种写作方法，衬托戏曲节奏的缓慢拖沓。

我在吕梁山脉的火焰山间长大，记事的时候，正是改革开放之初，古装戏开始复兴。公社（现在的乡）总要在夏收秋种完了，请县蒲剧团，本戏折子，三四天地唱。八九岁的孩子不谙世事，看了，就是鲁迅先生写的那感觉，了无情趣。咿咿呀呀地唱，半晌把一句话整不利索，唱腔是八音盒般规范，而剧目也没有新鲜的，什么《火焰驹》《李元贵卖水》，故事情节大人们早已滚瓜烂熟，他们怎么就是一遍又一遍地看不厌、说不够呢？戏曲虽然不惹人爱，却非全无是处，因为它来了，学校就会放假，那光景，我们就是潘多拉匣子放出的小妖魔，奉了家长之命扛了长凳或搬些石头砖块占戏台下靠前靠中间的好位置；去后台考察心中神秘的戏人；攒了几分几角的钱可以在因戏而设的小摊上吃香喝辣；人来疯地在看戏的黑压压人群中出没……

　　小学中学大学，我一路上来，因为喜欢文学，便有了一些传统所谓的文人气质，总是胸怀前不见古人后不见来者的莫名之忧，心里尽是以天下苍生为念、关于人生的深刻道理。也爱音乐，台湾校园、西北风、摇滚什么的，觉得是抚慰心灵忧愁的水般至柔至贴的手。至于戏曲，初中学习鲁迅先生的那篇文章时，我就想，他老先生小时候都这么讨厌，戏曲就是腐朽的，垂死的，坚持不了多久了。改革开放，现代节奏，这慢腾腾的玩意儿，早晚要归于历史的陈迹。还说京剧是国粹，嗽！

　　然而，在刚上大学的那个秋天，我对戏曲的固有看法（成见或偏见）为一场折子戏而有所改变。那是一个雨后的夜晚，在学校礼堂，获得全国戏曲"梅花奖"的晋剧名家郭彩萍的演出专场上，她一开始的一段《寇准背靴》就吸引住了我这个凑凑热闹随时会走的主儿。一方面，她把其时其境着眼大局为国尽心竭力的寇准塑造得何等准确，几多智慧，几分诙谐，几许狼狈，另一方面，她的表演专注，到位，额头都沁出了细汗来，敬业精神，十分令人感动。原来戏曲可以将人的心境和情感描绘表现得如此真切鲜活，我从心里赞叹了许久。

　　赞叹之余，面对大千世界，纷扰喧嚣，慢慢地，年轻的我对这次的经历就淡忘了，对戏曲也并没有诱发出特别的感觉。

　　有一年，中央电视台开始固定地播放戏曲节目了，有闲暇时光，我开了电视，偶尔会看看。看啊看的，就不知不觉陷入了，爱上了京剧。我发现，在戏曲中，你可以找到自己人生任何一刻情感体验的对应表达，一如数学里的一一对应。

　　一霎时把七情俱已昧尽／参到了辛酸处泪湿衣襟／我只道铁

110

富贵一生注定／又谁知祸福事顷刻分明／想当年我也曾撒娇使性／到如今只落得破衣旧裙／这也是老天爷一番教训／他教我收余恨／免娇嗔／且自新／改性情／休恋逝水／苦中回身／早悟兰因……

京剧传统剧目《锁麟囊》薛湘灵的这一段唱，我想，只要爱京剧，无论你富裕贫穷，高贵低贱，得势失意，其中透着的人生况味，总会和你心灵的某一种体会感触相契合。

作为一个农村的孩子，我虽然考取了大学，但是命运对我并不特别垂青。高考的六个月之前，我那四十二岁英武之年的母亲溘然长逝；高考的分数挺高，提前报的志愿却低了，上了一所很普通的大学，分配在一座小城安身立命，而诚实内向的品性又决定了我不可能在社会上混得呼风唤雨；一位教授的女儿使爱情成了我永远的忧伤，原来教授也要女儿嫁有钱人；娶妻生子，忙碌在庸常的生活里，明知不会有无端的奇迹，可是依然心存幻想……有人说，苦难是一种财富，但我这究竟算不算苦难？而苦难真的是财富吗？我始终不能相信！

我很满意自己生活的时代，开放了，科技发展了，置一台影碟机接上电视，挑自己爱的剧种剧目角儿的光盘买了，随便放随便看。

有一日，在朋友那里翻看山西人民出版社出的《平阳金墓砖雕》一书，序言说："山西是中国戏曲的重要发源地之一，尤其是晋南地区的戏曲文物丛集，素有'中国戏曲摇篮'之称……"我的脚下就是孕育了最早戏曲的那片热土，我却从来一无所知，想想童年看戏的趣事，不觉就脸红耳热，这不只是无知，真是对生养地的亵渎。

民间有言，乾坤大戏台，戏台小乾坤。这概括好，我想补充的是，音乐是生命情感最空灵却又最真切的表达方式，戏曲则是其最为深刻的一种。于百姓而言，戏曲仿佛针灸，可以投入你心灵的每一处欢欣与悲伤；又似凌厉的刀锋，可以切你的心作纸一般薄的片，在正午的阳光下透明，痒酥酥，热乎乎，你的每一个痛点，平日都隐藏在某处，在听戏间，梦一般不期而至，戏完了，梦也醒了，你会觉得过去的都是一种幸福、一种感动。

人生滋味，大抵如此。

1999 年 6 月 10 日草

2004 年 6 月 10 日改

立 春

2016，农历丙申年，是我的四十八岁本命年。

微信朋友圈有人转发消息，2月4日17时46分，立春从此刻起。

在我们晋南，这个中华民族的一处发祥地，汉民族风俗习惯最古老最浓郁的地区，对本命年的理解，就是人生的"槛儿"。"槛儿"又是什么，就是不免会遇到诸多不遂心的事，甚至遭遇厄运，如生病，破财，犯小人，婚外恋，死亡，等等；不免会发生些荒诞不经的事情来，也许在高天阔地无人的大路上行走着就会有块石头从天而降砸了脑袋，也许喝口凉水就会别下一颗牙齿来。为此，无论怎样，这一年都务必多加小心。

我不是一个迷信的人，处人与人为善，处事尽人事听天命，心无恶意，情志陶然，对本命年也就没有什么多余的担心。而近立春的日子，却颇有些块垒阻滞于胸怀，究竟是什么、为什么，感觉明白而又混沌。

是对光阴流逝、生命走向消解的感伤与无奈？我明白这是规律，但是这两年就总忍不住总想到死，计算自己已经比四十二岁逝去的母亲多活了几年，离父亲去世时的七十二岁还有二十几年，不由得想了，就又自觉地打断这个想，自己对自己说，想这些的没有意义，不要再想了，却不知道在哪一刻就又想了。

但无论如何，该来的就一定要来，一定会来。

立春了。本命年来了。

早晨睁开眼，已经是8点39分，醒得晚了。

透过卧室玻璃的隔断门、再从阳台的玻璃望出去，天空灰白，感觉有些呆滞。几幢高层建筑立在远近之处，高矮胖瘦不同，有的举着自己名字的大字，有的扯一面巨幅广告，它们身上的彩色灯饰已经熄灭，什么时候熄灭的呢？近几年，我睡觉的习惯大变，喜欢不拉窗帘望着城市的夜色入眠，妻对此气恼而不解，搬到另一个卧室去睡；对此我也不解，我在高中没有电灯的宿舍睡觉养成的纯黑夜色的入眠习惯（有一丝的光亮都会干扰到），何以会走向另一面。一冬天的浓郁的雾霾，并没有因为今日立春而消散，幸好，仿佛比以往轻了一点，没有泛起黄色，而我还是不由得抿着嘴，鼻子里有节制地出口气，雾霾的呛人味道从我的记忆里冒了出来。再有4天就是春节，家里已经被妻在前几日花五百元请的家政清扫收拾一新，玻璃擦得跟没有了一样，所以看外面的景象除了窗棂的分割，真切感还是直逼而来。

儿子睡在我的身边，头仰着，一脸年轻人深睡质量极高的样子。过了眼前这个春节，他就二十二周岁了，而离大学毕业就只有一年半的时间了。他在南京上大学，初升大二，有了想出国学习、想出去看看的想法，就从2014年10月份开始，在南京一个外语培训机构学习雅思。他1月9日放寒假回来，此前就和我约定，回家后每天坚持两个小时以上的英语学习，坚持了，似乎又不是那么好，几乎每天都忙于与高中初中时期的同学见面、吃饭、玩。他的同学有上了好大学的，也有胡乱上个大专已经毕业当"坐家"的,有临近毕业四处奔波应聘工作的。像一个在山西大学学社会学的孩子,考公务员进入了面试阶段,又被宁波一个企业录用为人力资源管理人员,经过痛苦抉择,放弃了公务员面试的机会,这孩子说,那是一眼可以望穿的未来。还有一个在海南大学学舞蹈的男孩,应聘了好几个航空公司,结果都是铩羽而归,正郁闷呢。随他去吧,现在学不学雅思,也没有必要逼那么紧,想当年我高考前的暑假寒假,不照样没有抓过课本,也没有大的影响吗,人毕竟是人,不是机器,有自己的懒惰性,需要一张一弛。

我躺着端详了一会儿儿子。他算是一个帅气男孩,深目高鼻,长脸形,两道浓眉在印堂间有点连,留着韩国明星李敏镐的发型。初中高中时候,贪玩,迷恋上了打篮球,学习被严重影响,好在后来及时醒悟,没有影响考大学。前几天同两个老同学吃饭,都带着孩子,老同学小曹说儿子现在越来越文质彬彬啦。看着儿子我想起了我的22岁,也是上大三,每日里泡在图书馆里看文学书籍,从沈从文到博尔赫斯,从《论语》到《悲剧的诞生》,想着当作家写出不朽的作品;每个月父亲寄来的一百元生活费,使我有吃白食的愧疚,虽然日子拮据。看看自己的现在,想想儿子的未来,我不由得闭住了眼,却又看见了过世10年的父亲……

大清早的,我还是觉得有些疲惫。昨天跑了一天,晚上睡得又晚了(儿子放假回来后我们似乎就没有在零点以前上过床),怎么会不累呢?我的表妹、大舅的大女儿凤凤嫁到霍州,昨天是她公公的葬礼。妻说你还非去不可啊,打个电话叫乡宁的哪个亲戚捎上礼得了。可是我得去,如果没有十分特别的事情,因为我的大舅他们都去。我母亲兄妹五人,现在只剩下两个舅舅了,不去实在不合适，就大我一轮的表哥小根子在霍州见面时悄悄和我说的那句话："我寻思得来哩，唉，咱家亲戚就少，还有舅的那张老脸哩。"凤凤现在日子过得不错，老公推销教辅报刊书籍。二十多年前，凤凤的表姑父在一个县里做县委书记，把凤凤先安排在当地白酒厂临时干着，想寻机会给她弄正式的吃财政的工作，不想她遇到了现在的丈夫三三，三三是临汾戏校学蒲剧的，毕业后也没个正式工作，打短儿。他们恋爱了，却遭到她表姑父的坚决反对，因为安排正式工作确实不容易，之前还得弄成城市户口。她表姑父确实为她好，说等正式工作弄顺了，好对象还不由咱挑，可是凤凤并不听劝。我的大妗子说她表弟："你给他们俩都安排了不就行了。"大妗子的说法确实有些得陇望蜀了，一来二去，就与他当县委书记的表弟闹翻了，凤凤的工作就没有了着落，跟三三回了霍州生活。三三的家在一个距市区十几公里的小山村，交通不便，家里很穷，所以凤凤的日子很多年里过得很不好。

我是独自坐火车去的霍州，早起9点出发，晚上7点40左右回来。开车去还是坐火车去，我曾经有犹豫，最后还是决定坐火车，这也是妻一直坚持要求的。坐火车去省心也省钱，来回票价35元，但是没有开车自由；开车自由，一个人却操心，高速公路上的几个区间测速着实叫人讨厌，过路费来回得90元左右，国际油价跌得不像话了国内油价却坚挺，还加税，来回得200元油钱吧。想省钱，我说这是绿色出行。

到达霍州，先在凤凤城里的家集合。乡宁去的人不少，大舅大妗子，表哥小根子、平子，表妹金凤，还有我的妹妹妹夫和弟弟，还有凤凤舅舅家的几个人。七十七岁的大舅会用手机微信成了大家的一个热门话题，他在凤凤城里的家里给大家演示，用微信、视频。多年的糖尿病使得他人形消瘦，头发花白，随了头型的短寸，像姥姥老年的时候慈眉善目，像一颗熟透晾干的新核桃，但是保养得还不错，心态和精神都很好，这一是得益于他的文化修养——他是20世纪50年代山西省煤炭学校毕业的；二是得益于在电力系统工作，工作福利待遇一直比较好。另一个话题是前天小舅的儿子根平偷摩托车被公安机关给抓了。根平是我表兄妹中最小的一个。小舅家日子过得煎熬，平时大家也帮衬一些，好比他盖房子钱就是大舅出的大头，根平结婚钱也是这个两千那个三千凑的。根平有点厨子的手艺，结婚后和媳妇在县城开了个小面馆，根平在后厨，媳妇负责收钱端饭碗。本来是好好的事情，可是根平人太老实，媳妇一人掌钱，根平不闻不问，谁知道媳妇是不诚心过日子还是偏向娘家，每年挣的钱根平一个子也见不着，三两年下来，媳妇扔下孩子什么也不说就跑了。后来好不容易在洪洞的一个加油站找见了，又死活叫不回来，也没有离婚，日子就那样吊了起来。大家狠骂一通根平的不成器，却也无可奈何。

我们先是在城里一个小饭馆吃了饭，喝了一瓶酒，然后才去的村里，这都是三三安排好的，他怕村里条件差，怠慢了我们。

那村子位于霍州城东北的一道山腰，十几户人家，近了村子，有王八吹唢呐唱戏正在热闹的声音穿透车窗玻璃钻进耳朵。一路走去都是柏油或水泥路面，天气也渐渐晴好，市区浑浊的雾霾和刺鼻的气味这里要轻许多，太阳还能露出个影影，进了村子却荒凉凋敝。就了地势错落的土的、砖的、石的窑洞，院落有的有柴的、木的、铁的大门，有的只是象征性的一个入口，多破败狭小。灵堂设在三三家窑顶上靠后的一处稍开阔平坦的地方，家里人、帮忙的、帮闲的、王八陆续有人在吃饭而不影响各种事情。我们行礼，小根子在一个漂亮的化妆了的女演员有板有眼动情哭唱之后，让王八独奏了悲悲戚戚的一段唢呐。吹唢呐的人吹得青筋暴突，眼睛像两颗鹌鹑蛋，唢呐的声音时而像尖利的针，时而像千钧的锤，时而像柔弱女子的无声哭诉，时而像悠远的舒云，给耳膜以刺激，而悲情贯穿始终。王八们很卖力，他们是三三戏校和剧团时的朋友。随后，大家每家各上200元礼金返回。大舅一家留下了，我们的车走出了村，女演员悲戚的蒲剧调调在乱活的琴板锣鼓的伴奏声里又飘了过来。

昨天的记忆萦回在脑海，却又觉得有点不真实，犹如一场梦。近几年总有一种感觉，明明发生时间远的事情，怎么总是近在眼前，仿佛昨日，而有的就是发生不几天前的事情，又好像是许久许久之前的事情；时间有的时候脚步很慢，有的时候又步伐飞快，同样长的时间段可以拉抻得很长，又可以紧缩得很短。想起以前看过的小说里有老年人关于时间记忆的错乱，他们把自己经历的时间段像和面团一样揉在一起，我的这种感觉，是否说明我已经步入人生的衰老阶段？

必须起床了，应该尽快到单位。在床上稍微苏醒一下自己，时间已经过了9点。前天去找秘书长老W在请假条上签字，他说："省里六个组、市里十七个组下到各个县市区暗查春节前违反八项规定和上班纪律，可是得注意，别撞在枪口上。"穿衣刷牙洗漱，顾不上吃饭了，就只喝了一杯白开水，然后洗了一个苹果，拿了与一听酸奶、两个法式小面包带去单位吃。临出门前，忍了忍，还是没有忍住，到卧室对儿子说："相如，一会儿起来赶紧学英语啊，说好的，两个小时哦。"儿子只是眼皮微微动了动，嘴里哦哦两声。心里觉得自己挺残忍的，毕竟儿子正是睡不够的年纪啊。

其实每年到了这个时候，单位也并没有什么事情。政府办公楼里不见几个人，临近年关，来办事的人几乎没有了——都忙过年的事情呢，大冷的天，工作人员没事都在办公室里待着，领导们似乎是下去例行访贫问寒了。我打开饮水机，先吃了苹果，再喝着酸奶就着面包，三下五除二解决战斗，免得有人来了看见不好看。水烧开了，接杯水晾着，去见W秘书长。老W正躺坐着椅子、腿抵在办公桌沿看微信朋友圈的东西呢，他也是难得清闲一会儿，清闲一会儿是一会儿。老W和我一样，也是在政府办待了十个年头了，兢兢业业，任劳任怨跟他聊了会儿，回到办公室，没事情做，就打开修改了半截的长散文修改，改了没两页就失了耐心，默默地喝水，闭眼许久，希望突如其来的烦躁和焦虑能够平复。

楼前有人声吵闹，应该是有什么人告状吧。这是信访局的事情。过了一阵，恢复了平静。

秘书小H发文找我签字，我问刚才下面吵吵的干啥呢，他说是一个酱菜厂两个月没有发工资了，工人们来找政府。

十一点多一点，妻打来电话，说她从自己的单位邮政局营销上买了六盒太原双合成糕点、四箱莫里斯安酸奶，叫我快下班的时候开车过去拿，她还卖好说："都是过年去你家亲戚家拿的。"我应承着，心里一方面感念她有计划，买的好东西，却比外面便宜不少钱，一方面有些不痛快，卖什么好呢，她给她家的亲戚拿的一般都要好于我这方面的。我说，别啰唆，就挂了电话。过了一阵儿，我就开车先去加油，这是早起就想好的，加满过年期间方便，随后去邮政局她的办公室门口。邮政局的大院停着不少车，却不见几个人影。年根了，哪个单位都是这样，人，毕竟是要生活的，过年作为生活的一定意义上的仪式，人们重视，积极筹备，上天也应该是同意并支持的。

我摁响了两下车喇叭，妻办公室的防盗门便开了一小点。她探头一看见是我，打圆了门挥挥手，就从里面开始提东西往车上放，都是礼盒样子的。我从车里把后备厢打开，她跑了四五趟，弄完了交代我："回去打电话叫你儿子下楼一块儿拿。"一想，不对，又说："你能提几个算几个吧，你儿子跟同学出去吃饭啦。"回到小区院，我跑两趟把东西提回家，一根手指头被一道提的细绳拉得像要掉了似的难受加疼痛。还没有喘口气，妻就进门了，她叫唤："赶紧接一下，把虾放冰箱，带鱼放到晾台下午我让人帮忙收拾了。"冰箱里已经放了妻弄的乡宁枣花子和一点肉类，基本是馍满为患，我倒腾着埋怨说："你就会弄些这馍馍占地方，肉都没有地方放，你就不知道啥值钱啥不值钱吗？"妻自知理亏，说："行了行了，你不行就取出几个馍馍。"其实我也并不是有心埋怨她，每年过年都是这样。每当这个时候，她都会说不行换个双开门的，大。我说："这个新新的，再说平时家里就你和我，冰箱老是空空的，你想想。"她说："这可咋办？过年东西多的。"我知道她的话不是要我回答，倒腾半天那盒虾倒也塞进去了。她说："一上午把我忙的，午饭还没有原料呢，我去门口便利店买点面条，咱俩吃西红柿鸡蛋炒面。"

家里的地暖总是有点过热，稍一活动或吃饭就会出汗，平时就得穿短的夏天的睡衣。我想关小点，妻却喜欢这感觉，也只能随她。我放完虾，头上就有点细汗了，赶紧换上睡衣，打开了电视。央视《新闻30分》正播放中央领导在某省视察工作的新闻。

妻买回来的只有一小撮面和几个西红柿、两根菠菜，估计只够一个人吃。她说："面只有这一点了，我给你炒。"我说："你吃啥？"她说："我吃泡饭，电饭煲昨天还剩了些大米。"

我说："算啦，别麻烦炒面了，你吃泡饭，我煮两袋方便面。"
她说："那不行，我得让你吃合适哩，你别管，不麻烦。"过去顺手把刚打开的电视关了。央视一套过了 12 点半是《今日说法》，省电视台一个频道 13 点是《小郭跑腿》，前者通过一些奇怪案例普及法律知识，后者则是一个媒体调解团队调解一些奇怪荒唐而又不怕现眼的事情。我喜欢看前者，妻喜欢看后者，有时候共同看，反正时间不冲突，反正午饭后也不可以马上午休。而今天《新闻 30 分》还没结束，她就把电视关了。我问："不看《小郭跑腿》了？"她说："清静一会儿，咱一天就够麻烦的了，再看他们的麻烦，更麻烦，来，给我洗一下菜。"是啊，近来准备过年买东西，给她侄子搭手看孩子，对她姐姐打麻将欠了几十万的赌债而她母亲百般庇护又想让她侄子帮忙还些冤枉钱的耍心眼与固执，我工作想换地方的事让她睡不着觉……

　　我心里有点感动。她近几年知道关心我了，年轻时怎么像是以虐我为快呢，真的是随着年龄增长想明白两口子应该相濡以沫了？

　　我刚择了菠菜放盆里接上水，她的电话响了，是小伟叫下去拿油炸好的马莲肉丸子带鱼豆腐，她让我下楼拿。我说："天呀，冰箱可是再塞不进东西啦。"她说："你先拿上来再说。"我就擦了手下楼。小伟是她姐姐的孩子，三十岁了，命挺苦的。他父亲是修铁路的，招亲，长年在外面的工地上，结果就外面有人了；她母亲缺丈夫管，成天在麻将馆搬砖，学得不仅吸烟，还脏话满口，什么都满不在乎，结果欠了巨额赌债，整天电话不敢接、东躲西藏；这二人十五年前就打了离婚。鉴于这样的情况，妻说："我们多管些呗，孩子是我们装家的。"于是我们就对小伟招呼的多，跟亲儿子一样。小伟开始爱犯浑，后来慢慢就懂事了，结婚生子，开了个大网吧，又经营了一家饭店，整体还不错，只是过去的一年饭店生意实在有些清淡，一是经济大形势不好，二是反腐败八项规定一出管住了些公款消费。我提上东西，小伟把奥德赛掉过头说："姑父你别买鞭炮火花子啦，我一块儿弄。"

他们一家三口在我们这里过年。

上楼在电梯里我想，这些东西放哪里呢，那个没有铺地暖的晾台放一两天可以，时间长了可不行，这东西不少，一天两天哪里吃得完，何况春节还得几天。

生活啊，就是这样的琐碎。有时候我会双手揪自己的头发，却不能提离地面。

午休没有睡成，我就按点来了单位。

午睡不好是从有了相如开始的，二十二年了，之前我午睡能够一觉就到下午四五点。有了孩子，你的生活习惯都得随他走，他不午睡，你就不能午睡，得看着他抱着他玩啊。把他看到三岁，上幼儿园了，我午睡再也睡不成样子了，但是一般也不至于像今天这样连眯瞪一下都不成。

对于中年人来说，午睡不好，整个人整个下午都会是迷迷糊糊的，接近崩溃的感觉。单位楼里比上午还安静。在办公室，重新泡上一杯普洱，给银行的一个朋友打电话，他却不接，我请朋友给他写的一幅书法写好了，叫他来拿。字是行书，内容是我点的唐朝储光羲的《咏山泉》：

山中有流水，借问不知名。
映地为天色，飞空作雨声。
转来深涧满，分出小池平。

恬淡无人见，年年长自清。

我特别喜欢这首诗。

也没有什么事情，继续改自己的长散文，又是改两页改不下去了。

打开电脑，看凯迪社区的杂谈吧。

《林毅夫：别担心，中国仍是世界增长引擎》说，中国发展机遇依然巨大，投资和消费这两方面都存在良好的机遇。中国将能够维持相对较高的投资增长率，而这会带来就业机会，增加家庭收入，并将消费增长维持在相当高的水平。

《贾也：降首付难去高库存——买买买才是经济真出路》说，可以肯定地说，过去房地产过度膨胀发展带来的繁荣已经一去不复返。但是，未来买、买、买由消费主导的经济振兴，依然路漫漫其修远兮！

老许的《春节还是春劫：无根之城与无主之家》说，但我仍然相信，再冷的冬天都会过去的。

……

突然妻打来电话，说她们几个同学晚上一起吃饭，让我管儿子。我知道她们同学，有在药材公司下岗在一个药店打工的罗，有在市场上先卖小家电后卖猪肉的何，有在太原批发化妆品回来过年的李，有丈夫是银行行长也在太原的王，就这五六人。她没有上过大学，同学绝大多数是辛苦劳作维持生计阶层的人，而乍一听到她们一起吃饭，我心下倒不禁有些感动。她们没有对社会对生活的抱怨吗，她们不辛苦吗，可是她们依然对生命生活有着巨大的热情。在这岁末同学相聚，希望她们面对的都是最真的本初的心灵。

　　妻不做饭了，吃什么饭凸显成了一个大问题。我无所谓，主要是儿子在南京上学两年半，大米吃得伤了，回来吃饭也有些挑剔了，只有打电话问他晚上吃什么。他说："随便，我也不知道。"我建议了好几样，油泼面、交里桥饸饹面、吕保安羊汤、林春羊肉面、生炒面，这些都是曲沃侯马翼城一带有名的饭食。他犹豫片刻说："喝羊汤吧。"羊汤就是将羊宰杀后，把头、蹄、血、下水等洗净煮熟切碎，把羊架子熬煮而成。羊汤在山西各地叫法不一，诸如羊杂割、羊杂铬、羊杂烩、羊头菜、羊汤等。不同的地区制作也有所差异。曲沃羊汤为南路的代表，讲求一水熬煮，原汤原汁，羊骨也砸烂放入锅内熬煮，制作也非常精细，包括清洗、熬煮，切配、兑场等工序。在华北、西北各省也有这种小吃。吕保安羊汤是曲沃县里最有名的，侯马这家店面是其分店，熬制羊汤的水都是从曲沃专门拉来的。街灯初上，开车来到羊汤店，我和儿子一人一大碗羊汤，两根粗壮麻花，中途还添了一次汤，添汤是免费的。花了24元，吃得头冒细汗，嘴呵热气。擦了油嘴回家，换了睡衣，斜躺在沙发上，再不想动了。

　　电视开着，并没有人看。我和儿子都在看自己的手机，我是今天第三次看手机。先看微信，朋友们都在潜水，只有大学群里有人留的言，也没有什么信息含量。再看头条，浏览一下题目也足够了，除非有重大或十分稀奇的东西。最后玩十分钟俄罗斯方块。我只玩俄罗斯方块，只玩十分钟，我不能太久看手机，看太久了眼睛会酸涩、湿润甚至有发黏的液体。我眼睛不好，都是在单位分管近十年文字材料工作、成天看文件写讲话给伤的，现在是该注意保护了。玩完俄罗斯方块我就发呆，我喜欢发呆，仿佛在想什么，仿佛什么都没有想。妻回来了，她喝酒了，不多，但脸颊稍有点飞红，一进门就叫："我今天啥都不干了，一切都明天再说，不就是个过年嘛！"我顺杆逗她说："就是，生活是咱们自己的，年也是咱们自己过，咱们想怎么样就怎么样。"她说："滚。"又有点忍俊不禁，不好意思了。我做作地哈哈笑，起身进书房写毛笔字。

街道对面的 LED 字号亮着，红色的光透进来，令人浮躁，情绪不安，听说这家电子商务公司债台高筑，职工半年多没有领工资了。我泡上一支毛笔，静坐，用手机打开降央卓玛的歌曲《那一天》，设置为单曲循环。以前我老听的是朱哲琴的《信徒》，词与前者是一样的，据说是仓央嘉措的诗。两人唱的曲调不一样，风格也不一样，降央卓玛唱的像一条舒缓清澈流入内心感伤的河，朱哲琴唱的则像一把迷人的刀子，它会伤人，却发出月亮一样美丽的光：

那一天闭目在经殿香雾中
蓦然听见你诵经中的真言
那一月我摇动所有的转经筒
不超度只为触摸你的指尖
那一年磕长头匍匐在山路
不为觐见只为贴着你的温暖
那一世转山转水转佛塔啊
不为修来生只为途中与你相见

我以为心静了，抓起毛笔一写，笔墨凌乱，一股恶俗的气息立刻把我湮没。我克制着洗了毛笔，复坐桌前。
歌声叫我想起初中的一位女同学。
歌声使我眼里不觉湿润……

表姐的儿子打来电话，说："舅，我准备正月初六办婚礼，你给我找个车队，不要太多，六辆就行，宝马、奔驰就行。"

我说："呀，初六大家都放假，走亲戚旅游都要用车，怕不好找吧，我看看给你找一两辆还差不多。"我心说，这是个中部的小县级市，我就是个小公务员，我是造宝马奔驰的啊。

妻也听见了，打趣说站着说话不腰疼啊。

儿子和他刚才来的刚放寒假的小表弟窝在沙发上玩着各自的手机。他们都玩的什么呢？我浏览电视节目，在央视影视剧频道停了下来。它正在播出美国电视剧《安娜·卡列尼娜》，安娜乘坐的火车徐徐驶入圣彼得堡站，她正掀开窗帘往外面看去。安娜的面庞那么美丽宁静，却又有心神不定的暗潮涌动。我一下就想起了这部著名小说开头的话，幸福的家庭个个相似，不幸的家庭各有各的不幸。

再有二十分钟左右，这一天，立春，就过去了……

2016 年 2 月 11—12 日

修车子的

高大壮实的身材，眉头老微微皱着，国字形的脸黑得只用白油彩在额上勾个月牙儿，若再有行头穿了，活脱脱就是戏台上刚正不阿的包青天。

然而，在城市的一个街角，这"包青天"或忙或闲，两只大手见天粗糙乌黑，油渍已深深地沁入了手的每一条细纹和指甲缝。闲的时候，这老包就坐在小凳上，便宜纸烟叼在嘴角熏着，看面前来来往往的人、车，身旁，是两个不一样大的油污的木箱，木箱们口张着，里面，同地上扔着的，是螺丝，自行车胎，闸皮，扳手，螺丝刀，手钳，锤子，配件和工具之类。

这老包，是修车子的。我们这里人，都管自行车叫车子。

我才上班那会儿，几个月攒工资，足了，就买了一辆崭新的凤凰二八自行车。那个时候，自行车是国人的主要交通工具，有一辆凤凰、永久、飞鸽等这样品牌的自行车，起码和现在有辆桑塔纳 2000 差不多吧。

人说，新车子，得叫修车子的好好整整，该紧的螺丝紧紧，该上油的上上，该圆的圈圆圆。

新盘的茅子香三天呢，我挺上心，说，好好整整。

正是暮春时节，毛白杨的絮无才思地漫天飞着。骑上车子，往西走，没几步，就是老包的摊儿。我说："老师傅，把咱的新车子好好整整。"

"整整。"老包忙着，应着。

"多少钱？"

"五块。"

老包三下两下打发了前一个，就把我的车子两轮朝天，用一个圆片似的工具圆了圈，又翻正，把车轮轴，脚蹬子轴，把轴，先后卸开，加上黄油，对上，又将螺丝统统紧了一遍。这些活，说来简单，一道一道，做起来可挺麻烦的。他做的时候，我就与他闲聊。原来，他已过花甲之年，是离城十余里的小李村人，每日早出晚归，修车的家当，晚上寄放在身后临建房里开的小饭馆，一个月，十五块钱。他的生意自然不错，我们是自行车王国嘛。他有三个儿子，都本本分分，在村里种地，他曾想叫上个出来跟自己修车子，可儿子们都觉得干这活受气，他们见过老爹鼻青脸肿地回来。他靠修车子给他们成了家，而他们单靠种地和农闲打打短工，日月便过得稀松平常。

钱难挣，屎难吃。我那时正书生意气，少年不识愁滋味，看老包忙活了半天，觉得给他五块真不算多。而老包，喜着呢。

我此后就成了老包的老顾客了，老包给我修车也老尽心。

有一回，上班，我的车子前胎没气了，打上，下班，又没气了。想，一定是扎破了，我直接就推到了老包的摊上。

"气漏得厉害。"我告诉他。

"修。"老包放下攒的活儿，拽出我车的前内胎，打上气，摁水盆里试，转完一圈，不见冒气泡，再细细地试一圈，还没有。老包说："等一会儿看看。"

就等一会儿，看，挺硬。老包说："装上再看看。"

装了，好好的，我就不好意思了，给老包一块钱，他又没补胎，不给，又认真地忙活了半天，比补个窟窿还费劲。心里飞快盘算几番，给五毛吧。

老包说："算了算了，又没补。"

我硬把五毛钱给他扔在摊上。后来我越来越觉得，自己这事弄得特别小市民。

报纸上老说，时代在发展，社会在进步。也是这回事儿。从去年冬天，市上要建生态园林城市，提升城市品位啥的。好事儿。市容管理就严了。老包的修车摊属于乱，要取缔。那一段，他急得牙都肿了，后来算是和存放家当的小饭馆说妥，摊儿摆在后院，人，就坐老地方，手黑黑的，招揽生意。市容监察队你总不能不让人在街上走街上坐吧。

城市小，情况都熟悉，人都知道他是干啥的。

老包坐在那儿，我看着是老电影里地下党开会望风的。有人推车子来，老包就接过，带人奔后院去，嘴里时常会自语："市容队你有本事别让车子放炮。"

老包不姓包，我是这样儿心里叫他。我一直没有问过他的姓氏，不知道他姓啥。

而今，扳手指算算，十数春秋，老包该有七十五六了。前两年，老包喜形于色地说过，他有个孙子考上大学了，这是叫一般家庭又是欢喜又是忧的事情。老包还坚持在那儿，是不是在为孙子挣每年五六千元的学杂费呢？

2004 年 4 月 22 日

吃随便

　　20世纪70年代中期，人们的光景都过得不是很好，就说吃吧。那时候，我生活在吕梁山南端余脉的火焰山间，开始记事，于是现在就有些可回想的。记得村里寻常人家，主食，玉米面窝窝头，朝也是它，晚也是它，中午来一顿面条，也是它的一家子，有小拇指粗；蔬菜，山药蛋萝卜茴子白，夏末秋季还会有山豆角、南瓜，总之就那几样儿，今天我和你炒明天你和我炒，山药蛋还要或蒸或煮冒充主食，肉是一年的梦想，连豆腐都是要从近四十里之外的县城才买得到的稀罕物。如此，可以落个饱已然是不错了。

　　好在，当时我父亲是公社干部，每月供应有不多的白面与卫生油，我母亲便可以隔三岔五地给我兄妹四人调剂调剂吃食。而日子，就像李准的《黄河东流去》里黄泛区难民总挂在嘴边的，"比树叶还稠"，还是得玉米山药蛋们扛。怎样让孩子们吃的得好些，可口些，就成了母亲每日挖空心思的事情。可是，就那几样原料，又能做出什么好饭呢！然而，母亲的心……于是，该做饭的时候，我兄妹若有在身边的，她便爱问，吃啥饭呀。如果是我，就回答，随便。

是啊，就那条件，还能做出酒席来？我其时只知疯玩，哪里晓得体会母亲的苦心——她不过是希望我们说出个花样来，饭，还是那饭，但孩子点了，她做来自然也有劲了。

可是，她每问到我，我总是说，随便。我老这样，她后来有一回就对我说："'随便'我可没吃过，'随便'咋做哩，好吃不？"

一晃，就是近三十年的事了，母亲离开我们，也快二十年了。如今，生活好了，我的儿子也像我当年那么大了，虽然我们的日子在这小城算过得一般，但他的吃穿，都是尽由了他了。就这吃，肉蛋奶、蔬菜、零嘴儿，见天是不知该吃什么了，要吃，得个半天想。

儿子正是长身体的时候，而且上学，妻就今日买韭菜菠菜猪肉羊肉，明日买西红柿茄子鱼虾，又是加强营养，又是均衡饮食，在饭店吃到个饭菜新样儿，便尝试做，就是一个中心思想：叫儿子吃好。

不想，凡事大约都有个轮回。锅碗瓢盆侍弄得时间长了，我与妻不论谁做饭，都有点不知道该做什么了，就都爱事先问儿子一句，想吃什么。不知哪一日，儿子竟然回答：

"随便。"

我一听，眼里不觉含了泪，想起自己这样回答的时光，而我与儿子回答的随便，却有着天壤之别。

词典里说，随便的第一个意思是不在范围、数量等方面加限制，第二个意思是怎么方便就怎么做，第三个意思是任凭、无论。中国的语言真是有意思，而无论随便的哪一个意思，我母亲、我、我儿子，是都"吃"遍了。

2003 年 9 月 8 日

春山行

谨以此文献给闫玉宁先生。

闫玉宁，山西省乡宁县文化名人，山歌吟唱者，民俗文化学者。因为我的《山居吟》《鄂河谣》系列散文，我们相识于网上，相识三四年，微信文字、语音，相距不是很远却未曾谋面。先生对乡宁当地文化了如指掌，研究颇深。他谈天说地，云古论今，知识广博，人性善良。我的这两个系列散文，记叙的是我少年时在乡宁县尉庄与县城时期的往事，先生是乡宁人，更巧的是先生曾经在尉庄公社蒿圪垛村小学教过一段学，与我父亲相识，算是我的长辈，于是我们就有许多共同的话题，尤其是对我文章中不准确的一些地方——知识性的，风俗习惯方面的，他都谦逊地"与我探讨"，使我受益匪浅。先生唱乡宁小曲的视频，魅力无边，从视频看，他是玉树临风，儒雅倜傥。一直说凑时间见面，神聊，却忙碌于工作，辛苦于讨生活，始终没有实现，去年后半年，先生突然就走了……我一直想写一篇纪念他的文字。一位乡宁朋友一次和我聊到他，我说我一定要写一篇纪念他的文章。我是慢热型的人，文章一直没有写成。先生去世后，不少文化人写文章、写诗，怀念他，看着，看着，我越发不知道该怎么写了。他们写得不少了，可是我还是想表达自己的怀念，昨日翻自己的电子信箱，看到这篇去年春天写尉庄大山的文章，自我感觉还不错，他晚年一直在与此大山相连的云丘山工作，我想就以此文献给他——我的忘年之交的大朋友吧。我写此文时，先生尚在人世，一年过去，他已去天堂，愿他在那里，不要再有人世间的苦难烦忧，只有才情卓尔、人性光辉……

——题记·2020 年 2 月 12 日

春天已经在汾河谷地徜徉了月余，我的心里却一直在牵念一片直线距离不足一百公里的、连绵起伏的大山。

你好吗？！春天好。

我知道，因为海拔高，大山里的春天，是要比这平川地区晚。

我讲的大山，是莽莽苍苍的吕梁山脉的最南端，叫石景山。山无名气，无险峰，倒是层峦叠嶂，沟深谷大，绵延开去几十里，颇有雄浑壮阔气势；却是植被很好，乔木高大，灌木丛生，花草葳蕤，尤其是有一段一座山一座山连着的松林，有风吹过，便如千军万马的 n 次方，是一家国有林场天然林保护区。一条省道穿行其间，柏油路面如新，绸带一样蜿蜒飘在山梁山腰山脚，车辆几等于无。蓝天，白云，青山，空气透亮，山风扑面，任谁至此，应该都不免会有几分陶醉吧。

这个周末，春光灿烂。一早，老朋友曹、毛就电话微信地聒噪，走吧，上山里转一圈吧。早说好要去的，去看山里的春天，只是没有定下具体时间，这一聒噪，三人还真成行了，时间都有，天气正好，毛驾着车。

这山里，是近年我们经常的去处，一年下来，总有个三五次到访吧，只是，在春天，在春天里最美妙的花开时节，还从没来过。

然而，我却非常熟悉这里的春天，我的父亲在这里工作日久，我们家曾经在这里安了近十年，我自己在这里实实在在住了六年，每年山花开放，山色沁绿……而今想想又实在是熟悉且陌生——大山是一幅雄阔的画卷，生活于其间的孩童本身就是风景的一部分，身边的一切未必留意在心过。刚认识些字的时候，我在父亲的中国地图册山西区域的西部就找到了吕梁山，三个字像铁的钉子钉在表示黄河的那条蓝色纵线的右侧。在"山"字的脚边，又有斜斜的"火焰山"小字，有"乡宁"的字样。我就住在这样地方！？小小心灵竟然常有无比深入的莫名感动与感喟，似明确而混沌，缘何如此，语言又不能表达。（我一直喜欢看地图，百看不厌，这个习惯至今不变，或也是一种方式的旅行）后来关于这个"火焰山"，我查询了很多资料，包括网络，都没有找到一星半点它的名字的来历，但明确的一点是，石景山应该是火焰山的一部分，火焰山又是吕梁山的支脉。说火焰山，让人不禁想到《西游记》里面的火焰山，而我的直觉让我以为，现实中的火焰山应该比这部文学名著里的早，因为著名的姑射山就是这火焰山或属于其一部分，只是火焰山名字久远，来历湮没于时光。我为搞不明白它名字的来历，常感到十分遗憾。

三人驾一辆车，半个小时，在京昆高速稷山出口下来拐几道弯，上那条省道向北，就是石景山的方向。在高速公路上，已经远远看见北边那片山好一会儿了，不过，是好几座山，如马首山、云丘山等。在开始爬坡之前，经过的地方是一个工业园区，一条镇街，还有不多的几个村庄和工厂。工业园区一带，道路宽阔平直，只是大车密集，尘土飞扬，与厂区的大烟囱冒出来的不知道是烟还是汽的排放物会合，搞得这一带的空间有些灰蒙蒙，道路两边的建筑物，树木花草——叶片花瓣虽然都是初生，都积着厚厚的灰黑色的尘。

那条镇街，与大多数北方的镇街一样，由混凝土筑就，有破损处，有断裂微翘处，有泼水的印记，有随意丢弃的垃圾——包装纸、塑料袋、狗的粪便等，地面灰土两边重中间轻。沿街两侧皆是商铺，日杂百货、五金交电、酒馆饭店、寿木花草、诊所美发、电信邮政……凡日子必需的一应俱全，都在牌匾字号上各做文章，红黄蓝绿，美丑雅俗，引人眼目，而门店前都有些凌乱。建筑物多是砖混的二层建筑，方形，敦厚，一座一座拥挤在街两边，参差不齐，写着的是"六尺巷"精神的缺乏。墙体多用那种廉价的巴掌大的长方白瓷砖挂面，门窗有木质的，也有铝型材的、塑钢的，这自然是由建筑时期与主家经济力量决定的。近十点钟，街道上人已不稀，两边的自行车、电动自行车、三轮、小轿车、柴油三轮火车、小平车等五花八门，随意乱放，也有摆小摊的，行人穿行如鱼，街中间行驶的车都小心翼翼，行人和路边的物什全然不把它看在眼里。街边几家打烧饼的，照例的一个烧蓝炭的大炉子，夫妻二人一人和面一人打饼烙烤，打出来的烧饼都卧在一张油腻腻的桌上屉子里的棉褥里。毛看见一对年轻夫妻的饼子摊干净利索一点，说买几个饼子夹牛肉预备着，曹说，不用，宁饿一会儿也要吃乡宁的饸饹面。也是，乡宁饸饹，颇具特色，可口而营养，我在多年前写的回忆少年时期在乡宁的系列散文《鄂河谣》曾较为详细地记叙过它的做法与特点，为之饿一会儿是值得的。

车便没在镇上停。这街，是省道的三二百米，经过的时候，我总心下为之感染，想，这样繁杂的、凌乱的、熙攘的场景就是人间的烟火气啊，但亲切的感觉里有淡淡的掩不住的感伤与失望，多少年了，就这样繁杂着、凌乱着、熙攘着，极少改变，从街道、建筑，到人们的茫然的、焦虑的、木然的表情，让我想到小时候姥姥家养的几只鸡在院子里或哨门外一小畦菜地里觅食刨食图。

出得镇街往北一拐，就是长长的慢上坡路了。四野植物返青，最瞩目的就数麦苗了，嫩嫩的绿，看去还是一垄一垄的，不能整个地覆盖住地的黄土色。田地一片片一层层慢慢抬升，尘嚣仿佛也渐渐落在后面，它好像挥着手想追上来，而终是越来越远。

目力所及远近的村子，也随着我们车的行驶或快或慢旋转着抛在后面。

正儿八经开始上山之前，有一条往右、也就是往东的岔道，路头跨路立着一个红柱黄瓦闪檐顶的仿古门楼，上书"范家庄"。再往北有一条岔道，与省道一样是柏油路面，崭新平整宽阔，这路是那边的山因为打造了一家国家 AAAA 级景区，便修得光鲜起来。该景区曾经是道教全真教龙门派祖庭发源之地，宋元至明清建有五龙宫、八宝宫、祖师顶、玉皇顶等，但经过历史风雨、抗日战争等，不同程度地都被损毁。乡宁一位老板看中其文化底蕴深厚与山型神秀，便不遗余力地开发，形成了如今的所谓河汾第一名胜。其玉皇顶，位于云丘山神龙岭最高峰，海拔 1629 米。我们曾经去过一次，并且登上过玉皇顶，景色的确够好，但我们更喜欢植被更加茂盛葳蕤的没有开发痕迹的石景山。人，各有所爱吧。在这景区，常年居住着一位乡宁当地的文化大咖，姓闫名玉宁，按传统的戏文式的说法，是上知天文下知地理，当然除此之外，这老先生对乡宁当地文化、民情风俗、俚语山曲都有很深的研究。几年前，我与他文章机缘、微信相识，颇有知交之感，网上聊得很美，只是未曾会晤。

车正儿八经爬起山了，道路在回环中逐渐抬高。在最边缘的山的高处看，汾河谷地的气韵便显现。平日里生活其间，抬眼只是街道树木房屋汽车行人，心里又是生存生活的柴米油盐蝇营狗苟的，何曾目收心想这宏阔。把车找个平的地方停下，尽量靠边，这个时候才想这路其实应该设计一些宽出来的泊车区，融交通与旅游功能为一体。三人站在路边，都不说话。脚下的山，黄土，石头，植被稀稀拉拉，往下有不规则的梯田。眼前的平原，田畴、村落、县城、工厂、道路、植物、行人、汽车、上空若隐若现的云气还是生活造成的空气污染、耳际所有远近高低各种声音的混合……像油画，更似中国画，写意又工笔，气象万千，气韵生动，有苍茫亘古之感，有苍生感念造化之情，有一种在上海世博会中国馆里看的现代手段制作的会动的《清明上河图》的感觉，只是眼前的景象相较于这幅名画的都市市井气息，多的是一方水土、乡野风情。而春的绿色的风，轻轻吹动，到处都是生命在萌动，这种生命的萌动常常使人会发自内心最深处而又无比的莫可名状的感动。

狗日的，春天！曹自言自语。曹是一所成人学校的理论教员。搞理论的，自然缺乏感性的思维和语言，而他的话又自然是一种对春天美好的感慨的肺腑之言。

车继续往前走，车里放的是降央卓玛的歌。醇厚的女中音像大草原上一道小溪流缓缓地流入人的心底，《花开时节》《父亲》《那一天》……一首一首，爱情，亲情，乡愁，美好得叫人感伤，就是她唱通俗歌曲，也演绎得更纯净、更真挚、更有厚度。她的歌声，与这大山是多么的契合！

上到一道山梁的高处又开始缓缓地下，进入一条山谷里行驶，继续高走。除了山，除了沟，还经过一两个村庄。这一二村庄附近和路边，有不少的柿子树。秋天的时候，柿子红了，使柿子树看上去像一把把火炬。我们遇到柿子红了多次，每次都说寻个地方停下车摘一些，但每次的结果都只是说说。一树一树的柿子，村里人并不稀罕，并不收获，任凭其自熟自落，一年一年。柿子树现在好像反应迟钝，明媚的春光照耀下，枝丫依旧光秃秃的。

山上的植物，大树、灌木、草儿，依然是冬天灰黑或灰褐色（当然，有松柏的地方是沉郁的苍绿），但是不知道是心理的原因还是真的是那样，总有温润了的感觉，总看着是"草色遥看近却无"。而真的是有一团一团的黄色的花在山间开放，不多，但是随着车的行进，总能够看见新的，所以让人感觉一团一团的。开这黄花的植物，我再熟悉不过了，结的籽乡宁土话叫黄瓜圪芦，学名叫连翘，是一味中药材。黄瓜圪芦花儿的那种黄，艳丽热烈，许多年里我都以为它是迎春花。而叫它迎春花也不错吧，这山里花儿是它开得最早。

当车真正走到一段石山森林区，山势突然有些险峻起来。虽然走过多次，大家都还是安静了下来，只有降央卓玛还在唱。这里的山很少有壁立千仞、悬崖百丈，一般都是比较柔和的线条，我把它比作大象。但这一带只见连续的短促的"S"急转弯，一道道迎面而来，两边的山崖说高也不似太行大峡谷高，说低也着实不是低，直上直下，苍岩枯苔，气势不差。路的转弯处，都设了凸面镜，让司机能够及早观察到看不见的弯那边来车，而对面的来车，近了，还是叫人不由得点点刹车。走出险峻处，再连续上几个拐弯分段的长坡，就登上了整个旅程道路的最高处。在这里，顺路的右侧有一堵长约十五米高约两米的矮墙，墙顶有斜坡瓦帽，墙体上是一溜楷体大字"河东人民欢迎您"——显然是问候由乡宁方向而来者的，瓷砖镶的，只是在大山的大路旁，且瓷砖掉了几片，像老者掉了门牙，矮墙便小气与落寞了。

一路植被长势越来越旺，到这里就算得林海了。看景，嘴也都是闲不住的，忧国忧民，相妻教子，单位趣事，油盐柴米。都是老乡，又是同学，用家乡话聊，得劲儿，起劲儿。曾各讲酒事一。

曹说，在刘同学家，酒多，晕乎，突然尿急。一帮人在打麻将，自己寻解急之处，突然看见高高路灯，就站立电线杆下解决。次日，接到刘同学媳妇电话："小曹，你个孙子货就往人家床上尿哩。"口气愤怒而可笑。自己发现的路灯，原来是人家卧室的顶灯，可咋的明明就有电线杆哩嘛。

毛说，某周末与同事中午饮酒，大醉，回家卧于沙发。不知过去多久，老婆突然开门进来，被惊醒，赶忙坐起来。不想让老婆看出酒醉，看窗外天色昏暗，就装得一切都明白，从容而关切地问："这么早就跑步回来啦？"老婆骂道："这才下午六点，酒鬼。"

我说，千里走单骑，哥只为找你。我其实是自己找了个调调吼的，开始想吼余华小说《活着》的主人公福贵唱的"皇帝叫我做女婿，路远迢迢我不去"，怎么一开口却变了。吼了，本来只是玩笑，就哈哈哈笑一气，心里却怎么就茫然了。

毛和曹说，不算不算，重来重来。

过了"河东人民欢迎您"，路的左边有三四排简陋平房建筑，参差不齐，三间五间的，最北的一排，有一间的门上面钉着三合板的牌子，白漆底子红色字，字体系黑体，写得相当规范，写的是"东沟门村卫生所"。这些平房除了卫生所，其他都不知道干什么的，灰头土脸地站在路边。路的右边，高处有两家新建的平房，玻璃门窗阔大，天蓝色屋顶，猜测一下，应该是这几年脱贫攻坚，扶贫异地搬迁的家户。省道在这里有点拐弯，再往前百米左右是一排十来间平房院落，这是公家地方，有牌为证："国营石景山林场"。毛把车停在路右边一排平房前的小开阔地，这里有我们经常流连的一个据点，因为在扶贫搬迁户的房屋东面百十米处，有一个监控瞭望台，估计是用于森林防火的吧。

俗话说登高望远，既然是监控瞭望，那这个监控瞭望台建设的地方自然应该是这一区域最高点与视野最辽阔综合考虑而选择的了，事实也是这样。瞭望台用型号大小不一的角铁与木板构筑，除地面外上面一共三层，横截面为正方形，越往上面积越小，依靠铁梯在每个正方形的一角掏得的正方形缺口上下。铁梯用铁管焊成，踩着，晃晃悠悠的。最高的一层，架设着朝向四方的摄像头，还有一个圆盘状的白色设备。头几年，可以直接登上最高一层，现在不行了，上去的方形口被用铁板闸门锁住了。登上最高一层，四面八方，视野之开阔，山之雄浑，谷之深阔，林之浩荡，风之爽劲，叶之清气，大有雄视苍茫、胸中起沟壑的感觉。

今天而来，一路坐车，隔着车窗玻璃，虽说草色遥看，松林苍郁，也望见了黄瓜圪芦开花，但依然觉得毕竟树木花草欲萌而不显，毕竟是满眼枯枝败叶，山依然寒，水依然瘦，风向暖而不免瑟瑟，春天应该还是姗姗来迟，心里有些许失望。但穿过百十米林间踩出的似有却无的小径，登上瞭望台的高处（只能在次一高层了，也不能去破坏人家管理的铁锁吧），才真正地感到，完全不是初始的感觉。春天，在这大山里已经这里那里地访问了，盛会就要开始。

山林春意，不易察觉，潜移默化地浸润着。松林列阵，沉郁的苍绿里已经透出嫩色；枯树铁枝，渐有水润之气，走来的小径上随手折的一支灌木，褐黑的皮下包藏着新绿；树下，腐殖层蓬松如被，谁敢说不是柔弱的细草在努力往外冒呢；这一切造化，在梁坡谷壑中一波一波荡漾而去，人便置身于大山初春的海洋里了。山风不住地吹，依然粗粝，但少了东风的锋刃，冷却不让人心里畏惧。天空湛蓝，没有一丝云，与汾河谷地简直就是两重天。

站在瞭望台上，往南望去，就能够看到云丘山的玉皇顶、祖师庙，虽然小，小得比小米粒还小，但是仔细观望也不难看到。玉皇顶海拔 1629 米，这瞭望台的海拔起码应该在 1900 或 2000 米上吧。毛曾有一次叹："咱在这儿比它高好多哩。"我倒是叹，人就应该发现适合自己的东西，我就是喜欢这里的天然、宁静、自在，人迹罕至。

眼前的景色，再也不能熟悉了，每一座山的走向、线条、远近、阔瘦、高矮、层叠，都像自己的手纹一样刻画在了心里。但是每次来，每次默默地看着，都觉得看不够，时间短，何谈"厌"呢！突然想到李白的诗句"相看两不厌"。这就是一种契合吧，心性的。

在这台上 N 次说过了，下次，带上牛肉、花生、豆腐串和酒，一醉方休，这台子的木板，睡着舒服着呢，但没有实现一次。而酒，于人而言，没有了不尽欢，有了也未必，必是管得住了才是尽兴，管不住了则是扫兴。都是知天命之年的人了，曹与毛酒量不让年轻时候，但还是胆气不壮了，每次都会限量封顶了；我则胡喝一气也凑合，但酒后那个难受劲儿，用毛的话说是，后悔死了。

"今年夏天，一定得在这儿喝一回。"曹说。

"但愿能成行。"我说。

往车跟前走，在扶贫搬迁的家户院前，一个黑瘦男人正在收拾院子。其实院子里本也没有什么，木椽绑的架子，架子上垒的金黄的玉米穗，一道铁丝上晾着两件衣服，墙根放着两个破旧小凳和铁簸箕，黑瘦男人在扫院子。我说："伙计，你是东沟门村里的？"他说："不是，是××的。"我没听清他的村名，也没再问，问也不一定知道，说："你这是公家帮你弄的房子吗？"他说："是哩嘛！"我说："看现在多好，你看你这房子玻璃窗户多亮堂。"他说："是哩嘛！"我和他说走了，他说哦。乡宁人告别都说我走啦，或走呀，一般不撇普通话的"再见"或"回见"。下到省道，却有三四条大狗在追逐，吓得人腿软，三人站远远地等，等狗追逐到拐弯那边不见了，才走到车跟前上车出发。

接下来的路，基本上是从一道山梁拐到另一道山梁上。从车离开那片小开阔地开始，一路的山都几乎是天然的松林，松树是油松，松针苍绿，树干苍劲，枝叶交错，织成了披在山间的大地锦绣。然而，粗心的人是不易感觉到其间沁出的若有若无的嫩色与春意的。道路在山梁上有如飘带，像是书法长笔挥洒而就，而树木的高度，林子的茂密，使得道路仿佛是一条大水渠的底面，车子高度有限，视野便只有两边列阵的松树和前面的路。一点浩然气，十里快哉风，车像摩托艇行在水面，悠悠忽忽，而行驶还是不免枯燥起来。我便叫唤，找个视野好的地方停下好好看看。都感觉理应如此，都应和。

在一处路外，植物低于路面，碎石子凌乱，还有几块大石头散落崖边，是挖掘机施工过的痕迹。车子及时停下，三人站在崖畔。没有了树林遮挡，视线便辽阔至目力所及的尽头。望眼前，一道大谷，线条开张、柔顺、敦厚，是大山伟岸的胸怀；一边的山上，有铁塔架线飞越，是山下往山上输电，还是相反，不清楚；远处，更远处，连绵起伏的山，是波状的泼墨，一层一层，渐远渐淡，与天相连；是大自然神奇造化的笔法。山野静谧，只有风的不甘寂寞。

毛把手搭成喇叭放在嘴前，哎——哎——哎——喊的声音不小，但没在山谷形成一道道回声，风把他的喊声吹散了。没有人说话，都只静静地观望，把山放在心里，或是把心放在山里，默默体悟。

想，能像一棵树一样生活在山间多好。

想，陶渊明的诗作的志趣与隐逸，"采菊东篱下，悠然见南山"，在这样的环境要靠一己之力生存，垦田种植，建房开园，不出大力，不吃大苦，谈何容易，不为五斗米折腰需要怎样的清高、怎样的决绝、怎样的坚韧？！

想，日月亘古，沧海桑田，这树也不算什么，若是等到沉入海底，那它们也就不活了，不活了能变成煤？而现在看等不到那一刻它们就死了，可它们不算什么也比我活得久长，我又算什么。

……人，有时候就爱想这想那，思考人生意义。人生的意义，就是无意义，或思考本身就是人生唯一的意义。所以那谁说，人们一思考，上帝就发笑。想的人，想着想着，有的变成哲学家了，有的就疯了，更多的是用芸芸、碌碌形容的人，酒肉穿肠，爱钱好色，也小思考，如我。

　　眼下这样的山谷，我们几个曾经在随意的没有路的地方下去探险过一番的。那是在夏天草木最繁盛的时候，我们三人再加上现在去南方打工的老黄，进入密林，顺着陡坡就下。那个坡陡啊，要四肢并用才能不倒地或滚下。头上松针密织如盖，眼前松树茎干劲立，脚下腐殖如毯。松树间杂了各种乔木灌木，真的是前行如披荆斩棘。不知道往下走了多久，但肯定时间不长，离谷底还有不知道多远但肯定很远。人已经气喘吁吁，腿也发软了。我便建议不要继续了，时间、体力都是不允许的。毛、黄立马同意，曹要坚持，却得听大家意见，都说"要不我们先返回，你继续"，他也许想着要继续太不容易吧，就一道和我们往回返。返程更是艰难，简直就是往上爬，好在树干枝叶多，随手都可以抓拽，不用担心坡太陡一不小心给滚下去。人，现在条件好了，就容易把自己的个人能力夸大了，比如我们驱车来这里，一个多小时的事，但是在三十年前，你独自步行或吆个驴车试试，不得两天哪！所以我有时候就想，人，始终得有个敬畏心，谦虚心。回到省道上，已经偏离驻车处一公里多了。大家都惊叹，就是沿着原路返回的嘛，你看看，大山的自然赋形，就是这样，要不会在山里面迷路，要不说人渺小呢。遇到一农人，手持一把长柄斧，看见我们从林里钻出来，问我们干吗去了，我们回答闲跑哩。他说："不要乱跑了，林子里面蛇多，都毒得厉害，咬了一般都来不及救，你看我拿个斧子，就是在林里面钻的时候先打蛇哩，打草惊蛇，把它吓唬走。"他一说，吓得我毛骨悚然。我少年时期尽管自由自在游荡玩耍，也有遇到蛇的时候，但那个时候只是惊一下便忘到脑后了，现在怎么会这样害怕，害怕的同时庆幸此次下去上来没有遇到这毒物。要是有谁被它咬一口，从这么陡的坡下怎么往上弄？即使弄上来，送去医院救治也时间不够啊！曹却不以为然，他说哪里那么巧，那一刻我们都甚至恨他的顽固了。村人说，蛇都容易在地上干枝枝中间，石头中间。……此后再来，我们只是在省道上走，站在视野开阔的路畔看。

再走，偶然的路边就有村庄了。村庄的建筑都依山势而错落各向，有砖混的，有石材筑的。各家基本都有院墙，不高，大门多是铁门，大红的颜色，叫大门其实也不是怎么阔大，顶子是水泥的平板。有些建筑物正面贴着白色长条形瓷砖，显然是经济条件好些又讲究一点的人家。大门开着的，看进去的屋门上都挂着自家做的门帘，用各色方形或菱形碎布片拼成，这种门帘在乡宁冬天很是普遍。车经过村庄的时候，还能看到拴着的牛、自由觅食的鸡，它们看到车的时候还张望一番，有点警觉。

在一个村子的外面，遇到一个瘦高男人，我们的车停下来，想和他说话，一路上，人少的。突然，我感觉他很面熟，脑海里迅速翻检，终于查到他的信息，他是原来尉庄公社管过司务的四娃，官名不知道。我跟曹和毛说，我认识他。这二人还不信，说："你都离开人家这地方四十年了，还能这么巧遇上你认识的人？"我说："不信，你们就看着。"我们走到那人跟前，我说："你好。"他说："唔，你们做啥呀？"我说："我们三个闲跑哩。"他说："唔，这山里有啥好跑？"我没有接他似问非问的话，说："你原来是在公社干过吧，早啦。"他问："咦，你咋知道，你认识我？"我说："我爸原来就在公社哩。"他问："谁呢？"我说："陶富山。"他说："哦，陶主任啊，外可是一个好人，你爸好吧？"我说："不在啦，十四年啦。"他说："哦，恓惶的，外可是一个好人。"我说："我认得你，你不一定认得我。"他说："老陶四个娃哩，你是老几？"我说："我是老二。"他说："记得你哥，小琳。"我说："你干啥哩？"他说："没事，草好的时候德（乡宁方言表示在野外放或赶羊牛的动词）牛哩，这会儿，山上没草，牛在屋里吃草料，我就没事。"我问："你德了多少牛？"他说："不到二十头。"我说："不少哩。"他说："没干的，胡德哩。"我说："好啦，我走呀。"上了车毛说："人家你还真认识哩。"

这一段的山，忽然就不见了松树，成杂木林了，橡树、杜李、山杏、山桃、山葡萄、马茹茹、樱桃……没有松林阵的气势气度，有点像女人烫的羊羔毛发卷。山色灰褐，山杏、山桃都还没有开放，开花的还是黄瓜圪芦，这里一团，那边一丛。山脚和山腰较平缓处，有了不规则的梯田，田里光光的，或有秸秆在地头堆放，显得那么的苍凉，苍凉中却又感到潜得不易察觉微微的温。

在一个路右边的加油站后面，往左一条岔路，是通往尉庄村的路。尉庄村是尉庄乡政府所在地，此乡辖区面积四百平方公里，南部是石山森林，北部则系典型的黄土高原水土流失残塬。我们来到这里，本打算在唯一的小饭店吃乡宁饸饹面的，尽管味道不是太正宗，但也还不错，却没开门。邮电所门开着，两个小便利店（号称超市）门开着，可是不能吃饭呀。这些门店都围绕着乡政府南边的一片开阔地——或叫广场。广场的地面是混凝土硬化过的，但时日久了风化厉害，起了不少石子。三人在广场遛了两圈。

曹说："去乡宁城里吧，吃饸饹面。"

毛说："吃饸饹面。"

我说："走起。"

车载音乐自己变成了下载的苏州评弹《莺莺操琴》，朱慧珍先生唱的。曹毛二人听不明白，更奇怪我怎么会喜欢这南方的艺术。是啊，我一个北方人怎么就醉在其中呢，不看文字的词基本一个字都听不明白。我自己也说不明白。

无人言语，也许坐车累了。车沿来时的省道继续往北，植被逐渐稀疏，不久就在纯纯的黄土高原水土流失山间行走了。黄土裸露，梯田层层叠叠，树木很少，枝干瘦劲，荒草灌木黑褐。

"香莲碧水动风凉，水动风凉夏日长。长日下，碧莲香，有那莺莺小姐她唤红娘……"

2019 年 3 月写

旋木葫芦的老人

　　在我家不远处，放学时会有不少孩子经过的一个街口拐角，某一日，扎了一辆人力三轮儿，小小车斗里，放一把小木椅，椅上坐着一位总在埋了头专心做活的老人。在他的面前，几根粗糙而不规则的方木棍神奇地搭成了一个小车床，有机如人体。他的左手握着一根抻着小指宽的真皮带子的尺余长的小圆木，那皮带子在小车床的一根能在一头与对面一短木轴卡住东西的长轴上绕了，拉来送去，轴连同夹着的小东西便飞快地左转右转，夹着的，是不足二寸长、一寸粗的木棍儿，右手攥着旋刀，挨上去，随着在不同处力度的不同、时长的不同，旋去木棍的深浅便不同，一阵专注认真细心的操作，就旋出一个小小的鲜鲜的木葫芦来，然后把它取在手里，又用刀子削一削，刮一刮，从脚后的旧帆布挎包里摸出一截红绳，绑了葫芦的嘴儿，挂在面前的伸手可及齐眉高的木架上，而那里已然有大小不一的一些在招摇了。

　　那是初冬时节，秋雨连绵后的日子，天气特别得清爽，还不太冷，老人却已是老棉裤棉袄，一身玄色，头发与连鬓胡须都已花白，头上看来谢顶已久，头皮黑红发亮。额方方圆圆，刻着些老旧的皱纹，鼻梁上架一副老式褐红色边框花镜。那一片空气里，弥漫了些许悠远的乡村的气息，让人想起一首歌的歌词，说胡子里长满了故事。

老人旋葫芦，一副不着急的样子，而事实上，他的生意并不很好，如今孩子玩的，能遥控的玩具飞机汽车、能打塑料弹的枪、电脑游戏等，没什么可稀罕的，何况一个小小的木葫芦。平素路人驻足瞧上一番，也许会开口问："这是什么木头的？""桃木，避邪！"老人回答时，头也不抬。路人或来了兴致，摸一两元钱，递给老人，买个小的或大的，把玩着走了。老人接了钱塞进兜里，手便即刻又不停地旋削起来。也有闲汉，站在车边看一两个钟点，和老人拉呱闲话。而最热闹还是放学的时候，孩子们围拢了，或有买的，大家却不稀奇木葫芦，只看那葫芦制作过程有趣，叽叽喳喳议论一番，只是迫于时间，终不能不去。

其实老人的制作工艺是十分原始的。二十多年前，我六七岁在公社机械厂便见过正儿八经的大车床，车铁家伙，而这之前多久就有了这样的机械，我也无从得知。然而那手工制作的过程，那作品不就尺寸，绝不会大小一致，对于孩子，对于人生，却是趣味之所在，就像吃面条一样，机器压的面条永远赶不上手擀的口味，因为每个人揉面的过程力量不会相同。

天气渐渐冷了，老人头上多了渍黑的棉军帽，身上披上了羊皮毛挂里的半大棉大氅，车又绑上了横竖几条木棍，左、右、后、上四面固定了大红的劣质平绒布挡风，天气慢慢地转暖，他的行头便又一件件地减去。老人每天都出现，是小城的、孩子们的、我心中的一道特别的风景。我知道这风景在某一天会永远消逝，就告诉了市报社的年轻摄影记者小张，小张还真拍了些挺艺术的照片，在报上刊了半版。一天路过，我领七岁的儿子买了一个桃木葫芦，儿子挂在脖子上，十分高兴。我告诉他："这是桃木的，避邪！"

"避邪？"儿子一脸茫然。

"好玩不？"

"不好玩，但挺可爱。"

我呵呵地笑了，拍了拍儿子的头。后来又给儿子买了一个大些的，三元钱。

夏天的一日，我路过那里，发现老人不见了，许久，他也没有再出现。有时候，骑车经过那街角，我都禁不住会朝那空落的地方望去……

吃

　　我曾经写过一篇小文章，叫《吃随便》。记的是20世纪70年代，我的母亲因为缺少细粮和菜蔬而每日为做饭发愁，总问我们吃什么，我们老回答随便；我成家为人父后，时常与妻面对繁多花色的主副食品而不知道该吃什么，每问儿子，他也老回答随便。两个随便，字相同，情景则是天上地下了。我想反映的是社会的进步大，百姓的日子好了，而我母亲已经去世十八年了，也是对她的怀念。

　　文章寄给了一家省报，却没有发表。那个女编辑说，题材太小、太狭隘了。我默然，记起了民间的一句话："人生在世，吃穿二字。"也记起了孟子的话："民以食为天。"还有朱自清先生反复讲的"吃饭第一"。吃饭怎么会是小事呢？从大处讲，它关系国家的兴衰存亡；从小处说，它可以体现一个人的风骨。吃是大雅的事情，也是大俗的事情。

　　翻一翻历史书籍，你会发现，每一次社会的动荡不安、每一个政权的不稳固甚至覆亡，都与吃是分不开的，吃简直就是其直接和根本的原因。中国第一个封建王朝秦就是因为吃的问题解决得好而统一天下的，《孟子·梁惠王上》讲："秦人以急农兼天下。"这是说它的农业搞得好，农业搞得好自然是吃的问题解决得好。而秦又因为吃的问题没有解决好而丢了天下，赋税无限度的征发，役力征调导致劳动力缺乏，致使土地荒芜，人民无以为生，衣牛马之衣，食犬豕之食，于是出现了陈胜吴广领导的农民大起义，秦王朝覆灭了。可以说，中国的封建王朝就是在这样的轮回中走过了两千多年。作为封建统治阶级一员的曹操在《蒿里行》里写道："白骨露于野，千里无鸡鸣。生民百遗一，念之断人肠。"王桀诗说："出门无所见，白骨蔽平原。路有饥妇人，抱子弃草间……"《晋书·食货志》接连出现"人多饥乏，更相鬻卖"和"人多相食"的字眼。《绥寇纪略》卷九言"吃他娘，穿他娘，吃着不尽有闯王，不当差，不纳粮"，歌颂了李自成农民起义给贫苦农民带来的实惠，那就是可以吃上饭了。二十世纪初的抗捐抗税斗争、抢米风潮，为的也是个吃。整个中国历史，简直就是以吃贯之，吃是第一要务。古老的《击壤歌》说："日出而作，日入而息。凿井而饮，耕田而食。帝力于我何有哉！"吃的事情，早就开始讲了。也许你会说天下兴亡是因为上层建筑与当时的经济基础不相适应，统治者巧取豪夺，土地集中程度太高，等等，但是在过日月的老百姓那里，就是个有没有饭吃的问题。吃的事，小吗？

老百姓有一种传统的看法：贪吃的人是没有出息的。其实吃也有"度"，当吃则吃，不当吃则不吃，这个度把握不好，就会是笑柄遗恨；把握得好，可以见气节风骨。公元406年，即东晋义熙元年的十一月，四十一岁的陶渊明又一次辞官归隐了，从此躬耕以自资，不再涉足官场。在一般人的印象里，他是一个和平静穆的人，但他实际上更是一个有着坚贞品质和刚强个性的人，在《戊申岁六月中遇火》一诗中他写道："总发抱孤介，奄出四十年……贞刚自有质，玉石乃非坚。"但是在动乱的社会里，政治腐败，风气污浊，"真风告逝，大伪斯兴"（《感士不遇赋》），他这样性情的人，如何见得惯，而又如何见容于社会呢？相传他归隐是因为不愿束带见督邮，不肯"为五斗米折腰向乡里小人"而辞去县令。陶渊明不会为了吃而向世俗与丑恶弯下脊梁。即使在贫病饥饿的晚年，江州刺史檀道济馈以粱肉，劝他出仕，他却麾而去之。在一个吃字上，"靖节"之谥，陶渊明即无愧矣。

吃是人类的直至整个动物界的最基本的需求之一。随着人类文明的进步，吃也成了其中的一个重要内容。生养我的汾河平原，是中华文明的发祥地，也是农业文明的灿烂之地，在这片热土上，面食文化璀璨夺目，在全国可是响当当的。馒头烧饼旋子包子饺子麻花油糕油饼菰蕾面条……而面条就有刀削面刀拨面拉面揪片饸饹面抿蝌蚪拨鱼儿……再配以不同的菜或臊子，使了捞炒卤炝烩等的手段，真可谓百花齐放。中国的鲁、川、苏、粤四大菜系，更是闻名天下。鲁菜制作精细，风味独特，以咸、鲜、脆、嫩著称，春秋时齐桓公的宠臣易牙，是当时"善和五味"的名厨。西汉即有蜀人"尚滋味，好辛香"的说法，川菜自然是以味多、味广、味厚而在大江南北长城内外大行其道，广受欢迎。苏菜选料朴实，讲究火工，重油重色，味道醇厚，保持原汁原味，南宋时的著名菜肴"河地马蹄鳖，雪中牛尾狐"名传至今。粤菜在西汉时也有相关记载，其特点是用料广，花色多，形态新颖，善于变化，讲究鲜嫩、爽滑，夏求清淡，冬偏浓醇。其实中国的菜系队伍早已经壮大，浙菜、闽菜、徽菜、湘菜、京菜、鄂菜……实在已是十大菜系了。合家团圆，朋友小聚，宴请宾客，南北大菜，地方小吃，可着意的吃还是个吃，但是吃也是感情、友谊。吃是雅事，大雅之事。

而吃的的确确也是俗务。为了生活，也可以说是为了吃，我常常会去农贸市场，买菜割肉，买现成的面条馒头……这里的东西都是叫人心里踏实的东西。在这里，摊位的参差不齐，菜们的清新，鱼肉的腥气，熟食的醇香，下水道飘出的恶味，熙熙攘攘的各色人等各怀心思或逡巡、大嚼、询问、开心、不满，总使我想起"市井"一词来。农贸市场上的讨价还价，锅碗瓢盆里的酸甜苦辣，在百姓轮回无尽的为了吃喝的庸俗日月里，却培育出了高雅的精神之花。吃饭是为了活着，但活着不是为了吃饭，这话很精辟，可惜我记不清是谁的话了。俗，是生活的一面。另一面的高雅，是以之为基础的。

1987年，我考进了省城的一所大学，那真是农民进了城。初就餐，花样繁多的饭菜叫我都有点花了眼。我虽然兜里的钱有限，还是要挨个尝它一遍。一日早餐，我和一个老乡，也是农村出来的新人，打了不少同学排队打的一种食品。这食品，盛在一只草绿色的大保温桶里，保温桶放在一只高凳子上，离摆放菜肴的那一排桌子有六七米远，我们只顾稀奇，看它白白嫩嫩，颤颤巍巍，爽爽滑滑，把碗端来放在餐桌上就吃，不想这东西居然叫人……说真的是恶心想吐的感觉。我们强咽下，抬望眼，见别人都吃得津津有味，赶紧装作吃得心满意足的样子。我是百思不得其解，我的同学也很纳闷。我们努力地吃完，一直装作心满意足的样子。我们怕别人知道了笑话。在回宿舍的路上，我们俩小声讨论了一路，但是讨论来讨论去就是讨论不明白，别人的味觉系统也不会和我们不一样呀。后来有一天，我们留意到，打了这食品的人，都去摆放菜肴的大桌子的一头，用小勺从几个碗里往这食品里面舀东西，过去一侦查，终于明白了，原来我们是没有加

一九四八年
解放临汾
的部
队在
南贾
休整住在老家
的院里有一信宿
稍饱人给我喝了
一口涎辣出了眼泪
此乃余平生第一次治酒也
昭平记画

155

盐、腌韭花和油泼辣子等调料的缘故，就又买了，一吃，果然是很好吃的。后来知道，它叫老豆腐——这是省城人的叫法，我现在生活的城市的人们叫它豆腐脑。这个小故事就记在这里吧，算是对生活的纪念，我也已经无话可说，也算是这篇文章的结尾。

乡宁虾酱豆腐

庚子春节，不平常啊！时疫。

据说，对付的一个好办法，就是老老实实在家待着，科学的说法叫"隔离"，流行的说法叫"宅"。

"宅"，可是上班族平日梦寐以求的。在时光流转中的工作生活，能"宅"半日一日，那简直有神仙日子的味道，想干吗就干吗，不想干吗就不干吗，仿佛天是老大，自己就是老二了。可是要真的连续"宅"些日子，就全不是那回事了，手机看得眼睛疼，电视看得没意思；食物不化，做事无心；身体发僵，精神萎靡，尤其是宅在单元楼房，感觉更是加倍。

人哪，毕竟是动物嘛。应对疫情，我得上班，遗憾，也不遗憾，自己不感染，不传染，还能工作贡献，整个春节假期过得很充实。有上班，就有下班。下班回家，暂时忘却疫情，就想吃点平时不吃的，那天，就想起乡宁的虾酱豆腐来了。在网上搜，这道菜的信息条目还真多，却几乎没有介绍乡宁虾酱豆腐的相关文字，看来这道菜并不是乡宁所独有的。可是在乡宁，它的的确确是大家喜欢的、几乎是经典的菜肴，我便想写点文字，把它记载下来。

人在什么地方生长，便会对这地方产生最特别的情愫，所谓故乡，故土，乡情，乡愁……是根，是心里一辈子的牵念，是怎么热爱、怎么亲昵都不为过的。我生于襄汾，长于乡宁，对这两个地方，都有着故乡的无限深情，但是总觉得，有那么一点点、一点点的差异。一位在临汾工作的朋友闫建国先生，乡宁人，多年前有一次我们聊天，不知怎么就谈到了家乡这个话题。他说："陶健，叫我说我觉得你本质上就是乡宁人，你从六岁到十六岁在乡宁生活，这个时期，是人的世界观和情感形成的最重要时期，你母亲又是地地道道的乡宁人，乡宁，就是你永远不能走出的最巨大的背景和最深厚的底色。"我当时沉默了，但是，深深地敬佩他见地的精准与深刻。

我爱襄汾，我爱乡宁，同样的爱。但是从我零零碎碎写的文章看，也佐证了他的分析，我写乡宁的文章总比写襄汾的顺畅自在，而从自己内心真实的感觉看，乡宁总是更亲昵那么一点点，就一点点……

言归正传。想起了乡宁虾酱豆腐，要吃，就要自己动手，过年却没有准备虾酱。让儿子到小区门口小便利店看看，居然有货，他打电话说："爸，还真有呢，买几瓶？"我说"买一瓶呗。"听不出他是戴着口罩在说话。

早年，四十年前了吧，我第一次吃到虾酱豆腐。那是在下县村姥姥家，我在村小学上四年级，仿佛是暮春时节，一个礼拜天的上午。乡宁农村一天基本就是两顿饭，一顿是上午十点钟左右，一顿是下午三点到四点的样子。那天，我的妈妈也在姥姥家——我们家生活的尉庄，距此三四十里山路，车极其少，交通不便——她来姥姥家也是有数的。四年级的孩子，正是小儿马一样劲儿使不完、心里充满好奇、可世界乱跑乱撞的年纪，我和伙伴们最喜欢的，就是在姥姥家东边的一块麦场上的麦秸垛上躲猫猫或分伙干仗。分伙干仗，那情形就如电视节目《动物世界》里动物小伙伴玩耍与生存技能训练一样，亦假亦真，经常干得是筋疲力尽浑身是汗快乐无尽，那快乐，是最通透的，最纯净的，最淳美的。麦秸垛在我们长期干仗下，总有一个垮的——有垛的样子，一边的麦秸却散了铺地，好像柔软的大床，人还可以钻进去。那次我们干仗，估摸着到饭时了，就各自拨拉拨拉头发里的麦秸碎屑，打去身上的土，回家。我曾经在《鄂河谣》里就乡宁的吃事写过一些文字，那个时候，日子苦焦，在我家还能吃到二面馍，在姥姥家，白面专属于身体不是太好的姥爷（他晌午饭只吃一碗面条），我和姥姥小舅小妗子就见天是玉茭面了，起面窝窝头，枣瓷窝窝，活儿（玉米面发酵摊在箅子上蒸的酸甜的类似窝窝头升级版的馍馍），圪切切，钢丝面，花样不少，本质不变，真正吃的人熬煎哩，但是拿姥姥的话说，知足吧，都能吃饱了。那天一进姥姥家的院子，一股奇异的腥臭味道在飘，一近窑门，腥臭味道从屋内夺门往出涌，简直叫人能闭了气儿。但奇怪的是，姥姥姥爷姨姨母亲，他们待在屋里说着笑着，没事人一样，真是奇怪，他们不怕这臭味吗？他们闻不见吗？或是他们喜欢？我捏住鼻子往里走，表情也许鬼怪，他们看到我的样子都忍俊不禁。"这是什么味儿啊？"我问，把他们几个人挨个儿看，我这奇怪纳闷受不了呢，他们还有心思乐。片刻之后，姥姥说："给你做的好吃头。"我说："好吃头，啥好吃头？这臭臭的。"姥姥说："虾酱豆腐呗。"我平生第一次吃到虾酱豆腐，一碗有豆腐片有汤汁的菜（汤？）。这第一次吃，是在糗事状态下进行的，有豆腐的鲜与嫩，有虾酱的香与腥，有花椒粉生姜的味，有勾芡的黏滑，有菠菜的清气，有芫荽的浓烈的香……还有在院子里就开始闻见的奇怪臭味，是虾酱发出来的。总之这是一次尴尬的吃饭体验，应该颇似第一次吃臭豆腐的人的感觉。

虾酱豆腐不是金贵的菜肴。豆腐全国各地到处吃，虾酱是海鲜非海鲜总叫我想到死鱼烂虾这个词儿，再无非配点葱花姜末勾芡菠菜芫荽叶，做法也十分简单。但是乡宁虾酱豆腐好，我想主要就好在了豆腐上。乡宁地处吕梁山南端、黄河东岸，有石山森林，有黄土沟壑纵横，典型的黄土高原地貌，是北方最普通不过的一个县，但是一方水土一方人，奇特的是，这里出产的豆腐特别的好，白嫩爽滑又有弹性，于清水里可放几日不坏，久煮亦不烂不老，最美的是卤水点出的豆腐的那份本质的香，清，醇，绵，厚……文字和语言的形容只能显得十分苍白，说不明白透彻，感觉却已篆刻一样刻在心上，沁入记忆。知道乡宁豆腐好的人，而今逢年过节，有机会，有条件，会专门去乡宁割几块回家食用，是常事了。

我并不了解虾酱豆腐的做法，现在通信发达，即时用手机与表哥小根子微信视频请教。视频那头，小哥一家，儿孙满堂，正围在餐桌前吃午餐呢。各人都跟我打了招呼，看到嫂子慈眉善目的半老太太模样，我不禁想起四十年前她就要与小哥结婚时来姨姨家的俊俏羞赧模样，真的是时光如梭啊，他们的孙子都高中生了。小哥是热心人，常做红白喜事的总管礼宾，也能自己下厨张罗酒席。他详细给我介绍了乡宁虾酱豆腐的做法。备料，一块豆腐切成两厘米见方四五毫米厚的片，虾酱，葱花，姜末，淀粉勾芡，青菜（菠菜叶，芫荽）。热锅凉油，火不可太大，油不宜过多。油热了放入葱花姜末，放入花椒粉，搅拌几下，放入虾酱煸熟，味儿出，兑入清水，清水的量要大点，成品是成汤的。水开，放入豆腐片，水开稍沸，徐入勾芡，汤开，再咕嘟适时，可以了就投入青菜，搅动，立马关火。需要强调的是，一不能放盐，虾酱已经够咸；二青菜少许几叶，点缀颜色出味即可；三食材、火候、顺序等都讲究适量适时——好厨子大约都凭这样的主观感觉吧。虾酱豆腐装入钵碗，豆腐片白亮亮的仿佛鱼游动在碗中，不会沉底儿；汤色的另一种白，透着虾酱的微红，虾酱碎末在其间有如四维空间的遥遥星宿；菠菜叶切得狭，芫荽叶像花一样，绿格莹莹，绝不喧宾夺主……

按照这个方法，我做出来的乡宁虾酱豆腐，在外上学回来的儿子吃着竟然感觉是美味佳肴了；妻不是素食主义者，但是从小不吃肉，"不知肉味"，闻见炒这道菜的味道，赶忙把油烟机开到了最大，把厨房窗户都开得圆圆的，叫唤："难闻死了，难闻死了，把人气能闭了，简直比臭豆腐还臭，以后禁止你做这个菜。"我和儿子看她的样子，忍不住哈哈大笑。我想到了自己第一次闻到炒虾酱豆腐的情景，是似臭而有隐隐的香，似香还是出奇的臭，后来渐渐历臭弥香。我给儿子说："这要是用乡宁豆腐做的，才美呢。"今年年根儿事情多，没有顾上去弄几块乡宁豆腐。

虾酱豆腐，在百姓办红白喜事上，是必然的一道菜。乡宁有老同学老朋友或亲戚家有事了，吃席，经常能吃到。

大年初一中午下班回家，在下县村的大舅发来了微信视频，我还提到虾酱豆腐了。他说："明早你就不要上来啦，看人家现在这肺炎防控抓得紧的，安安然然在姑哈（乡宁话，指家里）吧，安全，过了这病再跑吧，我给崴揭都雪啦（我跟那几个都说啦）。"我们十几个外甥，每年的正月初二，如果没有什么非常特别的情况，都一定是去下县，给大舅和小舅拜年，大舅今年八十一，小舅也七十一了，我们这些外甥，最大的，也七十六啦，和我早逝的母亲同岁。我说："好的，好的，新年吉祥如意，平安健康！"我说的话跟微信拜年信息似的。我强调，回去了要吃虾酱豆腐哦。这八十一岁的老人，给我用手回了个"OK"。

从前看过一个资料，说，人一辈子口味习惯，在三岁之前就完全定型。我想想，觉得挺有道理，要不人都说妈妈做的饭最好吃呀。乡宁虾酱豆腐，我虽然是在十一二岁时才吃到，但是始终在最深的记忆里，始终感觉是一道独特的风景一样的"我的菜"。

2020 年 2 月 3 日

永不忧伤

　　春天了，就写了一篇关于春天的小文章，敲完最后一字，便连校对也没做，就微信发给了一个喜欢写诗词的年轻朋友。不久他回复道："总有那么个感觉，说不上来，淡淡的如午后野地里的一缕微风，伤感，怀念？是难描状，但总回不去了！"

　　我说不清。我只是在春天想到一个词组，觉得好，可以做文章题目，然后能围绕它写一些文字，就像太阳对于行星、小行星，太阳的内部它们看不到摸不着，但是能感受到其温度。围绕来的文字，该留下的就留下了，不该留下的或就没来，或来了又游荡去了、飘逸了。

　　说不清，而直觉又不错，就得有不错的理由。不由人就想到唐朝的李义山，有评论说他部分诗歌过于隐晦迷离，难于索解。这方面代表诗作是《锦瑟》：

　　　锦瑟无端五十弦，一弦一柱思华年。
　　　庄生晓梦迷蝴蝶，望帝春心托杜鹃。
　　　沧海月明珠有泪，蓝田日暖玉生烟。
　　　此情可待成追忆，只是当时已惘然。

当代美其名曰朦胧诗，实至名归也。

我想，我的小文章附会一下，且就当作朦胧文吧。而又不甚是。

文章的气质，就是作文者的气质。朋友说"淡淡的如午后野地里的一缕微风，伤感，怀念？是难描状……"我是这样忧郁的气质？我便回想自己零打碎敲的文章，发现几乎还都是有淡淡的忧伤隐藏，就像难以察觉的深海暗流，就像宇宙微波背景辐射。

为什么呢？我最喜欢的，是春天的阳光，是在阳光下面，背靠着墙，面对太阳，闭上眼，看眼皮儿红红的，血的红，那感觉是温煦的、勃发的、美好的。或这喜欢，也只是忧郁的表皮，只是情绪的一缕稍纵即逝的轻轻的风？

多年前，听到笛子演奏大师李晨先生独奏的《姑苏行》，总是淡淡忧伤的感觉，我在一篇文章里说，让人想到江南的微雨蒙蒙，寂寥感伤；百度百科却介绍说："……曲名为游览苏州（古称姑苏）之意，全曲表现了古城苏州的秀丽风光和人们游览时的愉悦心情。乐曲旋律优美亲切，风格典雅舒泰，节奏轻松明快，结构简练完整，是南派曲笛的代表性乐曲之一。"何以大相径庭？而我听到的还是望不尽的微雨蒙蒙、寂寥感伤，还有悲剧的美好。

还有听刘德海先生演奏的《梅花三弄》，听着，我就像一朵凌寒的梅花，挂在墙角枝头了。我最喜欢这两首曲子，没有偏颇，也没有其他的乐曲可以超越。

如果让我从古今中外的诗词里只选一首留在心里，我会毫不犹豫选择唐代陈子昂的《登幽州台歌》，诗曰：

前不见古人，
后不见来者。
念天地之悠悠，
独怆然而涕下。

何来这足以湮没人世与宇宙的忧伤？孤独遗世，独立苍茫，悲从中来，中为何物何事何情？！是对人生来去处的追问，是对过程或意义的疑惑，是为美女浅笑所伤，是为一地鸡毛烦心……都是，都不是，或只是人生的况味。诵读这首诗，我总想到一棵树，颀长劲拔倔强，站立在一片开阔地带，独自个，只是站在那里，不知道为什么就站在那里，生命就是这样。于是QQ盛行的时候，我的昵称名字就叫"一棵树"。

我不能喝酒，却喜欢酒。李白说"抽刀断水水更流，举杯销愁愁更愁。人生在世不称意，明朝散发弄扁舟"，李白还说"人生得意须尽欢，莫使金樽空对月"。忧愁是酒，快乐是酒，对立统一，释然人生。我不能饮酒，一是酒后必有一周至一旬凌晨三四点心跳得于睡梦中醒来难以入眠，二是眼睛不舒服得发黏流泪，便躲酒场，但是看到人家喝酒心里却又好不痒痒。有时便在家悄悄抿一两，微醺，飘忽，不喜不悲，亦喜亦悲，悲喜亦飘忽起来。

每年的春节，我知道是最应该开心的日子，但都是我最难开心的日子。捏饺子的时候，把父母的照片摆放好供上水果端上菜肴点上四炷香的时候，我的眼里总会湿润，我那四十二岁就离开的母亲，我那倔强得不透气的父亲，你们都好吗，在另一个世界，在默默注视着我们吧？！母亲离开我们时我十九岁，那时候我想到以后永远不能再见到她，心里就憋闷得想扒开胸膛……而今三十三年过去了，这个永远还没完，永远不会完。这事情没有摊在自己身上的人，没有体会，不会理解，也是永远不会理解。

读纳兰性德，很晚。山里出来的孩子，眼界窄，为了改变命运，中小学把课本当圣贤书读，上大学学政治学，爱好也就是喜欢看那些浅显易懂的新时期小说，也就是喜欢看休谟尼采叔本华萨特，囫囵吞枣地看，也就是喜欢看漂亮女孩儿，还有大城市那种活剧样的种种，工作了就钱紧张对象不好找，柴米油盐酱醋茶……自然晚得有道理。记不得什么时候什么情景下第一次读到他的词，但是他的一句词，刀子一样插在心里，痛快淋漓，说，"我是人间惆怅客"。还有一首：

谁翻乐府凄凉曲？风也萧萧，雨也萧萧，瘦尽灯花又一宵。
不知何事萦怀抱，醒也无聊，醉也无聊，梦也何曾到谢桥。

我喜欢的且有来往的第一个女孩儿，在我上大一的那一年冬天离开我。她让我把她的信，还有不多的几张照片寄还给她。好像后来我都寄给她了，记不清了，记得清的是收到她的最后的信的那个晚上，我真的有强烈的像火一样的跳楼欲望，我想到天空划过的彗星亮色的瞬间寂灭的弧线。我当然没跳，没跳也不能说我不真。是我没有被命运湮没。从此，我失却了心里的笑。从此，我的人生原则是好死不如赖活着。闻此有人或发笑，我说谁发笑谁就输了。

多年来，很少听崔健的摇滚了也是大学时代的东西，多年不吼，也难忘却。而今偶尔听，还是那个味儿，可听久一会儿，就觉得闹，吵得慌，年纪痴长了。他唱道："一颗流弹打中我的胸膛，刹那间往事涌在我的心上，只有泪水没有悲伤……"

斯蒂芬·霍金，去年去世了。这样一位患卢伽雷氏症的人，享年76岁，是奇迹，是上天对他的眷顾，更是对人类的眷顾。这位现代最伟大的物理学家之一、20世纪享有国际盛誉的伟人之一，他所著的《时间简史》，说所有的天体都在加速相互远离、四散而去。我想说的是，孤独是人注定的命运吗？孤独也是宇宙注定的命运吗？而孤独注定了是要忧伤。

……而我想，忧伤，或是人心里流淌着的众多情感河流的一支，不只是不能没有它，它还是一支干流。永不忧伤，不是没有忧伤，而是能咀嚼忧伤，就像咀嚼一枚青橄榄，有苦涩滋味，和淡淡醇美。

2019年4月28日

永远的八岁

　　十年前，我大学毕业分配到这座城市工作不久就留意到，在我居住的地方至单位必经的紫金山小学的栅栏式铁门外，只要是上学的日子，就总有一个浑身脏兮兮的年轻白痴，佝偻着背，张望里面或来回晃荡。在上下学和课间休息的时候，这白痴是如此兴奋，和孩子们亲昵地玩笑，无论孩子们有怎样过火的动作，都不会恼，最多张牙舞爪地吓唬小孩子逃跑，望着远去的孩子，却又开心地嘿嘿笑了。尤其是在下学的时候，他会把拥挤在学校门口的接低年级学生的家长疏散，会将步行道上不规矩的挡孩子们路的自行车摆放整齐，甚至率一队孩子去马路对面，不断地打手势，俨然尽职尽责的交通警察。当然，他还会时常举一个自制的小黑牌子写上歪歪扭扭的稚气的字发布信息，几号几年级考试，还有多少天就放五一或十一长假……诸如此类，信息自然常常不免有错误。

　　这座城市并不大，像石头投入水底一样，我踏实沉静地生活在其间的十年光阴，使我对它的了解虽不敢说有如自己掌纹，也差不太多了，无论是从历史文化还是人情世故方面。譬如吧，紫金山小学门前白痴的来历。他原来并非白痴而是一个小时候成绩优秀的好学生，其间之变故，包括四五年前他的一场遭际，每每促我提起笔来，却无从落下。

那着实是一个令人感伤而又无奈的故事。

白痴叫亚秀，姓张。二十八年前的某一个下午，八岁的亚秀同邻家女孩玩耍，不知不觉来到了离家很近的南同蒲铁道边。顽皮的邻家女孩高兴地跑上了铁道，兴许是玩得太专心了，她根本没有注意到此刻正有一列火车隆隆驶来。看到火车风驰电掣山一般压来，铁道边的亚秀冲了上去，一把将女孩推出铁道……女孩安然无恙，而亚秀自己却没有来得及跑到安全的距离，被列车挂了一下。这一挂，把一个聪明伶俐的亚秀挂成了智商只有六七岁，并且永远停留在这一水平的亚秀。他的认知，他的做派，数十年都是孩子的样子，肢体总有多余的动作，说话时唇老是抖、晃。好在他还有所记忆，比如还记得曾经学习过的一些字，比如对一些事情还有大致的印象，尽管思维混乱。"好歹活了一条命"，人们庆幸。邻家女孩的父母是真诚地感谢，也许有些过于激动了，承诺女孩长大了嫁给亚秀为妻。后来女孩的家迁往了南方，女孩长大成人，也并没有嫁与亚秀，只是每月寄给亚秀的生活费雷打不动。有人说女孩家没有食言，有人说好端端的一个女子无论什么原因，如何能嫁给个智障者。平心而论，谁有错呢？

亚秀记得上学，记得红领巾，记得被火车撞了，晓得自己脑子坏了，不能去上学了，而他原本是一个优秀的学生。无所事事，从平常人的生活中得以解脱的他又来到学校，却只能站在门外。冬去春来，亚秀站在门口望着的孩子有上了大学的，有生了孩子、孩子又进了紫金山小学的……当我的儿子也进了这所小学时，他依然如故。有一次，快放暑假了，中午我去接孩子，去得早，站得离他不远，便故意问他："亚秀，快放学了吧？"他认真地在地上寻了半天，指了一个日影将至的地方说："日头到这儿，嘿嘿。"又半天，他终于又憋开了嘴："叔，有五毛钱吗？"一脸羞怯。我问怎么。他说："我买两个馍吃，天热，回去，远。"我掏了两元钱给他，他执意只要五毛。我说天热，再买瓶水喝。他说，他知道一个有水的地方。我只有一元的零钱，他只好要了。我说："你可是不敢叫我叔叔，你属什么的？"他说他属蛇。我心一算，他比我还大三岁呢。在我和亚秀这一番对话的时候，他已经丢掉左边的胳膊和腿有两三个年头了，也在市报等新闻媒体上做过了新闻人物。

亚秀丢胳膊与腿的事情，城市中的人们包括他的亲属都觉得神秘蹊跷，因为大家能得到的线索就只有成日独自晃荡的他本人的混乱记忆：学生放暑假了，自己没事，一个人在火车站闲游，有人给他喝了筒可乐，便什么也不知道了，醒来，就在医院的病床上，左边的肢体已不在了，后来医好了伤，被人用轮椅送上火车，就回来了，衣兜里有一张石家庄至本市的车票。他的这数十字的记忆，概括的其实是近半年的时间。在这一段时间里，城市的人们都在传说和猜测他失踪的事情，而详情却像浓雾一般莫测，有人关切，有人笑谈，无论怎样，他毕竟是献身救人的好人，虽然他同时也是这座城市不漂亮的风景。当他归来后，人们都说他被人绑架去把器官给卖了，除此之外，也没有更合理的解释，于是大家骂绑架的人坏透了，欺负这样的一个憨人。

失却一半肢体，亚秀生活不能自理，实在不便。市报社的老总老袁出于善心，在报上对亚秀少年勇于献身和残疾之后仍在紫金山小学门口帮助小朋友，以及失去一半肢体的遭遇做了系统报道，还在省里的报纸电台宣传了，并组织了一场倡导助残献爱心的大型专题文艺晚会。报道引起了不小的轰动，省城一家中外合资的假肢厂老板深为感动，免费为亚秀配装了假腿。市电台组织人马把这整个故事编成了广播剧，获得了省"五个一工程奖"。一时间亚秀成了香饽饽。

我记得我们当地报社还搞了专题文艺晚会。晚会达到高潮的时候，主持人把亚秀请到台上，要他谈谈自己奉献了爱又接受了爱的感受，他激动得抓耳挠腮，不停地拨拉衣服，四下里乱看，"嘿嘿"笑着，挤眉弄眼，终于憋出了"谢谢，谢谢"，港台歌星舌头大似的，实际上是后遗症。我想晚会的策划一定早教了亚秀许多好听的话，但他也许只能记住"谢谢"。有人说报纸电台是在作秀，假肢厂老板是在宣传自己的产品。但是无论怎样，当一切归于平淡的时候，别人得到了什么先不管，亚秀最大的收获就是装上了假腿，恢复了行动的自由，可以来在紫金山小学的门前……

我接孩子等待的时候，看着亚秀忙碌的样子，总不由打心底就冒出了笑，上天无论公平与否，他总可以围绕着上学情缘，干自己喜欢的事情。《庄子》里惠子说："子非鱼，安知鱼之乐？"实际上我也不能真正了解亚秀的内心世界，他乐不乐，怎么乐。有时候我就还想，我们这样忙碌的人，有时候会以怜悯、挪揄、嫌恶的目光看待亚秀这样的人，但在永远八岁的亚秀眼里，世界又是什么样儿的呢？

2001 年 10 月 13 日晚

吃的喜剧

以前我写了一篇《吃》，是比较富于理性的那种，但是关于吃的故事，却没有办法写在里面。随了时光流转，不知道怎么，我老是会记起它们，那叫人忍俊不禁的，那叫人鼻酸眼热的，想想虽然并不能开发出什么"大"的意义来，像我的《吃随便》那样，我还是想在这里记叙下来。

先说啃骨头吧。我开始记事的年龄，人们的日子过得都还苦焦，那还是 20 世纪 70 年代中期，吃肉简直就是梦想一样。好在我的父亲在公社工作，每逢春节，他都可以买回来二三十斤的猪肉。母亲总是把肉弄一少半放在像天然冰箱的冬天不生火的房间里，把另一多半煮熟，总有不同的吃法。肉总是在腊月二十七八煮，白水煮，并且好像总是在晚间，因为村里杀猪都想往年根儿下靠，肉可以在节日期间往后多保存几天。那时刻，上学的也放假了，我兄妹四个沉浸在过年的激动情绪里，沉浸在肉煮出的弥漫整个屋子的香味里，沉浸在即将可以啃到肉骨头的期盼的喜悦里。父亲割回来的肉，一大块，就不免带有骨头，母亲煮肉，会把骨头都煮上的。母亲去翻动锅里的肉，我们就会跟着围住灶台。她总是说："急得，急得，舌头没有咽了吧？"肉熟了的时候，她就把骨头用筷子挑夹出来，蘸上点咸盐，给我们吃。在肉骨头的面前，按照她的话说，就是我们大的没有大的样，小的没有小的样，就没有知道让的，你抱怨我拿的骨头大了，我怪你拿的骨头上肉多。小弟小妹急了就哭。母亲一面忙，一面就急了骂："吃肉都把你家的沟子堵不住。"她骂我们的嘴是屁股。我们自然就收敛了些，大的有了些大的样，小的有了些小的样。

也是苦焦的光景，有一年过春节，母亲跟父亲去了趟大城市临汾，买回来一些葡萄干，时不时，她会给我和弟弟妹妹各发几粒。我们哪里知道是什么东西呀，只知道它甜甜的，酸酸的，肉肉的，梦一样香甜。年幼的弟弟妹妹问母亲这是什么，母亲笑笑说，老鼠屎。我想不会是老鼠屎，却也想不出来是什么。而弟弟妹妹每天就叫唤上了："我们要吃老鼠屎。"

我刚认识字，可以读文章的时候，《山西农民报》正连载小说《土皇帝阎锡山》，我读了，发现它戴了时代特有的"有色眼镜"。那里面有这样一个情节，说阎锡山将父亲从五台老家接到太原来享清福，第一个早晨，勤务兵送来了一块香皂在桌子上就出去了，阎父久居乡下，拿起香皂端详一番，有香味扑鼻，以为是送来的早点，就吃了，口感可想而知，然而他又怕人知道自己吃不惯这么香的早点，笑话他没有见过世面，就隐忍了。勤务兵奇怪他怎么香皂用得这么快，却不敢问，就每天早起送一块香皂。结果阎父连吃了好几天香皂。阎长官忙啊，这一天终于有时间来看看老父亲，问问生活得习惯吗。阎父说，挺好，就是早点太难吃了。我那时读着，真是快乐极了，笑坏人们的迂。可是现在，我却笑自己，当时怎么就会那样快乐地笑呢；笑那写小说的人，怎么这么愚笨地以自己的不经世面编写一个大地主的笑话，一看就不真实的笑话。应该被笑话的，好像倒不应该是阎锡山的父亲。

说，早年我们那大山里有两个人去广州，进了西餐馆，要吃没有见过的西餐。服务员首先送了一块白豆腐，上面插了两把叉子。二人以为这西餐的第一道菜就是一块白豆腐，就吃了。服务员过来一看，愣了一下，就又上了一块白豆腐，二人就又吃了。三块豆腐被吃下之后，服务员终于忍不住问他们，豆腐呢。二人说吃了，觉得是不是有蹊跷，就反问服务员怎么给他们连续上白豆腐，豆腐难道不是让吃吗。服务员解释说，西餐有甜有咸，为了不串味儿，豆腐是用来清洁叉子的，一叉，叉子就没有味了，西餐吃起来就不会串味了。改革开放之初的故事，可信否？呵呵。

我头一次吃鱼，是上小学四年级那年，我的外公过生日的时候。大人们警告说，鱼有刺，可是会扎人的。那次的鱼我不知道是怎么做的，反正是在红褐的汤里，鱼块核桃那么大，不多，显然鱼不大。那次，我就吃了几粒黄豆大的鱼肉，不知其味。我当时是奇怪鱼怎么就长刺呢，没有意识到鱼刺就是骨头，和人啊猪啊狗啊身上长的骨头一样。而现在呢，我想那时我们北方人大多不会做鱼，那鱼，炖太老了。

汾城中学地处农村，学生也绝大多数是农村的孩子。我在那里上高中时，每年的冬天，学校的食堂都会熬几次羊汤，一角五分钱一碗。有羊汤的时候，食堂卖饭的窗口，就眼看要挤塌了。有孤军奋战的，推着人，挤着人，进去，出来，买一碗羊汤能洒半碗；有几个人配合的，前面的叫，后面的喊，递进去空碗，递出了实碗；有性子急的，索性站到那窗台上买着，叫骂着……那地方虽然挤得要命，可是更多的人会在宿舍默默地吃从家里带的冷馒头，就着咸菜，他们没有或者舍不得那一角五分。那挤，也就十来分钟的光景，羊汤和市场都有限。那羊汤，里面的羊杂碎少得可怜，汤也清，面上漂几粒数得清楚的辣椒油星和几片葱花。我那时总会在冬天喝两回。而今，那味儿在记忆里是越来越浓。

在《吃》的结尾，我记了这样一件事情："1987年，我考进了省城的一所大学，那真是农民进了城。初就餐，花样繁多的饭菜叫我都有点花了眼。我虽然兜里的钱有限，还是要挨个尝它一遍。一日早餐，我和一个老乡，也是农村出来的新人，打了不少同学排队打的一种食品。这食品，盛在一只草绿色的大保温桶里，保温桶放在一只高凳子上，离摆放菜肴的那一排桌子有六七米远，我们只顾稀奇，看它白白嫩嫩，颤颤巍巍，爽爽滑滑，把碗端来放在餐桌上就吃，不想这东西居然叫人⋯⋯说真的是恶心想吐的感觉。我们强咽下，抬望眼，见别人都吃得津津有味，赶紧装作吃得心满意足的样子。我是百思不得其解，我的同学也很纳闷。我们努力地吃完，一直装作心满意足的样子。我们怕别人知道了笑话。在回宿舍的路上，我们俩小声讨论了一路，但是讨论来讨论去就是讨论不明白，别人的味觉系统也不会和我们不一样呀。后来有一天，我们留意到，打了这食品的人，都去摆放菜肴的大桌子的一头，用小勺从几个碗里往这食品里面舀东西，过去一侦查，终于明白了，原来我们是没有加盐、腌韭花和油泼辣子等调料的缘故，就又买了，一吃，果然是很好吃的。后来知道，它叫老豆腐——这是省城人的叫法，我现在生活的城市的人们叫它豆腐脑。"大约也可以叫人笑掉大牙的吧。

我小的时候，妈妈总爱这样做一种饭：或白菜或豆角或萝卜或胡萝卜煮了，再揪面片煮了，熟了以后用盐酱油调了，再用勺子烧油炝葱花花椒面辣椒面，唰地把勺子插进汤面里，或再放点儿味精。我爱吃这样做的饭。有专家研究说，人三岁以前形成的口味和饮食习惯一生都是不会变的，我觉得很有道理。我现在吃起来这样的汤面，仍然是最熨帖的。

又见春天

　　这个立春，是戊戌除夕。轮到在单位值班，24小时，闲，又在一岁最后的日子，突然就想念亲人，想到爱喝酒的亲人，就在电脑上敲了一篇文章《亲人与酒》。

　　立春，也没有个立春的样子。微风和煦，阳光初暖，哪里有呢？依旧的寒冷，天地灰蒙苍茫，有点诗意吧，但明知道那是霾，一种解释为原因不明的大量烟、尘等微粒悬浮而形成的浑浊现象。走在街上，已然没有几个行人几辆车子，倒是有灯笼，街的铺面、单位的大门已贴上了春联，照例百分之九十八以上的是印刷的金字的，从书法的角度看皆属于墨猪。

　　除夕春节，一日一时一刻一秒之差，就分别在两个年里了。春节接着除夕，依然值班。值班依然无事，就在电脑上乱看，新闻，电影，电视剧，实在看不进去，寻找和等待倒是耗掉不少时间，就又打开《亲人与酒》做打磨。文章没有涉及除夕，也没有涉及春节，而这却是两个该喝酒的日子，让酒把过去一年的大事小情、喜怒哀乐都收拾了，打包了，放在时光的脚下；让酒把未来的一年浇透了，希望生活能够酒甜歌美；让酒把故去的亲人浮上心头，不禁敬上两行清泪做香……春节写关于酒的文章，文章也就当酒了。

每年的春节，感觉都是一个样子，都忙于物质的准备，忙于岁尾的杂事和岁首的应酬，叫春节，倒是没有注重一下"春"字，有些辜负了。

再没有样子，立春也是春天的开端，毕竟，太阳开始从南回归线往回赶脚了。立春，就是它赶脚起步的刹那。春天的天，不是一天两天的天，而是整个季节。

初春最想的，是一场雪，因为一冬几乎无雪。瑞雪兆丰年，小时候学的语文课文里这样讲，叫人总有一种憧憬，一种期盼。现在，久居城市的人们应该是少有那种期盼的感觉了，即使盼望雪，也只是不满意北方冬季空气的干燥和霾。城里的年轻人区分不了韭菜和麦苗，牛啊骡子的在他们这里都成稀见物了，说到牛也只见过牛肉吧，有人就感叹他们五谷不分，我倒觉得再正常不过，人各有其生活成长的环境嘛，就是分不清楚韭菜和麦苗，不认识牛和骡子，五谷不分，并不影响他们的生活与发展。正月的初三，雪纷纷淋淋地下了。几点开始下的，已经记不起来，只记得站在七楼家的窗前，看着雪花从高处下来，又下到低处，地面，低的建筑物顶，树的干枝，街道……不疾不徐，风度翩翩。初始的雪，是存不住的，街面，建筑物顶，先是潮了，然后才慢慢接受了雪，即便接受了，雪的堆积也是虚腾腾的，而街面的雪早已被车辆行人碾压踩踏成污污的雪水泥土的混合物。住在城里，下雪的最大烦恼大约就是车脏和夜晚上冻路滑了。纷纷淋淋这个词，描写春雪的降临简直太过精妙了，写准了雪的形态和气势，也写出春天初临不为人察觉的大地微微的悄悄的回暖；这个词，是从历经苦难、才华横溢、英年早逝的作家路遥先生的著名小说《平凡的世界》学来的，小说一开头就用到了它。

雪景，让我深深地怀念起了走在雪地里"嘎吱、嘎吱"的声音，便驱车，小心翼翼地驶出城市，来到郊外的农田间的便道。汾河谷地还是很有一些平坦如大平原的地方的，我居住的地方就是这样，所以雪地上开车不一定要搭上防滑链的，慢点开就是了。停下车来，漫步雪野，一片白茫茫，一片寂静。我对平川地区从来没有诗意感觉，这一次，我却在想念曾经生活的大山里寒山瘦水的淡远水墨一样的雪野时，发现久居的平川的雪景颇有吴冠中的画风，白、黑、灰、黄的色块，构成拨动人心的斑驳绘画感。喜欢静的我，故意地在便道上走动，脚下的雪也不是太厚，但是踩着仿佛把小时候踩雪的声音回放了。空气很纯净，深深地呼吸，静默着。时间，就在踩出的"嘎吱"声里打转了，好像跌入了方向的迷宫。

远远的南山，在一个周六，与朋友去爬。衰草枯树，寒风如刀，春雪消尽，哪里有春天的半点痕迹？下得山来，蓦然回首远望，却分明看见了若隐若现的绿意。不禁想到"天街小雨润如酥，草色遥看近却无"的诗句，古人精准的对感觉与发现的表达，令人感佩。终于忍不住哼起上高中时的那首《春光美》的歌来："我们在回忆，回忆那过去，在春天的山巅，露出春的生机⋯⋯"旋律美得如处子的肌肤掐得出水，却有淡淡的忧伤与沉重。还有一首港台的，叫《拜访春天》，同样的优美与淡淡忧伤，却有小小俏皮，没有沉重："那年我们来到小小的山巅，有雨细细浓浓的山巅，你飞散发成春天，我们就走进意向深深的春天⋯⋯"

三月的小雨，是必不可少的。淅淅沥沥，若有若无，走在街上，雨点如针，凉凉地刺入皮肤，却不凉，是一种妙不可言的舒爽，真是如古人所说，斜风细雨不须归。街上却始终车行匆匆，人们各怀心思，雨细得犹如不存在，车们的雨刮器刮得有一搭没一搭，人们也极少打伞。城市在湿漉漉里，喧嚣依然。我曾经写过一首诗，说城市的喧嚣声把城市浮了起来，城市像一只晃动在水皮的大纸箱子。幸好，植物们没有那么多的心思，应着季节，沐着春雨，路边的行道树白杨们的芽儿一串一串了。

花，是春天的精灵，若在天界定是仙子，若在人间便是二八少女。街道绿化，多是高大乔木与绿篱，有生机，却缺乏绚烂和灵动。幸好，楼下小园栽植了许多木本的草本的、乔木的灌木的、花期不一的植物，迎春、白玉兰、马茹茹、薰衣草、鸢尾、连翘……更多的是叫不上名字的，东风吹来，次第开放，红的，白的，黄的，紫的，真的是姹紫嫣红，争奇斗艳。小园不大，花花草草也能把这样的成语给生动解释到位。有两株树，特别得很，是法桐与国槐，自然地长在一起，一米左右以下的树干树根融为一体，上面的树干呈 V 字形各自参天相守，几乎一样粗细、一样高度，园方在根前置石，上书"连理树"，对此奇景，时常有人驻足拍照，而在这万物复苏的季节，连理树的枝头也生出来了细小的芽儿。我最爱小园的春天，温度适宜，惠风和畅，阳光明媚，置身其中，慢走，伫立，静坐，看植物，看小小一池春水，看蔚蓝天空，也可以远望来消闲的老人小孩或情侣，心内空空，静如止水，或去感动一刻。

风像春天交响曲的指挥者，从立春到暮春，它报告着消息，把握着节奏，调动着情绪。凌寒的风，和煦的风，沙尘暴的风，穿行大地时光，都是春的拥抱。每一寸阳光，每一片叶草，每一滴河水，每一块土地，每一次心悸……所有的生机都与风有关，都是春天，都是对春天的致意。初中时高年级的一位女生在一篇题为《春》的竞赛作文，说春风像一只无形的大手轻轻地把冰封大地捏得酥润了。她写的多好啊，多少年了，不能忘记。

且听一曲小约翰·施特劳斯的《春之声圆舞曲》。在家里，在车里，随便在哪里。

出去走走吧，在太阳好的时候。我不喜欢说踏青，有酸腐的旧文人味道，青是悦目赏心的，不是"踏"的。这样的时候，再写文字就属于傻子了，因为有朱自清先生的散文《春》，我匍匐在先生文章的每一个字和标点符号的脚下。我起笔行文的时候，想着是把《春》引来做结尾的，却发现不行，实在是不能缺下一个字来引用。曾经多少次地想，先生怎么把春写得这样唯美、青春、清纯甚至有点甜腻腻了，风格完全不同于他的《背影》《儿女》？我想，先生的心也是唯美的、青春的、清纯的，就像春天本身一样。

"盼望着，盼望着，东风来了，春天的脚步近了。……"又见春天，我人生里的第五十一个春天，心里默诵着先生的文字，怎么鼻子就酸了，眼睛就湿润了呀。

2019 年春

有距离的地方

先说西藏吧。有一首歌唱道，回到拉萨，回到布达拉，翻过那雪山，我看见了雪莲花……我不知道为什么自己每每听到这首歌儿，总感觉它像一把刀子，把我的生命切成了薄片透视，在雪地上，在高原的阳光下血红透明。绿色的森林草甸，银亮的山山水水，金碧辉煌的佛寺，虔诚的喇嘛和生命似石头一样硬气的藏胞，我所感知的西藏，无非是从报刊上、电视里拾人的牙慧，却一片片贴下作我心的地面。我觉得自己熟悉她犹如自己的手纹。手纹据说是心灵的地图，演示着人的命运，西藏啊，你我的生命有怎样的机缘？阿根廷作家博尔赫斯有一篇小说叫《另一个我》，这题目仿佛西藏之于我，我们相互是对方的一幅画，是张骞题写在家乡的商铺匾额"二吾照相馆"。我耽于尘事而不能去探询她，但是可以在地图上旅行，虽然就像面对一面镜子，里面的空间永远无法企及，可只要哪怕一个指尖贴上镜面，我的心脉就与之相通，魂灵就切入那冰雪与厚厚的冻土，有如盐溶化在水里。在多少个日夜里，在梦的怀抱，西藏的区划线箍在我身上，我的肉体水注入瓶子一般，变作了西藏的模样，辽阔、纯净、苍凉，地热却在奔突。

我曾经以为并州是我的城市，作为一个大学生在那里持了学生月票乘车满大街游手好闲，在书店里一晌一晌地泡。我喜欢它的都市气息，车辆如流，各色人等，热闹之中透着无尽的冷漠。我想我这辈子无疑得留在这地方，却不想在分配工作中折戟沉沙。20世纪90年代的最初，大学生分配得按计划走，就业环境不似现在这么宽松自由，我最终如一片黄叶飘荡到这陌生的小城。在现实中，爱情更是像天空里的云彩，虚无缥缈，我的专业说经济基础决定上层建筑，这爱情也要房子票子奠基，见过的几近三十个的女孩，拜拜了又是拜拜。数年光阴，从并州到这小城的落差，我在无数次失败的精神出逃中，渐渐学会了随遇而安，有些小感动，有些小烦恼，我的精神之花在世俗与势力的包围下，凌寒而独放得艰难。在多少个无眠的夜里，并州像我的情人，却在别人的怀抱。

在地图上，我还常常光顾一个叫玉门的地方。在兰新铁路上，往西快要出甘肃的地方，铁路分了个小岔，通去的就是玉门。在中学的地理教材上，我知道那里是石油城，而石油城，一如大庆、克拉玛依，对自己只是个该死的也许会考的问题，当时我怎么会想到多年之后它会是我永远的忧伤，去沉思默想！据说那里的电视大学有一个教授，而他的的确确有个女儿放飞在我现在生活的城市，当我大学毕业来到这里，我们的生命轨道交叉了却没有重合。起初我以为她千里迢迢的在此间孤独的守候，就是因为我会到来。爱情的火花闪亮了，星星一样美丽，我看见了，她也看见了，但她的父亲只看见了我乡村出身的背景和外乡人的孤立无援。他无视爱情的火花无视我们的双手，问女儿想一辈子生活拮据、日子过不到人前吗。泪水涟涟之后，她痛然退却了。我昂头，要回击对我生命质量的蔑视，而四顾茫然。整整五年后，我在农贸市场与她唯一的相遇，我们的眼里一下子含满了泪水。后来我听说，她的父亲替她选择了一户有十八间房子大院的有钱人家托付一生，却在婚礼后没有十天就打离婚。她带着不是爱情结晶的孩子在这座城市草一样生长。我们已然无法面对，我的心里有她永远的空间，但是我有我的妻儿，我不能不想妻毅然许身于我许身于贫寒……我总是难忘她美丽而孤苦的样子，想到她那所谓教授的父亲。当有学识的教授都世俗时，这个世界还会有多少美好的东西呢？我不明白时光怎么就不会倒流，可人有最痛的感伤何尝不是一种幸福！有多少人不痛不痒、无喜无悲地活着，却似一棵树。

我的故乡在晋南汾河平原上。五岁的时候，我随父母，因为父亲的工作，去了吕梁山的深处生活。十六岁的时候，我又回到故乡，随后上了三年高中就到并州读大学了。可以说，对汾河平原上的故乡，我的感情不厚，我更爱夏天郁郁葱葱、秋天满山红遍的大山，那一片的山明水秀，是我至今都梦牵魂萦的地方。苏轼说，"此心安处是吾乡"，可是，汾河平原上的故乡葬埋着我永远四十二岁的母亲，它于是就从母亲手里接住了系在我心灵的细线，我便是永远飘荡又系于此的风筝了。如果母亲是得了无可救治的病，如果母亲是老喜丧，悲伤倒是简单，但是我的母亲的死，于我则是悲伤、悲愤。我的母亲当时其实只是得了癔症，一种妇女在大的精神压力下极易患得的精神方面的疾病。我的父亲本分老实，工作在外县，工资刚够他在那里的生活，家里哪里敢指望！母亲是一个人肩挑了全家的生活啊，那时我兄妹四人尚小，正是上学花钱的年龄，家庭经济很是拮据，光景过得实在黯淡。我那高考落榜的哥哥被好说歹说安抚在村里结婚，可面对在农村要生活一辈子的命运，他还是像不安的儿马，怨天尤人，时时要对母亲气急败坏发作一番，他毕竟随父亲在县城里住过，知道在外面工作比在村里干活舒坦又体面的现实。母亲辛勤地不停地劳作，而哥哥对劳动是消极怠工甚至破坏农具，像奴隶社会的奴隶似的。母亲的心里积聚了多少气，可是无法诉之于人，时日一长，终是支持不住，病了。她实际上是一个刚强的人。一个礼拜天，我从学校回到家，她已经是时醒时迷，还说些胡话。我的父亲是个迷信的人，又是个固执的人，他不送母亲去医院，只是请一些乡间的神汉巫婆在家里治。时值隆冬，我再有半年就要考大学了，这一个礼拜天，我无数次试图说服、哀求他们送母亲去医院，他们——我的父亲、探望或照料母亲的亲戚和邻居，说我是小孩子，不懂事，这不是科学看的病，母亲不知道撞上了哪一路鬼神。我据理力争但声音是那样的微弱。他们劝我好好去读书，不要操心家里的事情，我如何能不操心，那是我的母亲在生病！我不知道他们怎么就这样愚顽，却真实地看见一个巫婆的十根钢针深深地刺入母亲的十个指尖……那一刻我的头发都竖了起来，我甚至要去杀了那个巫婆，可是被他们捆了困在母亲的隔壁。我听见母亲的呻吟越来越弱，偶尔有挣扎的、绝望的、极短促的喊叫，巫婆说猖鬼坚持不住了。但坚持不住的是我的母亲。那是20世纪80年代的中期，一个元旦的前夜，一个大雪纷飞之夜，我忧心忡忡但是满怀期盼地在学校参加班里的最后的元旦晚会，她在百里之外的地区人民医院走完了她人世间的最后一步，她被送去得太晚了，去了连脑电图都不能做了。许多年来我都想，我当时要是已经自立了，该多好啊，我就可以自己送母亲到医院了，她就不会死。我高中的时候，她说，我儿考上大学，我一定给我儿学做好一套西服。那时，西服在乡下人的眼里，是在外面干事的人才配穿的，代表着另一个天地。母亲做的西服会是什么色的？会是什么料子？时光之水的冲刷，使我的悲伤变成了默默地怀想。清明节，我领儿子回老家给母亲扫墓，儿子不谙世事地问："奶奶为什么一个人躺在土里，一个人不害怕吗？"我告诉他不，因为她知道我们的心和她永远在一起。在村街走过，那里的模样没有什么变化，我似乎听见一如当年沉重的、滚动的声音，像久远年代的木头车轱辘缓缓前行……

有多少这样与我有距离的地方，却藏在我心灵的最深处，是我最感动的，我的情感在它们的地面匍匐流浪。

1998 年 9 月草
2001 年 2 月改

我 妈

　　我小的时候，瘦弱而多病，善感而多思，内向而寡言。当然我也有玩得阳光灿烂的时候，而更多的时候是皱着眉头不说话，仿佛一条瘦弱的小狗默默地待在角落——其实我很平静，并没有感觉忧愁，只是遐想一些仿佛不着边际的事情，如一架飞机从头顶飞过，我就会出神地想它的来历，想它里面的样子，想怎么可以当上飞行员，想飞机怎么就能飞起来，飞机会像公社的汽车一样需要修理吗，飞机那么高烧多少油啊……而别人看见我都说我愁眉苦脸，整天愁啥哩。

　　我兄妹四个，我排行老二。多子女的时代，有这样一个顺口溜，说："老大老实老二滑，老三是个蛮疙瘩。"可我是老二，却并不滑头，并不能赢得大人们的特别的喜爱。从我记事起，几乎没有谁注意或重视过我内心细腻的感受，忧伤抑或快乐，甚至我妈。我觉得她光顾得关照我的哥哥、妹妹和小弟了，很是偏心。

　　哥哥是长子，自然要被重视，这是传统。他在乡宁一中上高中的时候，是 20 世纪 70 年代末，日子还不太好过，白面馍稀罕，我妈几乎每礼拜都想法往县城给他捎一袋烤得焦黄的白面馍片，我们在家吃窝窝头或二面馍。我哥哥还可以穿买的成衣中山装和上海造的白边布鞋，我只能穿她缝制的衣服。妹妹是唯一的女儿，是我妈贴心的小棉袄，可是她总爱跟在我后面，而和我玩的都是男孩子，我不喜欢叫她跟，就赶她回家，她就诬陷我打了她，还会在我妈跟前号啕大哭，我妈必然信她的话，能提着笤帚把追我二里路；弟弟呢，一则最小，二来长得好看，也更需要照顾。特别是我妈对我哥哥上大学曾抱了极大希望，我哥哥的学习成绩好了我妈就高兴，差了我妈就叹息，而我考第一她从不表扬一下。其实我哥哥那时上学是心有旁骛，下象棋，吹口琴，摆弄电子元器件自己组装收音机……又嫌学校条件不好什么的，终是回家种了地。从小学到考取大学，我爸妈没有主动问过一次我的成绩，我感觉自己的成长就像一棵野地里的草一样，心内有小小意见，却从未向谁说过，我妈她从来就不爱我。

可是有一件事使我的看法有所改变。我在姥姥家村里上小学时，一次与韩兆明玩小皮球，村里大我们三四岁的张晓阳路过，抢到皮球往地上使劲一摔，球就被摔破了。他是想看看皮球能蹦多高。球是姥姥给我钱买的，一毛八，我要他赔，他却破口大骂，还打我。他家在村里口碑人气都不好，因为历来仗着兄弟多，霸道横行村里，没人敢惹。我不惧他，和他打起来，可又打不过他。正好那一段时间我不知从哪里捡到了一个小电铃锤子，就是一拃长的细铁棍上焊了一个比核桃小一圈的铁球，成天在裤兜里装着。我打急了就掏出来胡乱挥舞，不想他左耳后边还真被我打破了。有鲜红的血迹，他吓得又是吼又是哭。我看他这样子，蒙了，同时心里又很瞧不上他了，如此骄横的人如此哭实在是没有坚强气概没脸没皮。他家就在附近，他的父亲闻讯跑来了。在这样的情势下，哪个小孩子不胆怯呢？我靠在路边人家夯土围墙上不敢动了，也不知道跑。张晓阳那谢顶的父亲过来就在我的后脑勺上扇了好几个响亮的耳光，用的是臂力，我的眼前都冒出了金星。就在我挨耳光的时候，我居然听到我妈的声音，她喊着"你把我娃打死"，声嘶力竭，怒气爆炸一般。张晓阳那谢顶的父亲被跑来的她一把拉得差点摔在地上，被我妈连哭带骂的气势吓得愣在了一边。我不知道我妈什么时候来的，从姥姥村子三十多里以外的尉庄来。围观的人们把我们劝散，我回家被大人们安排在炕上躺着，我妈坐在炕沿，不停地看我，不停地哭泣，不停地诉说："他要把我娃打得有个啥了，我和他没完！一个小娃家，他就能那样打！"我躺在炕上不敢看她，头皮有些痛，心里却想，原来我妈也疼我呢。

我妈真的疼着我呢。我妈去世后，姥姥曾跟我说过，我小时候得了百日咳，我妈每天抱我步行近20里路，从南贾到婶子当大夫的条件好些的汾城医院打针，一来回差不多40里。姥姥记不清我妈跑了多少天，只记得我的臀上因为针打得多了，对药吸收不好起了硬疙瘩，我妈又每天用热毛巾敷，最后算是病好了，左右臀上却各留下了一块银元大小的疤痕。多少针尖的面积聚集才能有这么大啊，这疤痕现在还在呢。姥姥说："你那时候恓惶胳膊细得指头一样，哪里想得到能养活成人。"百日咳，百日咳，我想我妈少也要跑一百天。

我还曾是我妈的骄傲。上高中以后，我吸取了初中时学习不踏实、没有能考上重点高中的教训，每天可谓是"一心只读圣贤书，两耳不闻窗外事"。成绩的优秀和稳定，使我看到了不用因为是农村户口一辈子种地的希望。快升高三年级的时候，有个礼拜六下午回家，我妈从外面回来，给我们做汤面片。恰巧我爸从乡宁回来了，帮我妈和面，在饭厦里我妈跟他说："小果看见小健了说比她海军长得黑，她娃能和小健比！？"口气很是骄傲。小果是邻居家的女人，按村里话说，脑子缺根弦儿，三个儿子也带点那个意思。我在外面听见了她的话，心里热热的。她有一回还说："你考上大学，我给你做身西服穿着去上学。"我知道，她在乡宁曾经参加过裁缝培训，我们从小穿的衣衫鞋袜，几乎都是她做的。

我却对我妈有一件悔事。从乡宁二中初中毕业后，我爸把我转到老家襄汾的汾城中学上高中，那时，我家刚从我爸工作的乡宁搬回襄汾两年。一年下来，放暑假了，我妈本来答应我去乡宁姥姥家住一段，却变卦了。我就哭啊，闹啊，真的是想见姥姥，还有初中的几个同学哥们儿。磨了好几天都不行，她说，拖拉机犁过的麦田要平，地里的棉花要修，绿豆也快要收了得天天早起摘……有一天我实在忍不住了，就大闹起来，气急败坏摔东西，我妈到我房里说我，我就和她吵，更疯狂了，根本不听她说什么，反正就是老一套。桌子上有哥哥买的张蔷——当时极流行的一位女歌星——的磁带，我抓着就摔，那磁带却从桌子上蹦起来，划破了我妈的眼角，我妈气得哭了。……幸好，只是擦破了她眼角的皮肤，然而，却成了我永久的悔，时间越久，越深。

我妈在1986年生了病，一阵清醒一阵迷乱，大约是癔症，迷信的我爸总是说她的病是神啊鬼附体，延请了巫婆神汉施治。我们兄妹都小，劝我爸也劝不下，又做主不得，两三个月下来，病终是给耽误了，等人彻底昏迷了，才送往临汾市人民医院，那时，连脑电图都不能做了。这年12月31号的夜晚，大雪纷飞，我妈在临汾市人民医院去世，我正是高三年级，在学校参加班里的联欢晚会，还唱了《蜗牛与黄鹂鸟》。我没有想到我妈会死，她才42岁，怎么会呢！1987年我考上了大学，却永远也穿不到她做的西服了。

　　我经常写点文字。我妈去世后，我也一直想专门写写她，可是一直写不成，不知道为什么。我的文字，有不少都有她，可都不是专门给她的。那天在报纸上看到贾平凹先生在他母亲三周年的时候写的纪念文章《写给母亲》，他说："3周年的日子一天天临近。乡下的风俗是要办一场仪式的，我准备着香烛花果，回一趟棣花了。但一回棣花，就要去坟上，现实告诉着我妈是死了，我在地上，她在地下，阴阳两隔，母子再也难以相见，顿时热泪肆流，长声哭泣啊。"登时我泪如泉涌，想起我妈，想起二十四个清明节扫墓我兄妹四个在我妈坟前同样的感伤，想起每每过节日、酒喝多、莫名感伤的时候我想念我妈时的潸然泪下。此恨绵绵，却无绝期……

2010 年 10 月 1—3 日

吃喝大事

　　年近五十，身体的各个零件不免有锈蚀老化，看不见，觉得着。

　　眼先花了，有点糊了，不似年轻人水灵灵动了，近视的眼花，看东西总得卸了眼镜或低头从眼镜片上靠近抬望才看得较为仔细；牙齿有了小洞，吃饭总塞牙，去牙科填补了，不久填塞的东西却不知道何时已掉了，还是得拿牙签挑；脾胃娇弱了，凉的，辣的，多了，少了，硬了，生了，都不给你对付了；肝胆爱上火了，常常眼赤嘴苦；发肤泛白松弛，睡眠浅若守夜的狗……人们都说，心态要年轻。人们又说，岁月不饶人。知天命之年，且如鱼饮水也罢。

　　年轻时候，遇到事情，轻易没有服气的。心雄万夫，豪情万丈，对吃喝当然没有顾忌。吃烧烤，喝酒不吐不罢休，吐了也有不罢休的会继续喝，不吃早餐，饥一顿撑一顿……三十郎当岁的时候，春节走亲戚在舅舅家，与一黑瘦如刀条的表姐夫先是拼酒，舅舅几番劝骂才劝住，二人觉得不过瘾，遂以席上没人吃的甜腻几乎到极致的一碗肥肉梨片和咸的一碗方块肥肉做赌注，划拳吃下，吃完了，我奇怪他黑瘦能吃肥肉怎么不长肉，他说，想不到你真能吃肥肉啊。现在想想，胃啊，可是受了委屈啦。

二十几岁时看见街上卖某口服液广告促销铺天盖地，说治疗消化不好睡眠不好，心下奇怪，吃饭有什么消化不了的，便秘喝点水不就结了；睡眠不好，那是不累，还花这么贵的钱买它喝，觉得很是不可理喻。

这就是老年人说的，不经过，年轻人就不能理解老年人的不容易。

后来，血压高了，睡眠不好，心有时候很慌地跳。

去医院看看，喝上了酒石酸美托洛尔、复方丹参、阿司匹林肠溶药等，降压药一喝十年。大夫说，吃点降血脂药，高血压没办法，只能药物控制，终生服药。大夫是西医，一个有经验的西医。

一想，麻烦，又一想，心里发凉，这降压药要喝到我驾鹤西去的日子啊！但，还是喝呗。

日月如梭，社会进步。从报纸电视，到电脑寻呼机手机，再到智能手机，信息手段发展迅猛得很是出人意料匪夷所思。健康的知识，有意无意之间，入眼入心，外化于行。对付高血压，低盐，多果蔬，八分饱，晚不食，运动。经年，恰又逢一五十多岁祖传中医，非著名，非科班，高大，粗犷，面黑，邋遢，正为诊所在卫生局批不了手续而愁眉苦脸。我恰好认识点卫生局的人，在中间说了说话，手续后来顺利办了下来，仿佛咱帮了人家多大的忙，中医感恩戴德的弄得咱都有点不好意思了。中医虽非科班出身，却真有两下子，许多回头客，又引来更多这里难受那里不舒服的人。给我号脉，说我血液循环不好，特别是头部微循环不好，是不是经常头痛。答是，偏头痛近四十年。中医欲配汤药，我嫌麻烦，要喝成药。思索片刻，中医开了杞菊地黄丸喝半个月，拜阿司匹林肠溶片喝一个月，灯盏花素片喝三个月，说一礼拜停降压药，以后每年喝三个月灯盏花素，保证以后血压不会再高，偏头痛不疼。时存疑，后来果然如其言，只是开始喝药第三天，血压就在基本正常水准，一直是这样，偏头痛也基本好了。

非著名中医姓武，名志峰。

说得枝蔓了，还是说吃。

在家吃饭，淡的。老婆说淡得看是人吃的饭吗。在食堂吃饭，先倒半碗清水涮炒菜凉拌菜上的盐味儿，如果是面条，不管汤面干面都把汤汁剩下。食堂管理员初眼光奇异，后见多不怪了。我想，开始他会不会想我有什么怪癖呢？

对了，中医还说，啥都要吃，啥都敢吃，搭配好，要适量。

我倒是从小不挑食，家境也不容挑食。我也算是曾经有理想有抱负的人，想过当战斗机英雄飞行员，想过当深刻伟大的作家。想吃好吃的但绝对不贪嘴，吃饭于我本不是什么事儿，更不用说是大事。我最欣赏的名言之一是"人吃饭是为了活着，而活着不是为了吃饭"。

人就是这么回事儿，书上得来终是浅，特别是吃喝大事。这也和人对自己生存生活的认识随着年岁的增长而深刻真切有关吧。

有一种痛点理论，说人无病无痛的时候，不会觉得自己某一部分或零件的重要，而当某一处不适或生病了，才发现它真的很重要，需要关爱。吃喝不节，会引起这儿那儿成为痛点，不止如此，还会形成综合的痛点，譬如糖尿病、高血压等等。

单位一位同事，无肉不饭，而且特别喜欢肥肉。知道自己习惯不好，终是管不住嘴。一次下决心戒肉，约三日，食堂有猪肉块炖冬瓜虾米，他自言自语一句："实在不行，忍不住了，吃吧，就这一回。"舀了一碗，百分之八十的肉。有人嫌舀到的肉肥肉多，说："挑给你吧。"同事说："来吧来吧，顾不了太多啦。"看着他，我很有些眼热那一刻，羡慕他的随性。活人，这的那的，是不是也太没有趣味了，活的意思都快没了。

可老百姓说，成人不自在，自在不成人。任何时候任何事情，人就是需要在矛盾中寻求一个平衡点，以达到综合最佳，不是吗？

孔子的中庸之道，高。

2016 年 8 月 8 日，农历七月初六，23 点 28 分草写毕，算生日吗？

中秋的别

　　那天我准备走的时候，一早就阴沉的天终是下起了零星的雨。再有两天就是中秋节了，父亲没有因为这雨、这节留我，他只是默默地找了一个方便面硬纸箱，底和四壁衬了报纸，展展的，将提前买好的乡宁空心月饼细细轻轻地摆满，又用报纸盖了，合住纸箱盖儿，最后用一截旧电线周周正正地绑好。他是干了四十多年工作的人，知道这节不放假，我还得上班。

　　我带的这种月饼，中空，壁厚不到半厘米，特别酥，易碎，但好吃。在乡宁，中秋节之际，家家户户都会自己做上这月饼，敬献月亮，礼送亲友，无意中就比了东家的工艺好，西家的口味好。近几年，适应市场经济的发展，在远近的一些市县已很有名气，是特产了。其做法大致是：用熟油和上白面，用白糖、芝麻、碎花生仁、核桃仁、青红丝等拌成馅。面包好馅，在雕花的月饼模子里拓，磕出，即上事先均匀地抹过油的热鏊烙，火候要掌握好。正反两面都烙得发点黄，再放入鏊下与火有适当距离的炉壁内烤，要勤看勤翻，小心焦了。月饼遇热产生气体，自会鼓腹，熟了取出，用一种山野小花的籽果蘸食红于饼心印出好看的图案来，就成了。

母亲是乡宁人，有着山里人待人待生活的淳朴热情，我们小的时候过中秋节，她就是总导演，打月饼，买瓜果，张罗好饭……而今，母亲四十二岁离开我们，已十七年了。十七年的中秋月就总不那么圆。十七年里，父亲就一个人撑着家庭的船，中秋节过得就不那么够味。父亲是忠厚耿直之人，文化程度不高，却爱学习，在单位是"笔杆子"，终因性格不适于官场，混了个正科待遇算事业顶峰。俗话说，男怕选错行，女怕选错郎。我以为他的性格更适于搞研究做学问，而他少时因家贫，只初中毕业，就参加工作，搞行政，何以做学问呢？他的行当不太对，家里日子过得便一直不容易。我们兄妹成人，四人三地，他却老了，退了休，就跟小弟生活在他远离家乡、支援山区建设、把青春与理想全部奉献与之的乡宁。

2000 年隆冬，父亲突然脑出血。好在毛病出在毛细血管，出血慢，量也不大，住了一个月的医院，幸好，身体没有落下什么后遗症；不幸，脑子变得乱，记性差，爱发脾气，有时候就跟六七岁的孩子差不多。父亲总算是命大的人。

我在外地生活，也就逢年过节可以回来看看他。此次回来，是趁双休日，中秋也在即。在往回走的车上，我想了好多好多的话，关于他，关于我们，关于往事……但是，父子相顾，竟做了一对沉默寡言人。只有极简单的几句，和有些没来由的笑，他便枯坐，发愣。对此我有心理准备，而事实还是如此叫人感到意外、伤情。

走的时候，父亲硬是要送我到汽车站，我劝，小弟劝，说若非下雨，还不让送？他不行，提了月饼箱子就是不放。小弟年轻，忍不住急了他两句，他终于不再坚持了，把箱子递给了小弟。

我们出门，他出门，到院畔，要下坡了，我说："你回吧，淋湿了一会儿就。"他停了脚步，孩子似的笑了，说："打电话。"我点点头，转身就开始下坡，将近坡底，才回头。我知道他必定还站在那里，怕自己老回头，望见他花白的头发和瘦弱的身影，会突然掉下泪来。然而，他却下到了半坡转弯的地方。"你赶紧回吧，淋湿了！"我说。他应着，没有动。我的鼻子一酸，泪水在眼眶里打转转。

我埋头走，脚下，雨水打得潮湿的泥土的清香气息扑面而来。

来到车站，我坐上汽车开始走，送行的小弟挥挥手，便回转了。独自一人，车轻微震颤颠簸着，在马达的轰鸣声里，在乘客的一片嘈杂声里，我的眼前是父亲颤抖的手在装月饼，怕弄碎，轻轻小心的样子，耳际是垫报纸的声，窸窸窣窣，久久的……

2002 年中秋写

胖子张

　　胖子张三十三四的年纪，男同志嘛，头发泛红，胡须稀疏，却肤白嫩，脸四方，线条圆润，一笑，便生动，发红，发光，两眼弯若新月，出言，嗓门尖细。据相书说，男人长得女人相，是要当大官的，他却是市礼堂的管理员。

　　机关工作，就是那样不紧不慢地熬日子。像胖子张，有人用礼堂开会了，便提前把长长的塑料管接水龙头上，将地板冲了，座儿冲了，主席台的桌子抹了，塑料花摆了，到开会的时候，坐在音响室里放放音乐，调控调控话筒的音量，会完了，门一锁，了事。其余的时光，该干吗干吗，只是，别忘了领工资。

　　改革的年代，说是有利于发展生产力的，都可以试。机关人多，也改革，也试。有一年鼓励搞创收，刚过了春节，乍暖还寒时候，胖子张结婚才不到两年，媳妇在一个工资不高的事业单位工作，二人家里条件也不好，贴补不上，日子正过得紧张，小家就圪蹴在礼堂门厅侧面的小办公室里。有此政策，两口子商量几夜，狠了心，借两万元钱，在礼堂前摆电动童车。这电动童车，本有一家摆，但只有四辆，且旧了，若一竞争，断然不行。

　　市礼堂的门前，是一个不大的场子，叫广场吧，确有些勉为其难，临着条街，隔街相望的，是一座袖珍式的园子，草地巨树，亭台喷泉，石径小座，游人闲客，可谓麻雀虽小，五脏俱全，还真有些曲径通幽的意思。因了这环境，尤其是消夏时节，晚上，人海了，也是城市小，好去处少的缘故。有人，便有了商机，园子外的人行道上，卖刨冰羊肉串麻辣烫的，卖半价书夜光棒的，摆小孩玩意儿的，五花八门。胖子张的童车摊一上，八辆，齐刷刷的，崭新锃亮，个儿大，军用吉普样的，豪华轿车样的，动物样的，都有，开一辆次，三分钟，两块。

小汽车摊摆上，一开始，胖子张老觉得不好意思，有被诱惑的小孩，都是他媳妇说："小朋友，会开吧？好开，打方向就行，试试？"并且摁喇叭，让小汽车唱歌。媳妇泼辣，热情，大人们多又不会拗着孩子，他们的生意不错。开车的，三四岁的孩子居多，这么大的小人儿，哪能掌握了方向盘，须得大人跑地跟在后面招呼，不然就要撞人，撞物。有的大人愿意跟，有的大人不愿意跟，不愿意跟的，媳妇就吆喝，小张，跟着。胖子张就跟着。再有，肚子有些显山露水的媳妇就跟着。惯了，不好意思就没了。有什么不好意思的，这跑是跑钱呢！

在橘红的街灯下，在熙熙攘攘的声音里，胖子张只穿了背心裤衩拖鞋，肥胖的身影忙哪，跟在一辆车后，紧跑，慢跑，吆喝小朋友左拐右拐，急了，抢步上去拧方向盘。一晚上下来，汗流浃背，心里却踏实。收摊后把身子用凉水一冲，躺在床上，吹着电扇，才感觉困，腿跟要断了似的，还是要把收成点一点。有一天收成很好，就有些小得意，两口子话也多了，温馨也多了，总之，有了"牛奶会有的，面包也会有的"境界。

摆摊也有闲的时候。胖子张坐在小椅上，小椅在一排车的后面，大罐头瓶子泡着浓浓的茉莉花茶，手里端了，时而喝一口，另一手握扇子，有意无意摇一把，蛮休闲的样子。其实他并未云出无心，眼在看哪，别说有小孩靠近了，远远地见了，就起身撂一下车喇叭，儿童歌曲唱开了，坐下再看小孩被诱得心痒痒的小样，忍不住的，与大人斗，斗胜的，就是客户。

四辆车的那家，在胖子张的新设备和热情服务的竞争下，看看自己生意冷淡得不行，也买了新的。于是，两家都更忙活了，竞争，也配合，和气。

夏夜与周末是胖子张生意的黄金时光。深秋，胖子张一个生意年度即将过去的时候，媳妇生产了，是个白胖的姑娘。老岳母来伺候月子，胖子张还要凑周末摆摊。有一日，单位开会说，为了杜绝腐败，为了大家能把精力都放在工作上，以后机关人员不得再从事第二职业。胖子张听了，心直往下沉，问领导："我这八辆车、两万块钱可怎么办呀，以后不发展生产力啦？"同事们开玩笑说："小张的理论水平挺高，还知道发展生产力。"领导说："你可得认清大局呀。"

八辆电动童车在礼堂的储藏室里待了多半年，胖子张发愁了多半年，跟老岳母母亲侍弄孩子吃啊、喝啊、拉啊、尿啊、玩啊多半年。天又热的时候，母亲带断奶的孩子回老家了，车摊的张可怎么开？思谋来划算去，工作不能不要，要工作就得注意影响，别让单位嘴长的眼红的咬，小张这的那的，不安心工作，索性将车们都处理了。

闷热的晚上，胖子张背心裤衩拖鞋依然，坐在礼堂前的台阶上，旁边站一罐头瓶子茶水，扇子一把一把地摇，看眼下喧闹的人群，一如从前纳凉消磨时光。或有人共同白话，聊聊国际形势、国家大事，聊了，又觉得都是遥远的事情，无聊了，茫然了，就记起八辆车，以及八辆车带来的忙碌和梦。

曾经沧海难为水。这话，胖子张不一定知道，但一定对它的意思有切肤之感。

2003 年 4 月 16 日

为叔父写的简历

陶富海，1935 年 10 月生，山西省襄汾县南贾镇人，文博研究员，临汾市丁村文化工作站原站长、丁村民俗博物馆原馆长。资深丁村文化和晋南民俗文化专家，山西省考古学会理事，山西省民俗学会理事，入选《中国当代文博专家志》。

对新石器的制作流程提出了一套加工模式，在纵深方面进行了探索性研究。

策划并作为主要参与者创建了中国第一个民俗专题博物馆——丁村民俗博物馆。

出版《丁村》（江苏教育出版社）、《丁氏家族与丁村》（山西人民出版社）、《平阳民俗丛谭》（山西古籍出版社）、《自诩集》（中国文联出版社）、《杂抡集》（中国文联出版社）、《雪君诗歌书法》（中国文联出版社）、《丁村民宅与民俗》（山西春秋电子音像出版社）、《丁村遗址发掘与研究》（山西省文史资料专辑）及《丁村民谣趣语选》《丁村民间传统对联选》和平阳文化研究丛书之《发现丁村人实录》《丁村文化》《丁村民宅》《陶寺遗址》《古城汾城》《平阳古村落南贾》等。

中央电视台纪录片《舌尖上的中国》（第一季第二集）美食顾问。电影《炮打双灯》民俗顾问。

书法以雪君笔名行世，形成独特文人气质，坚持"三不"原则，即不入会、不参展、不参评。

陶冶人情志的三昧真火

　　我最初知道陶渊明，是初中学习那篇著名的《桃花源记》。

　　那是 20 世纪 80 年代初，在吕梁山区一处偏僻而景色秀美的农村，因为父亲在公社当干部，我便可以接触到些吃供应粮的人，对农民的苦焦光景和市民的闲适日子便有了十分明白的比较。我虽并非一个爱读书的孩子，醉心于山野，却清楚自己是农村户口，为前途计，必得靠好好读书，才走得出大山，走得出农村。而我始终不明白的，是为什么会有这样的天地差别。好好读着，奋进精神掺和着些悲壮情绪，早已浸入骨髓，染就了我的人生底色。

　　"晋太元中，武陵人捕鱼为业，缘溪行……"我把它背得滚瓜烂熟，是因为教学的要求，更是因为本家所作。老师讲解却说，桃花源美好啊，那里"土地平旷，屋舍俨然，有良田，美池，桑竹之属"，人们"怡然自乐"，可是凭空的想象，这陶渊明是消极遁世的典型。后来又学了他一些田园诗文，评价亦复如此。但无论怎样，我就是朦胧觉得和这位老本家心性极相契合，可是不敢说，我知道这样不合潮流。

　　后来，我上了大学，一次在一家小书店里，见有中华书局出版的逯钦立校注的《陶渊明集》，就买了，读了，发现自己对他的不了解抑或说是误解，深了去了。除却美好自然，原来他们所谓陶渊明的消极遁世，是形成了不知多少世代的一叶障目式的理解。宋周敦颐就仅仅把陶渊明热爱的菊花理解为"花之隐逸者也"。其实陶渊明还有着"猛志逸四海，骞翮思远翥"的超迈的济世豪情，"不为五斗米折腰"的铮铮傲骨，"大钧无私力，万理自森著"的自然的本质是平等的思想，而菊是他高洁品性的化身……这样的人，要延性命于乱世，归隐便是唯一之途了。

这本书，是我多年来枕边不可或缺的心的朋友。渐渐地，我明白了自己心性能与之相契合，在于吕梁山那一隅黄土高原上难得的山明水秀，在于父母营造的甚至是过于宽容民主的成长的家庭环境，在于基本精神形成之后对现实生活的某些东西的不能苟合。这契合，从现世功利意义上讲是一种悲哀、一种无奈，但在某种意义上讲又何尝不是一种美好呢！？

"刀在石上磨，人在世上磨。"大千世界，纷繁摇曳，面对内心的欲望和外界的诱惑，如何把持好自己？虽不必如陶令隐居田园，亦当于喧嚣之中取一处宁静，看涛走云飞，花开花谢，给自己心灵一片真实的天空。而今我体味出了一点辛稼轩"欲说还休，欲说还休"的人生小味道，有事无事，烦恼或是快意了，都会翻开陶集读一读，哪怕背会了的。读一读，心就觉得透明了起来。

张贤亮的一篇小说里讲，在咸水里泡过三次，在苦水里泡过三次的女人，是最可珍惜的女人。我想，生而为人，爱读陶渊明的，其情志一定会在他的诗文中陶冶得纯真、高尚、正义、骨气。而他的诗文，就是陶冶人情志的三昧真火。

几年前的一个夏天，到省城出差，碰见了贵州人民出版社出的中国历代名著全译丛书之一的《陶渊明集全译》，没有犹豫，我买了。那感觉，就如同从前的老地主又囤积了一库的新麦子。

2004 年 5 月 12 日

母亲生平简记

公元 1986 年的最后一天，12 月 31 日的夜晚，我的母亲去世。

那年，母亲 42 岁，我 18 岁。

那晚，我在高三的班里元旦联欢，母亲却走了，我浑然不知。

转眼，快三十年了。三十年，真是又漫长，又短暂。

近三十年里，我多少次的梦见，多少次的泪水潸然，到后来又极少梦见；我从一个面临高考的小青年，长成近知天命之年的中年汉子，在人生的道路上磨砺，娶妻生子讨生活，鬓角已挂上了些白霜；我的儿子也都二十一岁了，要是母亲能看见我的儿子都这么大了，会是怎样惊喜和慈爱的表情！

近三十年里，我多少次提笔想写写她，多少次面对了空白的稿纸还是空白的稿纸。有时候就想，不写了吧，天下那么多写母亲的文章，写得都那么好，我要抒写的情感，仿佛都已经被它们表达过。但我又是这样的不甘心！尽管我的母亲是个极其普通的妇女、普通的母亲，但是对于我，她是我生命的根源，是唯一的。

岁岁清明，今又清明。看着春意萌动、生机勃发的大地，一笔绿纱，清风和煦，我像以往的清明，试着又坐在了电脑前。

母亲是山西省乡宁县下县村人，出生于 1944 年 8 月 21 日，农历七月初三日。

下县村位于乡宁县城西约两里处，在自西向东流过的鄂河北岸的山坡上，家户院落依地势而建。建筑皆是窑洞，或石或砖或土，村路高低蜿蜒开去。整个村子二百来户人家，平日很是安静，在窑洞里都能隐约听见鄂河的潺潺水声，偶有一阵鸡鸣狗吠。饭时各家的窑顶上的烟囱便炊烟袅袅，有妈妈呼唤孩子回家吃饭。

下县村张韩二姓是大姓大户。姥爷姓张，却和大户张姓没有血缘关系，是村里的小户。而姥爷又是独生子，只有两个较远的堂弟，因而在村里没有什么势力，但是光景还过得去，1949 年之前有些山地、河滩地和几十亩桃园。后来划了个中农成分，土地与桃园都归了集体，日子就难了。因为姥爷是独生子，从小比较娇惯，吃不了苦，有些公子气派，且喜欢喝酒。姥姥姓杨，是县城有名的杨公巷人，与中国著名方志学家杨笃是一家人。她上过县里办的师范短训班，有文化，人又聪慧善良宽厚，却又能怎样？！她师范毕业即嫁给了早已定亲的姥爷，姥爷的母亲怕姥姥有知识有见识不会囿于现有生活，就把姥姥结婚不久县政府下发的教师委任状压在自己的箱子最下面，直到十几年后才被姥姥发现，后来 90 岁的姥姥谈及此事还是忍不住要流泪。然而姥姥的知识、修养和秉性，始终潜移默化地影响着她的儿女甚至我们这些孙辈。姥姥生育二子三女，母亲是她的小女儿，小名就叫"小女子"，大名"清香"。

母亲就是在这样的家庭环境里长大的。她随姥姥，聪慧善良，学习成绩一直都好。帮助干家务、干农活，给姐姐照看孩子，都没有影响她的成绩。然而命运却和她开了一个大玩笑，初中毕业，她把毕业证交给姥姥保管，不知道怎么就咋也找不见了，眼巴巴地看着高中考试报名日期过了却不能报。姥姥说："你妈要是上了高中，考得肯定和你大舅一样好，那时候憨的，也不知道找人说说。"姥姥感叹："就怪死了，放得好好的，咋就找不见了呀！"我的大舅是20世纪50年代的中专生，后来成为乡宁县搞电力的技术权威。

我想象得出母亲的遗憾与不甘心。哪个年轻女子不憧憬美好的未来与爱情？苍茫的黄土高原，千万条的沟沟峁峁，一辈子的面朝黄土背朝天，青春消磨在锄地薅草喂猪做饭纳鞋缝衣上，生活只是老一辈生活的重复，想一下凉气都会从后背爬上来。然而又能怎么样呢！？

就在母亲迷茫的时候，17岁的她遇到了我的父亲。父亲是襄汾县南贾镇人，是一名手艺还过得去的农民厨子的长子。他没有上过小学，是一名织布作坊的学徒，但是凭着聪慧和持之以恒的精神，坚持自己认字学习，17岁考上了初中，在汾城中学求学，毕业后被分配到乡宁县公安局工作。也许冥冥之中人都真有个命运。20世纪60年代初，我的父亲作为离婚了的光棍汉被派到下县村下乡，由此认识了母亲，并恋爱结婚。我11岁的时候知道父亲离过婚。那时父亲在尉庄公社当办公室主任，有一天，我在父亲的办公室玩，乱翻他的抽屉发现有一封信，写信人竟然叫他爸爸，说自己要结婚，希望父亲给他资助些钱，而写信人显然不是我在乡宁一中上学的哥哥。我心里十分好奇，就把这件事告诉了母亲。于是引来了母亲与父亲的一场时日持久的家庭战争，于是我知道了父亲曾经离过婚。而父亲没有丝毫责怪我的意思，依然如常对我，甚或还对我做鬼脸儿。

我知道父亲曾经离过婚后，心里面也有些疙疙瘩瘩的，但不久就忘却在九霄云外了。成年以后，特别是他们去世以后，我有时候就想，母亲怎么会看上父亲呢？想想，也是，父亲虽然性格很是认真固执，但是脾气随和，善良诚恳，而且喜欢写点文字，颇有点才子的味道，写的小通讯稿在《山西日报》发表，笔名"新芒"。这对一个年轻女子来说，怎么会没有吸引力啊，尤其一个具有初中文化（在当时算是较高学历了）的年轻女子。父亲曾经结过婚，当然不是障碍了。

2005年父亲去世后，我把他保存的一些老照片拿了回来，其中有他与母亲的结婚照，照片的右上角写有"62.8.20"的字样。母亲18岁就结婚了，照片上的她是一个漂亮清纯的女子，瓜子脸，麻花辫，水灵灵的眼睛，微笑着，穿一件浅色的上衣，遮掩不住的光彩青春。她倾斜着，几乎露出了半个身子，占去了照片的大部分，父亲只有头和刚刚露出的双肩，在她的左下方，照片的下面部分逐渐虚化以致成为留白。这是当年结婚照的一个经典构图和造型。

然而，生活是严峻的。父亲出身贫寒，虽有些许才能，拿乡宁话来说，也没有混得"吼雷闪火"的。从公安干警，到乡宁小报的记者，再到关王庙公社、尉庄公社的办公室主任，后来到县公证处的副科级主任，事业平凡得根本称不上事业，而微薄的工资也始终不足以维持家计。我初中读过契诃夫的那篇短篇小说后，就在心里戏称他作小公务员，不是说父亲像那个小公务员一样样唯唯诺诺、腿软心虚，只是说工作的烦琐与生活境遇，父亲因为认真固执的性格还是很有骨气的。

母亲与父亲结婚以后，依然是农村户口，只能去南贾村参加大集体挣工分生活。在我开始有记忆的时候，记得一首歌，叫《我是公社小社员》，我能够很好地完整地唱出来，却只知道瞎唱，哪里明了世事。大集体的日子，家里缺劳力或者劳力弱的家户，挣不下几个工分，每到分口粮什么的时候，往往都成了欠款户领不到粮食。我家只有母亲一个劳力，还带着陆续来到这个世界的我兄妹四个，忙碌着做饭洗衣织布缝衣纳鞋管理我们，忙碌着下地锄草修棉花摘绿豆刨红薯，可还是欠款户；而父亲一直在乡宁一个人工作生活，拿到手的工资有二十元左右，吃饭，吸烟，买点书，也存不下什么。那时候交通十分不便，即使襄汾和乡宁有长途客车，但道路条件不好，一天也没有几趟，车票还很紧张。父亲很少回南贾，要回来，多是到煤矿或大路边搭便车。我们家的口粮只有等父亲凑下钱交给生产队才能领回来，境况很是窘迫。困顿是肉体的折磨，更是心理的戕害；困顿就像一口深深的枯井，人在其间，没有任何抓手和出路，有几人不会失了志气胆气，不会变得自卑委琐？母亲却始终坚持着。

南贾人吃水，就靠几眼深井，所以绞水成了生活中的一件大事。南贾人把从井里汲水叫作绞水。每个井深都二十来丈，木制铁箍的辘轳又笨又重，踩得光亮磨出绳槽的青石井台又湿又滑，母亲瘦瘦的，哪里绞得动啊！可她就是坚持自己绞了好几年。后来还是不行，就请村里的憨厚人雨娃给我家绞水，然后每年给雨娃一些工钱。

1968年，父母修建了砖基立柱、土坯墙的三间瓦房新院。这年农历闰七月初六日，我来到了这个世界。我想母亲一定挺着个大肚子，忙前忙后，愉快舒畅。父母给我取名"健"，因为我家正在搞建设，而"建"加上个单立人旁，是希望我做堂堂正正的人，我想是这样。

在新建的房子里，我四五岁的时候差点酿出大祸。母亲是极爱干净的人，那年春天，母亲把我们的棉衣都拆了出洗，棉絮堆在三间房的中间不住人的屋里，还没有来得及缝。南贾的中间屋子一般是不住人的，主要用来摆放先人牌位，更多的是房间不够用，放置一些不经常用的东西。小孩子好奇心强，我也不例外。有一天上午我自己玩，看见了母亲堆放的棉絮，不知道怎么就突发奇想，想看看棉絮能不能点着冒出火焰，因为我小小的印象里棉花接触到火只会冒烟。我就从饭厦找来火柴，悄悄地一个人做实验。结果很令人失望，点了几次棉花都不会冒火焰，只能冒烟。我把棉絮上的火都弄灭，还仔细检查了半天，确定没有火了，才把棉絮放回原处。谁知道过了中午，中间屋子里白烟聚集，从门框上方涌出。正好母亲在家，她看见了，大叫起来，急忙救火。看着她急急地从浓烟里抱着棉絮跑出中间屋子，往棉絮上面泼水，我心里着实害怕起来，一言不发，还得装出一脸无辜的样子。长大以后庆幸可笑之余，才想自己小时候叫母亲操了多少心啊。

母亲的艰难日子在1974年冬天有了转机。父母亲终于商定把家搬到父亲工作的尉庄公社，其实也是迫不得已——母亲在南贾村不论怎么辛勤劳作，到分口粮的时候都是欠款户，都得父亲找钱领口粮，而两人还过着分居的生活；父亲在工作地吃饭始终没有着落，年轻轻的就落下了比较严重的胃病，胃总是疼，每天随时随地都会一连串地打嗝，仿佛刚吃饱饭一样，而且很夸张。

尉庄位于吕梁山的最南端，那一片山明水秀，但是气候比较高寒。我们家搬来以后，母亲先在社办铁木业社干了不长时间的出纳，后来就一直在六七里之外的辛家湾陶瓷厂当会计。母亲上班以后，每个月能挣到十七八块钱的工资，对家庭经济紧张状况尽管不解决根本问题，但还是有较大帮助。

不管风霜雨雪，不管炎热寒冷，母亲几乎每天都要去辛家湾陶瓷厂上班，早九点左右去，下午四点左右回来，和全公社一样，没有周末休息的概念。那时候一般都吃两顿饭，母亲在家时总是赶着做饭、做家务。到了后半年，就开始紧张了，给家里每个人做过年的衣服新鞋。日子一年一年就那样过来了。

我当时只知道疯玩，除了叫人讨厌的上学时光，其余时间都是和同学钻在天然林里疯玩或在麦场的麦秸垛上游戏打闹。妹妹和弟弟小点儿，两个人总爱到拐去辛家湾山梁上的小路上等母亲。当然我也偶尔和他们一起去等。

做饭大约是母亲平时光景最发愁的事情。尉庄的饮食生活，在食材方面，菜蔬由于气候的原因，只能种植山药蛋、茴子白、豆角、萝卜、胡萝卜等很少的几种，到冬天就只有保存的已经不够新鲜的这些菜蔬及其腌制的酸菜或咸菜，要想吃肉、豆腐、青叶菜什么的，得到三十多里外的县城买；主食主要是玉米面，偶尔夹杂一些豆面，白面较少，有些家户过年甚至还吃窝窝头或者白玉米面窝窝头，更别说肉菜荤腥。我们家情况好点，早饭窝窝头或二面馍，下午饭豆面的、玉米面的，或者白面的面条，炒菜每个月都能有一斤油。后来多年里，我对山药蛋和茴子白还都是感到吃得够得不行。单调的饮食使母亲常常问我们，明天吃啥饭呀。问到我的时候，我总是随口回答，随便。妈妈有一次就专门打趣我问，随便是咋做哩呀？长大以后我养了自己的孩子，有一瞬间想起这样的对话，才明白母亲的问话饱含了多少对儿女的深爱与不能搞到好吃些的食品而产生的歉疚与无奈。

父亲和哥哥在吃的方面曾得到小小的照顾，那就是母亲烙的干白面馍片。刚到尉庄，母亲不知道听谁说胃病吃烙干白面馍片慢慢能够将养好，就隔三岔五烙一些，让父亲每天顶饭吃一顿，不厌其烦，又不知道从哪里弄的偏方让父亲吃，几样西药，好像有土霉素什么的，父亲的胃病后来竟然真好得利利索索了。哥哥在乡宁一中上高中上灶，粗粮粗做，米汤里竟然有老鼠。母亲听到哥哥的抱怨，只要打听到有顺车去县城，就赶紧蒸白面馍，再烙成焦黄的干馍片，给他捎去。

平时光景过得紧巴清苦，春节就被酝酿成了饕餮大餐的节日。当然，这是以父亲和母亲能够挣下工资现金做基础的。每年过年，父亲都会割回来二十多斤猪肉。只有猪肉，有猪肉已经太好了。还有白面枣花馍，还有油炸的麻花、麻叶。母亲早已把猪肉计划好了，一部分煮成熟肉块，过年做菜炖菜时用；一部分白肉炼油，膏一样的白猪油和油圪渣，可以细水长流地吃半年。煮肉的时候，快熟了，母亲就叫我们兄妹们，来啊，准备啃骨头了。相互抢，争你的肉多我的肉少，我们啃得很没个吃相，很没有出息。

常听大人们叹，过年不是过年，是过关哩。十来岁的我们怎么能够理解生活的艰辛、岁月的艰难。平日里，母亲的手就没有闲下的时候，不是用转子拧纳鞋底的麻绳，就是纳鞋底。到了过年的前两个月，她简直就是突击队，在煤油罩子灯下，做衣服，做鞋，多数时候要熬到后半夜。全家六口人从上到下，从里到外的衣着，都是由她一针一针缝制。当然除了袜子。我们家人穿的袜子和尉庄村人穿的不一样，他们要么是缝的布袜子，要么尼龙袜子缝上厚底子，我们就穿尼龙袜子。

母亲心灵手巧，会做军干服，会做西式裤子，连裁带缝。她做的衣服，很合体，很俏气。她有一个黑的硬皮本，里面夹的都是大大小小用旧报纸剪的鞋样子，那都是她自己的创作，别的阿姨时常会来借用。可惜那个黑皮本后来不知道弄到哪里去了，里面有母亲抄满了的歌曲和格言。

光景就像平原上的河水一样，也许永远平淡无奇，但是谁知道接下来会不会就泛起浪花或者涟漪呢。

大约是 1979 年，有一件事情着实让我们全家兴奋了一番。别人则羡慕的有，嫉妒的估摸也不少吧。说，上级下了政策，平原地区上山工作的干部，工作二十五年以上的，可以给全家转城市户口。是城市户口，你就可以稳稳当当地吃商品粮，小孩子长大了就给安置工作，这在当时的意义之大，大约不亚于现在人搞个北京户口吧。父亲忙得填表，母亲也喜滋滋的，这可是她多年所盼，这样她就能够有正式工作了。然而父亲把表报上去之后，如泥牛沉海。若干年后，我才知道，我家的指标被县公安局的一个领导给偷偷占了。父亲去地区办事遇到一位在地委工作的老同事，偶然谈及此事，那个同事很仗义而且正义，给县委分管政法的副书记写了封信，请他公正办理，父亲却把那封信在口袋里装得都揉烂了，也没有去找那位县委副书记。母亲对父亲也没有办法，肯定失望之极吧，而我经过此事一下子明白自己除了考上大学，再没有改变农村户口的路了。从此我就成了一个心事重重的少年。

我在尉庄小学上完三年级，转到了下县村上学，于是就长时间地不和母亲在一起生活了。我在家行二，上有哥哥，下有弟妹，始终有一种感觉——母亲的爱在她的长子、她的唯一的女儿和她最小的宝贝儿子身上。我的学习成绩一直是班里第一，她从没有主动问过，她倒是把哥哥能否考上大学挂在心上，叹息妹妹小学二年级也不读完，骂弟弟考试怎么会没有考好。也许是我从小体弱多病所致的渴望更多爱的不满足，也许真的是排行老二的尴尬，所以这种感觉长期压在我的心里。然而一件事情改变了我的想法，这件事情我曾经在一篇文章里记述过：

我在姥姥家村里上小学时，一次与韩兆明玩小皮球，村里大我们三四岁的张晓阳路过，抢到皮球往地上使劲一摔，球被摔破了。他是想看看皮球能蹦多高。球就是姥姥给我钱买的，一毛八，我要他赔，他却破口大骂，还打我。他家在村里口碑人气都不好，因为历来仗着兄弟多，霸道横行村里，没人敢惹。我不惧他，和他打起来，可又打不过他。正好那一段时间我不知从哪里捡到了一个小电铃锤子，就是一拃长的细铁棍上焊了一个比核桃小一圈的铁球，成天在裤兜里装着。我打急了就掏出来胡乱挥舞，不想他左耳后边还真被我打破了。有鲜红的血迹，他吓得又是吼又是哭。我看他这样子，蒙了，同时心里又很瞧不上他了，如此骄横的人如此哭实在是没有坚强气概没脸没皮。他家就在附近，他的父亲闻讯跑来了。在这样的情势下，哪个小孩子不胆怯呢？我靠在路边人家夯土围墙上不敢动了，也不知道跑。张晓阳那谢顶的父亲过来就在我的后脑勺上扇了好几个响亮的耳光，用的是臂力，我的眼前都冒出了金星。就在我挨耳光的时候，我居然听到我妈的声音，她喊着"你把我娃打死"，声嘶力竭，怒气爆炸一般。张晓阳那谢顶的父亲被跑来的她一把拉得差点摔在地上，被我妈连哭带骂的气势吓得愣在了一边。我不知道我妈什么时候来的，从姥姥村子三十多里以外的尉庄来。围观的人们把我们劝散，我回家被大人们安排在炕上躺着，我妈坐在炕沿，不停地看我，不停地哭泣，不停地诉说："他要把我娃打得有个啥了，我和他没完！一个小娃家，他就能那样打！"我躺在炕上不敢看她，头皮有些痛，心里却想，原来我妈也疼我呢。

在下县上学的日子，我并不怎么想念父母，只一味地玩，礼拜天没有钱在乡宁大街上闲逛。我还喜欢和姥姥说话，有一回她讲到我小时候得百日咳的事。那时母亲每天抱我步行近20里路，从南贾到婶子当大夫的条件好些的汾城医院打针，一来回差不多40里。姥姥记不清母亲跑了多少天，只记得我的臀上因为针打得多了，对药吸收不好起了硬疙瘩，母亲每天用热毛巾敷。现在我的左右臀上，银元大小的疤痕还在。多少针尖的面积聚集才能有这么大啊。姥姥说："你那时候恓惶胳膊细得指头一样，哪里想得到能养活成人。"百日咳，百日咳，我想母亲少也往汾城跑一百天。

我哥哥在乡宁一中上学，连上两遍高中，结果连高考预选也没有参加，闹着不上学，要挣钱，说是父母在南贾村1980年箍的五孔窑洞欠的饥荒叫他着急冒火，他要挣钱还了饥荒再上学。父母和亲戚们怎么规劝都不行。没有办法，父亲给他买了一台二手小四轮拖拉机，却也没有正经活儿干，拖拉机也三天两头坏。哥哥的选择对父母的打击应该很大，特别是母亲。实话说哥哥的智力比我们三个弟妹都好，在对没有转成城市户口失望的同时，母亲对哥哥考大学也许就抱着更大的期望。哥哥的学上不了了，钱也没有挣下。

关于盖新房，母亲和父亲发生过大约很激烈的争执。父亲认准了盖新房要回襄汾南贾，一是叶落归根，二是那里位于汾河谷地，地势平坦土地肥沃，所谓"金襄陵、银太平"，乡宁是山区；母亲则认为应该在乡宁县城盖新房，母亲的亲人都在这里，而县城毕竟是县城，南贾再平坦也不如。父亲性格之固执，简直可以说是认死理、死心眼，那五孔窑洞就箍在了南贾村。南贾民间盖房子，都是砖瓦房，好像窑洞不太适合这里的气候、习惯，而箍成窑洞倒是父亲母亲一致的想法。乡宁的民居绝大多数是窑洞，母亲是乡宁人，喜欢窑洞。

父亲在尉庄工作了十二年后，调到县公证处当主任。这年秋天，我们家就搬回了南贾——没有在尉庄居住的理由和必要了，而新窑洞箍在了南贾，就只能回南贾。母亲和哥哥妹妹弟弟回去了，那时候我在乡宁二中上初二，家都搬回南贾有一段时间了，我才听父亲说。

回到南贾，除了绞水有哥哥担当了以外，种地和生活的压力如去尉庄以前一样压在了母亲的肩上，而哥哥总是不安分于农村生活，仿佛人人都和他作对似的，干什么活儿，说不干就不干了，甚至吹胡子瞪眼；父亲又离得远帮不上手，父亲的脾气越来越疲遇事总是推托，一副得过且过的样子。村里已经包产到户好几年了，没有谁能帮忙，母亲只是忙乎着田地里的事情，父亲微薄的工资老是迟迟寄不回来，寄回来也是紧紧巴巴，买化肥不够，买种子也紧张，买日用品和蔬菜总是舍不得……

在乡宁二中上学，我并不需要下多大功夫就能在班里考前三四名，于是觉得上大学可谓是探囊取物，而且还因为作文常常被老师拿来当范文读，所以每天想的就是和关系好的同学玩、聊天，觉得自己不含糊，心里挺自得，用别人的说法是"傲气的"。那个年纪怎么知道去关心母亲呢！放暑假回去干活，发现拖拉机深翻的土地壕沟挺大，平整地块很费力气，才想春种秋收，母亲一个女人带着成天尥蹶子的哥哥和不懂事的妹妹弟弟，家里缺顶杠的劳力，也没有畜力和主要农具，十来亩地的庄稼，小麦绿豆棉花红薯花生玉米，可怎么打理啊。我暑假里好好干农活儿，但是对改变家里的现状无能为力，这更加坚定了我考大学的决心，哪怕考上个中专也好，先能分配工作，不用受这份罪了。

母亲始终是瘦瘦的，却不是现在人说的"骨感"，而是干练与精神。母亲操心操劳，从没有喘息的时机，怎么会胖呢！

我上高二那年夏天，母亲总是感觉口渴，喝多少水都觉得不管用。现在的人要是这样，肯定会想是不是得糖尿病了。但是那时人们健康意识和知识都不行，谁懂呢？后来父亲一次回来的时候，带母亲去县医院检查了一下，她得的就是糖尿病，医生给她开了些小白药片回来。

永固公社车回东村一个 50 岁开外的男人，因为在乡宁有事请父亲帮忙，父亲回了南贾，他赶过来见面，见到我母亲说"你将来是个长寿的人"，他自称懂得麻衣。然而母亲终于没有能够长寿，我上高三的深秋，母亲病了，然后就不在了。

至今我都不敢面对母亲的死，1998 年我曾经有一篇散文写到她的死，现在看看，都不明白当时哪里来的如此勇气：

如果母亲是得了无可救治的病，如果母亲是老喜丧，悲伤倒是简单，但是我的母亲的死，于我则是悲伤、悲愤。我的母亲当时其实只是得了癔症，一种妇女在大的精神压力下极易患得的精神方面的疾病。我的父亲本分老实，工作在外县，工资刚够他在那里的生活，家里哪里敢指望！母亲是一个人肩挑了全家的生活啊，那时我兄妹四人尚小，正是上学花钱的年龄，家庭经济很是拮据，光景过得实在黯淡。我那高考落榜的哥哥被好说歹说安抚在村里结婚，可面对在农村要生活一辈子的命运，他还是像不安的儿马，怨天尤人，时时要对母亲气急败坏发作一番，他毕竟随父亲在县城里住过，知道在外面工作比在村里干活舒坦又体面的现实。母亲辛勤地不停地劳作，而哥哥对劳动是消极怠工甚至破坏农具，像奴隶社会的奴隶似的。母亲的心里积聚了多少气，可是无法诉之于人，时日一长，终是支持不住，病了。她实际上是一个刚强的人。一个礼拜天，我从学校回到家，她已经是时醒时迷，还说些胡话。我的父亲是个迷信的人，又是个固执的人，他不送母亲去医院，只是请一些乡间的神汉巫婆在家里治。时值隆冬，我再有半年就要考大学了，这一个礼拜天，我无数次试图说服、哀求他们送母亲去医院，他们——我的父亲、探望或照料母亲的亲戚和邻居，说我是小孩子，不懂事，这不是科学看的病，母亲不知道撞上了哪一路鬼神。我据理力争但声音是那样的微弱。他们劝我好好去读书，不要操心家里的事情，我如何能不操心，那是我的母亲在生病！我不知道他们怎么就这样愚顽，却真实地看见一个巫婆的十根钢针深深地刺入母亲的十个指尖……那一刻我的头发都竖了起来，我甚至要去杀了那个巫婆，可是被他们捆了困在母亲的隔壁。我听见母亲的呻吟越来越弱，偶尔有挣扎的、绝望的、极短促的喊叫，巫婆说猖鬼坚持不住了。但坚持不住的是我的母亲。那是20世纪80年代的中期，一个元旦的前夜，一个大雪纷飞之夜，我忧心忡忡但是满怀期盼地在学校参加班里的最后的元旦晚会，她在百里之外的地区人民医院走完了她人世间的最后一步，她被送去得太晚了，去了连脑电图都不能做了。许多年来我都想，我当时要是已经自立了，该多好啊，我就可以自己送母亲到医院了，她就不会死。我高中的时候，她说，我儿考上大学，我一定给我儿学做好一套西服。那时，西服在乡下人的眼里，是在外面干事的人才配穿的，代表着另一个天地。母亲做的西服会是什么色的？会是什么料子？时光之水的冲刷，使我的悲伤变成了默默的怀想。清明节，我领儿子回老家给母亲扫墓，儿子不谙世事地问："奶奶为什么一个人躺在土里，一个人不害怕吗？"我告诉他不，因为她知道我们的心和她永远在一起。在村街走过，那里的模样没有什么变化，我似乎听见一如当年沉重的、滚动的声音，像久远年代的木头车轱辘缓缓前行……

后来，曾经一起去给我母亲看病的表哥小根子，到我这里一起喝点酒，不由得谈起母亲的死。他说："那时候虽然没有做成检查，你妈应该得的是脑瘤，医生这么估计的，这可是长在关键部位真要命的病啊。"

可是，近三十年来我一直不心甘，小根子哥的这种说法毕竟只是猜测，医生的估计也是猜测。这种不心甘也许要陪伴我一辈子。但又能怎样！

母亲的年龄定格在了 42 岁英武之年，母亲的容颜就永远是42 岁的年轻、漂亮、温情、成熟，以及别人从照片上几乎看不出来的微微忧苦。

有一句话我说不出来，却永远在我心里：妈妈，谢谢你把我带到这个世界，儿子永远敬爱你……

2015 年 4 月 3 日夜

高考前给相如的信

儿子：

今天，4 月 6 日，离高考只有整整 2 个月的时间了，做父亲的，也作为曾经高考过的人，想和你说一说，说一说高考。

高考，是关乎人生前途命运的大事。作为十八九岁的孩子，尚未踏入社会，没有人生阅历，也许听人说过，也许自己有所感，但是终究没有我们这样的过来人理解深刻。上不上大学，把人分了层次；上的大学好坏，又再次把人分了层次。譬如我吧，中学时期的同学，上了大学的同学，至少可以不种地了吧；上了好大学的同学，又在更大的城市、更高更大的平台生活工作，又与上一般大学的同学拉开了层次。我们班里多是农村孩子，只想上个学，大学中专都不错，都可以分配工作，跳出农村就是最大理想，现在看，很是局限。我现在想，当初要是上了大学继续抓紧学习，上了研究生多好啊，就应该不会是在现在的小地方生活了，不是说小地方多么不好，而是小地方的发展机会和平台要差不少。错过的，也许永远不能追回，一丝遗憾，常萦绕心间。水往低处流，人往高处走啊！所以，你需要抓住现在，博弈命运。现在，可是你事半功倍的最好时光，一分付出，就是十倍、几十倍的收获，不似我们这个年龄，在社会上，事倍功半，甚至劳而无功。所以，就这60天了，抓紧吧，拼搏吧，努力了就不会有遗憾。

现在，可以说是进入了高考的冲刺阶段。这个时候，不需要想太多，更不能慌乱，想也无益，虑多心愁。你只需要按照自己的学习计划，完成好每天的目标任务，一步一个脚印，就会成功。正如荀子所言，"积土成山，积水成渊""锲而不舍，金石可镂"。

要扬长补短。每个人都是鲜活的生命体，都具有自己独特的面貌个性，就像世界上的树叶不会有两片一样的，有所长，有所不足，很自然，很正常。因而在学习中，要使优势发挥，优之更优，不擅长的，要尽量努力，不使之拉分；要敢于取舍，实在不会的，放弃也无妨，失之桑田，得之东隅。我高中时数学一塌糊涂，平时120分的满分得分一直在40、50分上徘徊，有时候还得30来分。高考前两个月，荆连吉老师接手我们的数学课，他讲："数学成绩好的同学要在扎实基础上冲刺难题，成绩差的同学也不必要气馁，高考试题设置是非常科学的，你什么水平，只要会的做对，就考出反映你水平的分数，成绩差的同学，完全可以放弃难题，专抓基础。"我就听了他的话，结果高考成绩80分（满分120分），班里好几个数学尖子生都比我考得少，其中代表汾城中学参加临汾地区数学竞赛的一个同学才考了70分，比我少了10分，他们比我分数低的原因，就是基础题一带而过错了不少，大量时间用在做难题上却不一定做得对。

高考不是人生唯一的出路。世界上第一个大学老师绝对没有上过大学，比尔·盖茨上了大学（是哈佛呀！）还退了学，正是这一道理的生动注解。我希望你高考成功，但是并不是认为也并不要求你一定走这条路，这不是自古华山一条路。你只要真正努力了，就可以的。什么样的结果都是最好的结果，你始终是爸爸妈妈的最爱和骄傲。

需要调整好状态。旺盛的精力，昂扬的斗志，不懈的坚持，是成功的关键。要吃好喝好，锻炼好自己的身体，这样才有精力去学习；要以脚踏实地的学习增进信心，这样才能有必胜的斗志；咬住牙，一刻也不放松，持之以恒的坚持会得到最终的成功。要做到这些，秘密在于一张一弛，文武之道，自己要能够合理安排自己的学习生活，烦闷的时候去散散心，疲惫的时候就打个盹，精力旺盛的时候就全神贯注学。

要管理好自己的情绪。我说的是管理，而不是控制。从生理上讲，人的情绪有高潮低谷的循环交替；面对纷扰世事，喜讯或糟糕的消息，都会影响人的情绪。但是，人是有理智的，所以就要学会管理自己的情绪，顺心情绪高涨的时候，要想到其实事情未必十全十美了；不顺心情绪很糟的时候，要想这也许就是黎明前的黑暗，也许情绪渲染了灰色其实事情并没有那么糟。人生在世，不称心的事情十之八九，坚持，忍耐，冲过这片雨区，前面就是晴天。

60 天的时间了爸爸，心里只有两个字送给你："加油！"

父字

2013 年 4 月 6 日

226

看地图

人生一世，什么事都是讲究些缘分的。我吧，从小就爱看地图。至今全国各省、世界各大洲大洋大致图形，许多山脉、河流、岛屿、首都、城市的名字都了然于心。

才上小学，识得大字几枚，便喜欢跪在木椅上，看家里墙壁上图钉钉的两幅地图，一幅中国地图，一幅世界地图。有线广播里老提到一个国家"外国"——我一直认为这是个国家的名字，就像法国、美国什么的。有一次跪在椅子上看地图，突然想起了这个"外国"，就在世界地图上寻找，找了好久都没有找见。我是个说好听了是有坚忍不拔的精神，说不好听了是带点犟脾气的人，找不见就不服气，就连找了几天，结果还是没有找见，心里感到十分奇怪，想，我就不信找不见。那天又在地图上地毯式寻找，哥哥看见了，问："你这几天老趴在地图上找什么啊？"我说："广播里说的外国，咋地图上就找不见啊？""外国？"哥哥听了一愣，随即哈哈大笑起来，说，"你个笨蛋，外国不是个国家，是对咱们中国以外的国家的统称。"我感觉挺是尴尬，不由得面庞发热，心下也觉得自己的理解挺幽默的。

看地图对开阔眼界、培养一种情思是很有益的。我十一二岁的时候，上高中的哥哥在县新华书店买了一本《知识青年地图册》。这本书里，包括天球图、世界地图、中国地图、全国分省图以及相关天文、地质、地理、气候、城市、物产、人文等知识介绍，地图印制甚至都用不同颜色把等高线给体现出来了。在相当长的一段时间里，每有闲暇，我都是捧着这本书在看，前翻后看，不知道多少遍，都不会厌倦。天球的星座图，看得我遐想无限，处女座是否真的有美丽的仙女翩翩飞天，不食人间烟火，饮风啜露，无忧无虑？天球之外的世界是怎样的，有人吗？太阳再燃烧50亿年的毁灭时刻，要是地球上还有人，该怎么办呢？江南水乡举着油纸伞的女子、上海制造的上海牌手表……因为这本书，我变得有了同龄孩子少有的沉静，变得眉宇间有淡淡的忧郁，变得有事情总是有淡定从容。

地图是我几十年来的枕边书。

上大学的时候，所谓胸怀祖国，放眼世界，买了中国分省地图册和世界地图册。看北京，看上海，看拉萨，看巴颜喀拉山北麓……北京有天安门和毛主席纪念堂，上海有望太平洋的视角，拉萨有最纯净的阳光，巴颜喀拉山北麓发源了黄河……看非洲，看美国，看地中海，看好望角，看南极洲，看北冰洋……百慕大三角的神秘，波斯湾的黑色液体黄金，地中海的埃及文明和希腊文明，巴拿马运河的争夺，巴西的足球和桑巴……那个时候，仿佛世界就在脚下，命运就在手中，忧国忧民，情系天下，现在看，真的是早岁那知世事艰。也有小情感的时候，有时会看山西省吕梁山南端的乡宁县，那位于吕梁山南端支脉火焰山间的小县份。我的父亲在这里一个清水部门里工作，踏踏实实一辈子，没做了官，没发了财，家庭始终处于经济拮据中。我母亲42岁去世长眠在老家襄汾，而乡宁是她的故乡。我看地图上的乡宁县，就看见了鄂河，看见了石山森林、黄土残垣，就看见了老实的父亲，刚结婚的妹妹，吸烟巴搭嘴的姥姥，总有无限亲和力的表哥小根子，我初中时期的老师们，还有大街上引车卖浆的流动风景、乡村悠远的岁月流转。

随着年龄增长，浏览地图，成了情感的寄托，成了思绪的旅游，成了一种休息。电脑普及的时代，网络上的卫星地图曾经使我很入迷。2005年父亲去世后，我有时候会在电脑上的卫星地图上看他和母亲的合葬坟茔和我兄妹们立的石碑。有一部纪录片，叫《人类消失后的世界》，叙述了假如人类消失50年后、100年后、1000年后、5000年后、10000年后、100000年后，地球上人类活动还能留下的痕迹。看过以后，使人感慨万千，原来人类就那么点本事啊，挺没劲的。我还曾经希望这块碑可以永久流传，这也是做儿女的一种良好心愿，可理智地想想这想法又多么可笑，一点不符合运动的规律。

在卫星地图上，我经常去看父亲工作过的地方，也是我6岁至16岁（我认为是人生的情感情操培养最重要的时期）生活的地方，乡宁县的尉庄、县城，去看我出生和奋战高考的襄汾县南贾、汾城，去看我上大学的太原市，它们依稀的面貌，甚至可以辨出一条沟梁、一条羊肠小道、一条街道、一幢建筑、一间小屋、一个人影。我只是默默地看，默默地。

儿子考取大学，上南京了。那里是六朝古都、十朝都会，中国重要的交通、港口、通信枢纽，又纳入了我地图特别关注的视野。秦淮河，莫愁湖，新街口，中华门……我的目光在地图上巡视着，就仿佛人真的行走在这座城市里，仿佛就在儿子身边了。我很奇怪，自己才45岁啊，怎么对孩子产生了很强的依赖心理了呢。儿子打回来电话说："爸爸，我青奥运会服务的项目是小轮车，比赛场地在××呢。"我一听，脑海里就有一幅南京地图，明白那赛场的方位。儿子说："你和我妈来看青奥会吧。"我答应了。其实我工作一般离不开的，到时候谁知道去得了不。但是从一定意义上说，我就算去不了，儿子是志愿者参与了青奥会，我还可以在电视上看直播，何况我已经习惯于地图上的游走……

2015 年 1 月 1 日

你还在默默地看着我吧

人都说，儿女永远也走不出爹娘的视线。父亲，耿直善良的你，宽厚仁爱的你，沉默寡言的你，在另一个世界里，还在默默地看着我吧。

咱们家乡在有着"金襄陵、银太平"美誉的襄汾县，你却在吕梁山间的乡宁县工作了一辈子，那里是母亲的故乡。我先是和母亲在老家襄汾县南贾村生活了几年，然后才去了你工作的地方。再后来，在外婆家生活学习，回老家上高中，考大学，又分配在另一个小城开始我自己的生活，辗转飘荡，能和你在一起的日子，也就是逢年过节，或家里有什么特别的事情。我曾经细细地算过，你我真正在一起生活的时间，满打满算不超过七年。可是，就是在这零敲碎打积累的七年光阴里，你的眼神，疼爱，揶揄，鼓励，责备……在不知不觉中，浸润我如温煦的阳光，蔓延至你去了后的每一个日子。

我是一个口拙的人。口拙，就是嘴笨，不能说会道、花言巧语，这是乡宁话。在我上高中之前，我从来都是和你说白话——不称呼人就和人说话乡宁人叫说白话。母亲曾经多少次又是爱怜又是无奈地鼓励我："你怎么不会叫爸呢？孩子，你叫一句，头一句叫出去了，就叫出去了，就会了。"我也曾经有过无数次的努力，当我有事情需要你的时候，就想把这第一句叫出来，又有多少次爸爸两个字在我的肚子里转啊转，上到嗓子眼，来到唇边，可就是出不来，一到要叫的时候我就脸涨而发烫，脑子里一片空白。有一年的寒假，一场大雪把个吕梁山来了个银装素裹。雪是夜里来的，咱们家住在较高的山腰，你早上起来就去扫雪了，院子里，出去的路上。该吃早饭的时候，你就要扫到山脚下了，母亲让我喊你吃饭。在院畔，只要一嗓子，你就可以听见，可我硬硬地是跑下坡去，站在你的后面说："我妈叫你吃饭哩。"你回头看我一眼，"哦"了一声。那一眼我到现在都还清楚记得，是亲切揶揄的眼。我知道你了解我不能喊爸爸的窘迫，就像而今我明白我的儿子有时候的小尴尬。我有体会，现在我看自己儿子调皮，就是那样的眼。

1986 年 12 月 31 日，我的母亲去世，你可知道我的心里有多么恨你？你怎么就那么迷信啊，我在《有距离的地方》里写过那过程。你的迷信简直可以说是惨无人道，把我的母亲折磨的，你还就是不听我们的劝。你怎么就那样固执！直到她死，你都还执迷不悟。后来小弟看了这篇文章，他说，等爸百年后再发表吧。他害怕文章刺痛你的心。文章在你去世一年后，我无意之间在报纸上看见一家文学期刊的约稿信，就照那地址发了个电子邮件，竟然就发表了，小弟的话好似谶语。可是我的心里对你隐藏了二十年的恨，在你撒手人寰的那一刻，顷刻间仿佛烟消云散，就从来没有过，我才发现自己原来对你还有着同样深刻的爱。时光，是疗养心伤的最好的药吗？

就在母亲去世的半年后，我考上了大学。你还记得你掩饰着却又掩不尽的喜悦吗？我就想上大学的时候能带一个皮子（其实是人造革的）的手提衣箱，镇上的供销社就有的，我去看过好几次。你开始都答应我了，怎么后来又说不买了？你在家里找了一个旧箱子，那料的薄，那款式的旧，你知道我多么失望！我却没有说不，我知道家里没有钱，况且母亲去世，更是让家里雪上加霜。我装出无所谓的样子，你是没有看出来我的心思还是也在装？你从供销社的日杂门市部买了泥子，大红的油漆，回来对我说："油一下，和新的一样。"八月的阳光下，你在院子里的树荫中，穿着件旧背心，仿佛专业的油漆工人一样，先是和了泥子，搅得匀匀的，然后往箱子上抹。你是个细心的人，光泥子就抹了一个小时吧，我看见汗水在你的脸上颈上胳膊上流，你的旧背心也叫汗水打湿都可以拧出水了，有个词叫汗流浃背，就是说那会子的你的吧。抹完了你坐在树荫下的小凳上，端起小桌上玻璃杯的水大大地喝下一口，拿起你爱吸的一毛五分钱的劣质香烟美美地吸一口，半天不把烟吐出来。你看看披灰了的箱子，看看我，说："还没有完，弄完就好啦。"我笑笑，你是不是很满足，其实我的心里在说能好到那儿呀。你叫披灰干了一天，用砂纸打磨光了，就开始刷漆。你是怕我不满意吧，刷了三遍。是刷的次数多了，还是你的技术不过关，箱子表面最后竟然有了流漆的痕迹，它显得那样平庸、邋遢。我就带了这样的衣箱去了大学。它在我的床下面躺了四年，我用垂下的床单遮掩着它。其实我后来也想通了，能用就行，我的一贯作风是务实，但是临毕业的时候，我还是把它丢弃了，现在后悔，哪里还来得及呢。

你认为读书是正经事，我想大约就是文章千古事得失寸心知、修身齐家治国平天下什么的意思吧。你虽然只有初中文化，在单位却是写材料的笔杆子，我记得你熬夜的煤油灯光经常扰得我睡不实，有时候还做噩梦。你平时吸烟就多，写东西的时候吸得更是厉害。吸那劣质的烟，我想你是为了省钱，你却说那烟劲儿大，否认是要省钱。你工作虽然兢兢业业，但你的正直实在，终不能使你在政治场上得意，到退休也没有混成个样子，唉，就是干活的命。你也喜欢散文小说什么的，我记得你在 20 世纪 70 年代末参加过一个大型杂志的文学函授培训，可是我却从没有见过你发表文学性的文章，那时我很疑惑，现在算明白一点了，干什么事情都不容易。我长大了，发表了文章，你看了说："这就是回事情了。"后来你大病以后，到哪里都要拿了我在《光明日报》《山西日报》什么的报刊上发表的文章炫耀，我都不好意思啦，那也就是些豆腐块，再说我也没有因此发了财、出了名什么的。为此我反思了自己，写了篇文章叫《文章千古事》，在那里面我说："我曾几多惶惑，不能不去思考自己写作的意义，因为我靠心之所至信笔写来的些许文章，既不能赚到足以养家的钱，也没能博得浮浪的名。但是我至少可以这样解释：那是一个少年梦的憧憬的碎片，是理想光芒的所及之处，无论在世俗的意义上是否算得上成功，起码这憧憬和理想塑造了一个正义、真诚、有骨气的人。这是文章千古事的意义，或是一个失意者对自己的宽慰。"你觉得我说的有点小意思？

那年我上了高中，写信告诉你我喜欢文学，想订一份《小说选刊》杂志，你没有几天就把钱从乡宁寄给了我。那时候，家里的经济是多么拮据啊，你一个人挣着普通基层干部的工资，还独自在乡宁。母亲在南贾带着我兄妹四个生活，她也苦也累，总是一个人在田地里忙活，我那哥哥没有考上大学，却又不安分农村生活，不仅不帮母亲，还邪行使坏，把母亲气得没有一点办法。我知道家里的经济状况，把信寄出去后其实我挺后悔的，在心里骂自己，还希望你拒绝我，可是你没有，为此我心里更是有太多歉意，却没有人可以听我说说。我只能好好学习，争取考上大学，这是生活在农村的孩子的唯一出路。文学类的图书，那时大人都说是闲书，他们说那东西看多了，不仅误考大学的课程，还把人看憨了，文不能文，武不能武。我觉得他们说的只是不能很好地处理学习与阅读的关系才造成的。他们怎么就不顾文学在塑造人的精神、陶冶人的性灵上的莫大作用？大人们太功利啦！你怎么就没有怕我因为读闲书荒废了功课而拒绝我呢。现在想想，也不觉得奇怪，我知道你信任我，我从小就是大人眼里那种比较老实听话懂事的孩子。人说，知子莫如父，应该是这样。

我兄妹四个，你最疼的也许是我吧？应该是我。大约是我五岁那年，你从乡宁回到咱们南贾村，买回来一双雨靴。母亲问你给谁买的，你说谁能穿就是给谁买的。其实我母亲想着是给我哥哥买的，因为他那时已经上了学，而我还在家晃荡。结果，那雨靴只有我穿了合适。于是你的疼我在母亲那里当然就变作了偏心了，她狠狠地和你吵了一架，质问你上学的没有雨靴而不上学的却有了，你只是笑。还有一回买小孩子喜欢的八路军帽子，你也如法炮制。我小时候是叫你和母亲最为费心的一个孩子了，刚生下不久就得了百日咳，母亲和你为此跑了多少趟医院，我屁股上现在还留着两个打针打下的酒瓶盖大的疤呢。病好了以后我的体质又特别瘦弱，用外婆后来的话说就是"你瘦得胳膊跟那小树枝枝似的，谁想过把你能养活成个人了"。我瘦弱，所以有些忧郁，所以总是安安静静，你是疼我的小可怜样吧？1974 年冬天你把咱们家搬到你工作的乡宁县尉庄公社后，我就成天跟着你，成了你的小尾巴了，你那时候是公社的办公室主任，所以你的同事就叫我小陶主任。可是我又那么任性，那么倔强，你可还记得有一夜，我不知道犯什么驴脾气了，晚上不睡觉，躺在被窝里，头却支棱着。你一直哄我，一直哄，现在我还记得自己实在是没有理由了，可是又觉得小面子放不下，就说我睡一个钟头你得给我五块钱。你说行，只要我睡。我临睡时还说，早起一醒来就得把钱给我。第二天，我早把事情忘到了爪哇国，可现在这却成了我在兄妹那里的笑柄啦。

在你我生命交叉的 36 年里，你就只打过我一次。我在乡宁初中毕业后，因为差八分没有上到临汾的重点高中，你把我转回了老家的汾城中学。我的高一年级结束后的暑假，你正好从乡宁回了南贾，我就想跟你去乡宁。在过去的一年里，我太想我的外婆了，太想我的平子表哥了，太想我初中的那几个好朋友加同学了。本来，母亲和你都答应得好好的，在你临走的时候，你们怎么就变了卦，不叫我去了呢！我就和你们闹，气急败坏。我哪里想得到，去乡宁我还得花路费，而母亲却还想我留下帮她平那拖拉机翻的麦地，那真是费力气的活儿呀。母亲劝我，劝来劝去我就是不听，她就开始吵我了。我年少，当时就想你们怎么说话不算数，那个气大得呀自己个儿都晕。她吵我的时候，我怎么就抓起了一盘哥哥的录音盒带，往桌子上砸去。我不知道，真的不知道，为什么那盒带子就蹦起来砸到了母亲的眼角，就砸出了血。不是故意的，我说得清楚，但是说得清楚又有谁相信。这件事情是我一生的悔。你在母亲的哭泣声里冲进来，在我的头上就是几大耳光，我的眼都冒金星了……这是你唯一的一次打我。

尉庄，嵌在吕梁山脉的火焰山间，偏僻，闭塞，却山明水秀，谁会相信它地处黄土高原呢！那是一个大夏天，我中午放学路过供销社，村里高我一个年级的同学的父亲正在往门市部卸西瓜。尉庄气候凉不能种，西瓜就成了稀罕物。他远远地见我就叫上了："叫你爸爸来拿西瓜吃。"我一听高兴坏啦，应着就把闲逛的腿撒了开来，跑回了家。我兴冲冲地报告给你这一消息时，你淡淡地哦了一声。我以为你应了，就在学校想了一下午西瓜，好不容易挨到下学，跑回家一看特别失望，没有西瓜。我以为你忘记了，就提醒你，你却吼了我一句："滚！"我情绪一下从波峰就跌到了波谷的最底儿，心里怎么也想不明白，你怎么不去取西瓜，你怎么就要吼我。你不知道当时我觉得多委屈，后来我就慢慢明白了，你是公社干部，你不能去白拿人家的瓜。

你从来就爱吃肥肉。我小的时候，各家的光景都不好，可是咱们家却由于你是公社工作人员，有工资，生活自然就比村里的人家好些。咱们家能吃上二面馍，隔三岔五能吃上白面面条，炒菜不会没有油，过年还能有猪肉。那猪肉，母亲总是先煮一部分，熟了以后，就叫我兄妹四个啃骨头，然后炒一部分，存一部分，在饭里放一点，在菜里炒一点，细水长流地吃。我兄妹四个都嫌肥肉腻，怎么办呢，你总是说给你，你喜欢吃，但是我感觉你主要是觉得扔了可惜。后来生活好了，你依然是爱吃肥的肉，我才相信你就是爱吃它。你的性格是太倔强了，年龄大了的时候，我们说你不敢那样吃肥肉，容易引发高血压和血栓病，你总是叫我们看你脑子不昏、行动利索，反问哪有，哪有。我们无可奈何，病魔却不放过你，2000年12月17日突如其来的脑出血，终是击垮了你。虽然你恢复得不错，可以说话、行走，有如常人，可是脑出血带来的老年痴呆症却随了时间的推移发展迅速，而即使总的来说你思维一直比较清楚，但想法变得幼稚，性格乖戾倔强，行为不可思议。不管是住在我兄妹谁的那里，你都惹得人是又好气又好笑，叫人哭笑不得。说实话，我真觉得累、烦，但是想想你和母亲把我们在苦日子里养育大，想想你对我们就如我对自己儿子的情感，我都必须忍耐，就是再累再烦再忍耐，能够报答养育之恩的万一吗？！你病了以后看我的目光，总是沉沉的，有些空洞。我们和你说话，仿佛是在对空气说，你就是不吭气，看看地，看看墙，看看门，看看手……我们知道你心里许多事情都明白，可怎么就是不说话。

大病以后，你总是爱乱跑，一跑就是几个小时，我们怕你跑丢了，怕你遇上个意外。你知道我们多担心吗？我好多次劝你，就是劝说不住，后来有一次你跑得太累了，在外面好好的路上都摔了好几跤，我实在忍不住了，就狠狠地厉害了你一通，吵得你出着粗气，面色涨红，一眼一眼翻我。我当时感觉自己吵你吵得是多么应该，多么有理，全是为了你好，可是回头想想，那是我的不孝，你那毕竟是病使然。

当你离开了我们，我才发现自己对你的过去几乎一无所知。我们在一起待的时间少，而在一起的时候，你又从来是沉默寡言，现时的事情都很少和我们说，更别说你的过去了。我只知道你小时候家里穷，初中毕业就上乡宁工作了，还知道什么呢！我的叔父，一个开朗达观的人，在我因为写一篇关于他的长篇人物报道进行采访时，和他聊天，才了解了一点你小时候生活的脉络。我的爷爷和奶奶都是随了汾城县下尉村的在全国做生意的一个大商户来到山西的，不同的是我爷爷从河南省方城县陶岗村来，做杂役；我奶奶从河南叶县来，做丫鬟。爷爷比奶奶大了约有二十岁，但是贫苦的命运把他们连在了一起，于是有了你，有了叔父。你小时候吃的什么苦，我怎么可以想象得来呢！叔父也记不清楚你几岁就到织布作坊去做学徒了，我才知道你就没有上过小学，你只是在工余自学，认字，算数。后来，新中国成立了，你十七岁居然考上了汾城中学。我曾经觉得你总是太爱讲道理，太爱显摆自己懂得多，但是当我知道你的经历时，我才觉得浅薄的恰恰是我自己。其实大学毕业又如何，你的苦难经历装订成的书，比我的课本要厚得多。

余华小说《许三观卖血记》里面的主人公许三观，把不是自己亲生却感情最好的大儿子一乐叫到跟前说："……等到我老了，死了，你想起我养过你，心里难受一下，掉几滴泪出来，我就很高兴了……"这话说得直白，朴实，却道出了人间真情的质。

父亲，在不经意间，你总会浮上我的心头，我心里就难受，泪水就会在眼眶里打转。

在另一个世界里，你还在默默地看着我吧……

2007 年 3 月 25 日

陶先生和他的小狗贝贝儿

先生姓陶，名讳富海。

陶先生皮肤黝黑，身板硬朗，精神矍铄，一口京腔。猛一看，就是村里的农民，一接触，则是一身儒雅书卷气。他学识渊博，诚直宽仁，达观散淡，幽默风趣。今年 80 岁的他，不太熟悉的人见了，会以为才 60 岁出头呢。

近半个世纪里，陶先生就蛰居在山西省襄汾县城南十里汾河东岸的一个小村子，与十几万年的人骨兽骨、四五百年的民宅古屋打交道，名曰考古。田野发掘，遗址保护，收购民宅，主创馆展，一路走来，这个小村子名声日隆，他也从青壮年的汉子变成了耄耋老人。

小村的村民，外来的访客，都喜欢称呼他陶先生。

小村子名叫丁村，二百来户人家，却名闻天下，声播海外。这里的丁村文化遗址，因为古人类的两颗门牙和一片小孩头盖骨化石的发现，驳倒了中国人种的西来说；这里的丁村民宅，数十座明清院落，默默地传承着晋南民间建筑和风俗文化，创建了中国第一个汉民俗博物馆。丁村文化遗址和丁村民宅，分别于 1961 年和 1988 年被公布为全国重点文物保护单位。一个小村，两处国保，这种情况在全国绝无仅有。

陶先生是谈丁村文化和丁村民宅绕不过去的人。要说丁村，就不能不说陶富海；要说陶富海，就不能不说丁村，很有点人以村传，村以人传的味道。他是丁村文化和丁村民居民俗研究的见证者、参与者。考古工作，在外人看来是十分枯燥无趣的。而先生四五十年浸淫其中，乐此不疲，收获颇丰。十数本专著和诗文出版，文人气质的书法，文博研究馆员，就是他个人事业与人生的收获。陶先生是 35 岁才半路出家来到丁村开始学习考古的，他的文化底子也就是解放初的高小毕业加山西省行政干部学校三个月短训，能写一些书出来，还正式出版发行，确乎有些难能可贵的那么个意思。但先生说，他的一生要感谢祖国的璀璨文化，感谢丁村，感谢贾兰坡等诸多研究丁村的大家和同行的指教关爱，"我这一辈子好像就是为丁村服务而来的，我是站立在巨人的肩膀上的"。

在职之年，陶先生在专业领域提出了一套新石器加工的模式，是中国第一个汉民俗博物馆主创人之一，其学术文章登上了《考古》《考古学报》《文物》等杂志的大雅之堂。

退休以后，陶先生诗文书法并举，抒情，怀旧，感念，批评，恣肆信笔，嬉笑怒骂皆成文章。他的诗文多刊于《山西日报》《山西晚报》《临汾日报》《诗词》《燕山钟韵》《中华吟友》与乡土的《丁香文化》上，还有文集专著《丁村》《丁氏家族与丁村》《自诩集》《杂抡集》等出版。习练书法，不几年，他以"雪君"署名的作品行于晋南，且达于并京津诸地，行家评"斯文人书法也"，而始终坚持"三不"原则，即不入会，不参展，不参评，于是其书法只在民间流传，也有不少行家换之求之。也许在某个村子的小诊所、学校的办公室、喜欢文化的家庭，你就会遇到雪君尺寸或大或小的书法，悬之于壁。陶先生待书法的态度，恰是在玩的意趣之间，声名身外物，我心寄流云。

在各种社会活动中，也少不了他的身影。给央视纪录片《舌尖上的中国》（第一季第二集）做美食顾问、《走遍中国之乡愁》做嘉宾，在山西电视台《一方水土》介绍丁村，被襄汾县聘请为文化总顾问。他的想法是，宣传丁村，宣传祖国文化，义不容辞。

近年舞文弄墨之际，生活逍遥之时，陶先生总有一只小狗陪伴。他叫它贝贝儿。贝贝儿三四十厘米高，面若狐狸而较之温润诚恳，双眼澄澈机敏，鼻子头如炭黑亮，背部毛色金黄泛红，腰腹逐渐过渡纯金黄、黄白，四肢纤而劲健，奔走犹如幼狮辛巴。

在丁村的近五十年里，陶先生居住在一座老四合院里。这座院落看去很不起眼儿，实际却是不得了，它建于明万历二十一年（1593 年），是丁村民宅现存最早的建筑。时光流转，十几年前老伴走了，儿女们都有了自己的小家庭，四合院只有先生一人居住。有人戏说，陶先生是住在这座国保文物里的文物，是丁村三宝之一（丁村另二宝指文化遗址和民宅）。儿女们各有各的工作和事情，虽常来陪伴，终是一时，先生的长女倩怕他寂寞，有一年就给他带来了一只小狗，便是贝贝儿。

散步是陶先生数十年的习惯，地方就在丁村的汾河边的南同蒲铁路旁。每当夕阳西下，弯弯的河水，笔直的铁轨，一人徐行，一狗四窜，成了丁村村民眼里的一道风景。

陶先生写作的时候，贝贝儿就像一个小孩子，趴在电脑桌一角，静静地看看他，静静地看看电脑屏幕，没意思了，就自己跳下桌子，喝水，排便，抑或人模狗样在院子里散步。陶先生年纪虽然大了，却思想和生活都不落伍呢。他的写作任务近十年来都用电脑完成，他还用 QQ 和人聊天，用电子信箱发稿件，用手机上微信。

老百姓说，狗通人性。贝贝儿对陶先生有着很深的感情。平时闲暇，或是看东西写东西累了，陶先生都会逗逗贝贝儿开心，把它抱在怀里，贝贝儿便会用温热的舌头舔他的脸、胳膊。它或者在地面直立起来，前爪让陶先生扶着，一副惬意的模样；或者四脚朝天躺在地面，你用手指挠它的肚皮，它便痒痒而开心地撒起欢来。有一回陶先生出差，让女儿照顾贝贝儿，不想贝贝儿在他出门走的时候哭了，流眼泪，抽泣，像个追父母的婴孩儿，仿佛知道他要出差去远方。贝贝儿也有淘气的时候，偶尔去撕咬别人的鞋子，或者悄悄地在他的裤脚撒一泡尿，或者在他的床上把枕巾床单弄得凌乱，把卫生纸撕成一堆碎片……

日子一久，陶先生对贝贝儿自然也产生了很深的感情。他时常和它说话，它都会默默地听着，眼睛亮晶晶地看着他，仿佛在说它明白的。狗不会说话。陶先生常常遗憾贝贝儿不能开口说话，但是看看它的小机灵样，就觉得已经足够了。

陶先生说，他给贝贝儿关怀，贝贝儿给他快乐。他们是忘年交，也是忘类交吧。

这是一种心态，更是一种境界。

几年前，陶先生写过一首诗，也许更能说明点什么吧：“院外梧桐树，相依数十年。繁花笼紫雾，密叶蔽青天。九月蝉盈耳，三冬雪挂涎。光阴年年逝，往事不回还。”

2015 年 3 月 23 日写

243

摆摊的老邵

许多年前，我读过一个东西，说一个外国人将人类的全部文学作品故事概括分为三十几类，至今的文学创作也概莫能外。这一结果我想多少都会令爱好文学的人沮丧。但是文学依然浩浩荡荡，如江河之流万古不息，为什么呢？我想不明白，却每每为生活所感动，在这三十几类材料构筑的缪斯迷宫里转悠转悠，也会随意摆上一块半块的砖或哪怕是一粒石子。这次就讲讲摆摊的老邵的故事吧。

南出我们这条巷子，是一条比较闲静的街，不大，对面，有一座园子。园子不大，可很有一些幽雅的味道，有托了小小白塔的假山，人工喷泉的池子，鹅卵石的曲径，绿茵茵的草坪，四下里站着的大泡桐树亭亭如华盖，一角还设了单杠绳梯一类健身器材，不经意处的条石椅是人们小憩的理想所在……与这些物什共天长地久的，我看就数在园子门口一年四季守着个冰柜与装小食品香烟售货车的老邵了。

老邵一头白发，国字型的脸纹路不多，却黑红，时常带一副黑色塑料框的墨镜，穿一身一眼便读出廉价二字的衣服，常骑一辆旧的加重自行车穿行于我们的巷子——他住在北边。老邵曾经是本市的一个什么局的局长，虽非权倾一时，也算体面人物，何以在颐养天年之际，辛劳如此？说来话是挺长。

老邵有一个属龙的儿子，这儿子却不成龙，生来调皮。调皮对小孩子来说，本非坏事，像树一样修修整整，长大自然挺直，活人心眼也多。老邵虽然明白此理，无奈老婆生产不少，可只养住这一个。在讲究多子多福的年代，看着别人五个八个的养，老邵夫妇自然只能去溺爱这独子了，吃的，穿的，玩的，都可着。儿子会打人了，会发脾气了，会搞小破坏恶作剧了，老邵老婆不仅不生气，还喜得说："我儿学本事了。"老邵潜意识里总觉得老婆过分了，苗头不好，但见天在单位工作忙忙乎乎，也爱儿子，也没太在意，光阴荏苒，光阴似箭，自己混上了局长，儿子调皮捣蛋得厉害，也从初中直接回了家。老邵腆着老脸找关系，给他安排到检察院，后又娶妻生子。然而儿子一如老婆所言，会学本事，更大了，交了一帮狐朋狗友，吸上了毒。老邵管不住，终被开除公职，关进看守所。老邵气得说多关一关，才能救他的心。老邵老婆大骂老邵不是人，儿子不是他身上掉下的肉不心疼。老邵只好先救儿子的身了。儿子出来，大约觉得事没了，无所谓了，反倒理直气壮地要钱吸，儿媳也吸，家里经济紧张了，就参与贩卖毒品。不到一年，小两口即又被抓去，老邵同老婆感觉形势不妙，倾人力财力营救，但大势难逆，儿子儿媳还是给毙了。

老邵儿子被枪毙的时候，小孙子还不满三岁，老邵已经退休近两年。人生的三大不幸，老邵遇上了老年丧子，老邵孙子遇上了幼年丧父，老邵看着孙子总不由就想掉泪，想，都是自己太忍让老婆、太不重视儿子的教养了，只是苦了小孙子，心里悔。老邵又想，不管怎样，得把责任尽了，孙子要严管，还得攒些钱留与他，自己毕竟六十出头了，于是便张罗了摊儿。摊儿还可以，糊了三口人的嘴，老邵同老婆的退休金就都存了。于是，夏天往春秋延伸，早六点左右晚十二点左右；冬天也往春秋延伸，早晚都是八点左右，我们的巷子里总有隆隆声由北而南或相反滚过，那是老邵和同样黑红的老伴在推车出摊收摊。

仿佛还前生所欠，仿佛学生系统复习功课，老邵两口子悉心养着孙子。在管理教育上，老婆再也不插手了。孙子调皮了，老邵就喊，有时也扇小屁股两巴掌，看着孩子怯怯的样子，一脸严厉的老邵不由就扭过头去，鼻子酸酸的。毕竟是隔辈人啊！自然，更多的时候老邵是按照专门买的关于如何教育孩子的书上的要求，与孩子交朋友。

摆摊养孙子，忙得老邵和老婆跟车轴似的。二人虽是年纪大了，但憋着股心劲，也不觉累，二人出摊的出摊，侍弄孩子的侍弄孩子，分工明确，配合有机，打篮球补位似的。老邵做饭，爱弄拉面，和面无须费力气，炒上土豆白菜粉条大肉片的和子菜，孩子特别爱吃，只是面筋丝好，老邵两口子牙口与胃消受有些吃力。

孩子问老邵："我的爸爸妈妈呢？"

老邵说："出差了，一个老远老远的地方。"

"怎么老不回来？"

"等你长大，他们就回来啦。"

孩子老问，老邵老答，孩子就老盼望长大。

如今，老邵的孙子都快初中毕业了，学习不错，脾性也不像他老子。看着孙子一天天长大，老邵有时候就恍惚，这是儿子还是孙子，脑子一激灵清醒了，心里就默念，一定要多活几年，身体可别出岔子。

十多年前我大学毕业分配到此地，老邵就已摆了近十年的摊了。我的儿子从出生长到现在九岁，可是在老邵摊上买了不少东西，虾条、泡泡糖、干吃面、水枪、气球什么的。儿子最爱吃玉米膨化的拇指粗细胳膊长的空心食品，一角钱两根。开始我怕它不干净，老邵看出了我心思，说这玩意儿没事，就免费送与儿子，以后就成了习惯，总说邻居嘛。而我这邻居不在摊上总不同我答话，路遇了，他的脸老是微微别过去，目不视人。因为儿子我们相熟，熟人见面总要招呼，起初一次我在巷子里与他照面，问"看摊呀"，他"啊啊"，猝不及防的样子应了，迅疾又埋头走自己的路，步履蹒跚而匆匆。那是一个暑天，他的白汗衫都发了黑。

2003 年 3 月 17 日

怀念老马

老马，是几年前在市委门房看门的老头，附近村子的人。我写过他的名字，在我原来单位的一位同事的孩子结婚的喜宴上，我是礼房的，可是后来忘了。但我记得他上了十元钱的礼——这很正常，临时工嘛，农村人嘛——比较特殊，那时，我们大家上礼，平常关系，少也得五十吧。

叫老马，其实老马当时也就近六十岁吧，不特别老，可是面相就老多了，椭圆的脑袋，五官端正，顶着一半公分长的花白头发，除面善之外，无有特色。就是，穿一身灰不灰蓝不蓝的保安制服，老挽着袖子，有几分不修边幅的咱农村人的样子，有几分抗日剧里伪军的吊儿郎当样子，有几分滑稽。倒是你和他一说话，他的表情特别丰富，眉飞色舞，很是生动。

看大门，不是什么高等工作，条件很有限，一桌一椅一床一吊扇一旧电视一暖水瓶一电炉，结了。老马一个人看门，一个人做饭吃，便有锅碗瓢盆。逢近吃饭时间，总可遇老马提小的薄的塑料袋回转，装的，或菜蔬，或生面条，或馒头……极简单，系由不远菜市采购而来。

那两年，我的父亲在脑出血之后正开始了脑萎缩，謇，沉默寡言，在外面、在街上没有止境地跑。我们这里说出去跑，是散步、游逛一类的意思。他在我兄弟三人家轮流住，到我这里的时候，我就头大。不是我和父亲不亲，是他太叫人操心了，吃饭之类的事情倒没有什么，关键是他出去跑。一跑就几个小时，好多时候误了饭点。误了饭点也不打紧，关键是怕他跑出去找不回来，他没有在我生活的城市生活过，哪儿哪儿的都不熟悉，我得上班，又没有时间陪他。想写个纸条装他身上，而他是要强的人，我又担心他生气我辱没他的智商，就保持他身上装有零钱，时时提醒他跑累了就打车回来，人力三轮、的士都行。他总是无言地笑笑，仿佛看透了我的心思。而我小家庭三口圪蹴在带一片小院和一个小小厨房的一间小平房里，他只能住我的办公室，好在我单位是很闲的部门，能住，住就住吧。

那个时期我心里很烦。

父亲住办公室，生活各方面的，就不方便，就不免要麻烦人哪！烦的当然不是父亲，烦的是生活。

现在想来，我是个不孝的儿子啊。

一次，晚间，父亲在我这里住，我粗心了，桶水喝完了没有看见，没有打电话要。次日上班我看见一个陌生的绿色暖水瓶，才知道老马把自己的暖水瓶给父亲了，他现喝现烧，才知道沉默寡言了的父亲居然会和老马聊聊天。平时我并不留意老马的，就是个看门房的嘛！可是从此以后，我开始觉得老马……怎么说呢，挺亲切的。

父亲有一回跑回来，大约跑得实在太累了，在楼口有些支持不住了，摔了几滚，老马在门房见了，赶紧把他扶起来，在门房休息了一阵子，又扶他上了我在四楼的办公室。老马绘声绘色地讲给我听，并且提醒我"可是要注意啊"。那时，父亲的腿脚已经不灵便了，他年轻的时候一次在吕梁山玩拖拉机，掉沟里了，左大腿骨折了。（小时候，我还玩过他腿里面埋过的钢钎呢）老毛病，年龄大了就显得更厉害了。父亲老跑，长征似的，腿越来越问题大了，可是没有办法，说他也不听。他跑回来，总是满头大汗，我看见了，只能心疼而无奈地问问"累吧"，他总是摇摇头："不累！""一头汗还不累！"他还只是笑笑。能怎样呢？！

隆冬，夜里下了大雪，第二天早晨上班，我在另外的一个科里说事情，忽然老马急急地过来，说："你爸夹个兜兜，出去了，看样子要去哪里。这么大的雪，你快去看看，刚出了楼。"我跑到楼口，看见父亲在寒风里一拐一拐地走在透视墙外的大街上。我追上去询问，他说要去我小弟家。这怎么可以，小弟住在两百里外大山里的乡宁，雪应该把山都封了。我劝、哄、厉害他，都不能使他回头。我头顶都冒火了。后来老马来了，他说："陶科长你回吧，我和你爸说说。"我没有办法，只好听他的。老马怎么劝说的我父亲呢，他们俩竟然一块儿回来啦。

还有一次，也是在那场大雪期间，父亲出去，不知道怎么会把左边眉骨处碰破了，碰得挺厉害，我那一刻又下乡了，又是老马，把自己治感冒喝剩的红霉素片拧成面，给我父亲敷上。

……

我和老马就熟悉了，有时候，我会在门房坐坐，和老马拉呱拉呱闲话。原来，老马还是个有艺术细胞的人，他年轻的时候还是个蒲剧须生呢，"六二压"回了村里。市老干部局为了活跃老干部文化生活，满足他们学唱蒲剧的要求，就和机关事务局商量，找看门房的时候找个会唱戏的，既能看门，又可以抽时间教老干部们学唱蒲剧。老马就被招来了。

一段时期，父亲去我兄弟家了，某日，下午，老马上我办公室，先问了好多父亲的话，终于羞羞地说，他老伴想来住几天，可是没有地方，看晚上的时候能不能在我的办公室睡一下。我说当然可以。能不可以吗？

他的老伴住了也没有几天就回去了。

2005年初冬我的父亲去世，我写了一篇题为《你还在默默地看着我吧》的怀念文章，2006年清明节前夕，发表在我们当地报纸上。大约老马看了，文章刊载次日，老马遇见我，问："老人不在了？"我默默点点头。顿了一下，他像是对我说，又似自言自语："唉，不受罪了。"

不知道老马什么时候不看门房了，他走我一点也不知道，是有一回我出楼见门房里怎么是新面孔呢，过去一问，说老马回家啦。

此后一切便渐渐淡忘。前不久同别的单位朋友喝酒，有一个新朋友居然和老马是一个村的，便问老马现在干什么。新朋友说："老马去年就死啦。得了胰腺癌，娃也没有钱，就没有看。胰腺癌，死得快。"

我默然良久。

2008年9月13日写，14日改

致语侯马一中 253 班艺术考生

眼下，离 2012 年的高考只剩下一百天了。亲爱的同学，特别是学艺术的同学，这一刻，你在想什么呢？

我的孩子也在你们中间。近三年来，他每天起早贪黑，孜孜不倦而成绩未必拔尖，于是我建议他学了艺术，学的是编导专业。

在传统的观念里，在有些人眼里，往往会认为学艺术是文化课成绩差的无奈选择，认为学艺术是旁门左道、不务正业。但是同学啊，当列夫·托尔斯泰的小说深深打动世界并将继续打动世界的时候，当凡·高的向日葵上那一缕暖色浸入你心的最深处的时候，当卡拉扬指挥的交响曲响遍全球的时候，当杨丽萍的舞蹈《雀之灵》在纤细、柔美中迸发出生命的激情，当陈子昂登临古幽州台发出"前不见古人，后不见来者，念天地之悠悠，独怆然而泪下"的孤独人生况味长叹的时候，聪明的你，还会抱定那样的偏见吗？

其实，按照我的理解，艺术是人类发展最高水平的文化结晶，是人类精神的最深刻表达，是人类在历史长河里的不朽之花，是人类在宇宙中孤独命运的慰藉。

一个想搞艺术的人，需要天赋，需要灵气，需要聪慧，需要努力。学艺术的孩子们，你们不是学习不好，你们是超越他人、超越自我的路径在这一方面。当你们中间能有人成为黑泽明、毕加索、沈从文、莫扎特、管平湖、葛优的时候，你们不仅是爸爸妈妈的骄傲，也是侯马一中的骄傲，更是祖国的骄傲。

我和我的孩子交流得很多，我总结的学习应该做到"理想、刻苦、认真、坚持"八个字，他非常认同，并努力践行。现在，你们的专业课基本都考完了，成绩都理想吗？我的孩子成绩到四月初才能够出来，一切都还是未知数，从他的自我感觉看，好像还可以。但是无论如何，这都是过去的事情了，都是既定的事情了，再想也无法改变结果，也于事无补。摆在眼前的，只能是学好文化课，做好最后冲刺。我不知道一百天后的高考他能考多少分，但是我知道到那时他不会后悔，因为他一直以来在以这八个字为轴心在努力。

理想是石，敲出星星之火；
理想是火，点燃熄灭的灯；
理想是灯，照亮夜行的路；
理想是路，引你走到黎明。

诗人流沙河的诗句，形象而准确地描述了理想的模样，阐述了理想的伟大作用和意义。高中阶段，正是人生最曼妙的时光，充满理想，充满浪漫，你可以畅想自己将来做实业家、文学家、音乐家、画家、舞蹈家……就像电视里一句广告词所说：一切皆有可能；就像拥有一厚叠的画纸，画错了，画的不满意，可以随手地丢弃重来，干什么都不晚，只要你干。而高三，则是为了这理想，为了这一切皆有可能冲刺的关键时刻，而这一关键时刻是这样的重要，谁错过了就是错过了最美好的人生，这样讲也许言重了，但是至少会是错过了人生更高更大的一个平台。常言道，好的开始是成功的一半。我觉得，最初能拥有一个更高更大的人生舞台，也是成功的一半；而高三，则是成人、立志的一刻，也正是为了此"志"而奋力拼搏的开端。

刻苦。电子词典《汉典》解释为，勤奋努力，不怕吃苦。在学习中，怎么就算刻苦了呢？我想套用范伟先生在电影《求求你，表扬我》里解释幸福一词的办法解释：什么是刻苦，刻苦就是背书时我早上七点起床了，你六点就起了，你就比我刻苦；刻苦就是背书剩一小段了我心烦了马马虎虎对付了，你背的得分点一个都不落，你就比我刻苦；刻苦就是一道数学题我想了许久想不出来解的方法找同学给我讲明白了，你苦思冥想了三天想出解的方法了，你就比我刻苦……刻苦是什么，理性的解释只有八个字，具体的解释可就海了去了，总之需要一种"明知山有虎，偏向虎山行"的胆气、豪气，你能做到不？

认真。毛泽东有一句名言："世界上怕就怕认真二字。"学习不认真，和不学习一样。无论政治、语文、数学、英语、地理、历史哪一门课程，包括理工科的课程，都是一个复杂的知识系统。编织构架每一个知识系统的知识点，从知识的内部层面看有上下、从属等逻辑关系，但是从考试的角度看，没有主次之分，没有重点非重点之分，每一个知识点都是其不可或缺的组成部分，都可能是考试考察的对象。如果不认真掌握好每一个知识点，那你的知识系统就有漏洞，甚至可能是漏洞百出，这样学习结果体现在考试上，就是丢了分还不知道为什么丢分，就是成绩的逊色。不用强调考试为什么不全是重点内容，我问你人身体的心脏重要还是眼睛重要，手重要还是脚重要，平白无故的叫谁舍弃一个他会愿意吗？每一个知识系统就和人体器官一样，一个都不能少，少了就是残疾，就会有症候。

坚持。这是一种坚忍不拔的精神力量，滴水穿石，绳锯木断，讲的就是这个意思。学习没有坚持的精神，就玩了完。今天有理想了，明天又泄气，是所谓常立志者常无志，无志而成事者，鲜矣；今天刻苦劲头上来了，把第一课背得滚瓜烂熟，明天觉得累了要犒劳自己，蒙头狂睡，第二课且放下吧，是所谓做事情三天打鱼两天晒网，这样的人，一般也成就不了什么业绩；今天态度认真地做了几道题，明天很是心情不好不耐烦（我想起了沈从文先生说他自己：我这个人没有别的，就是耐烦），抄抄别人的也罢。细节决定成败，这样的人，估计一般都种下的是龙种，收获的是跳蚤。所以学习贵在坚持，坚持也是做好一切事情的必有精神。

亲爱的同学们，你能做到上述八个字吗？我说的也许啰唆了，也许偏颇了。年轻人总是嫌长辈啰唆，这我理解，因为我也是从你们这个年纪走过来的，但是，我们总是希望把自己的经验教训告诉你们，希望你们不要重复我们走过的弯路，人类社会也正是在不断总结汲取前人经验教训的基础上才越发展越快的。希望你们理解大人们的苦心，听取我们正确的意见建议，因为我们最爱的是你们。

最后，祝你们学习顺利，健康成长，考取理想的大学，顺利撑开人生第一步的风帆，远航！

2012 年 2 月 18 日

时间简史：一本更多给予我人生思考的
自然科学书籍
——在一次读书会上的书面发言

各位朋友、各位读友：

大家下午好！

很荣幸，能够应邀参加这次活动。首先谢谢大家，特别是谢谢霜韦和明忠，我的两位老同事、老朋友。

我的读书，自觉的读书，总的来说，文学类的居多，陶渊明、归有光、沈从文、贾平凹、余华、陀思妥耶夫斯基、司汤达、泰戈尔、马尔克斯、博尔赫斯等，因为我喜欢文学。但是，今天我要推荐的、与大家分享的一本书，却是一本自然科学方面的、关于宇宙学的书，一本科普读物，这本书就是英国宇宙学家斯蒂芬·霍金写的《时间简史》。

首先说说霍金这个人。他是当代最重要的广义相对论和宇宙论家之一，也是当今享有国际盛誉的伟人之一，被誉为继爱因斯坦之后世界上最著名的科学思想家和最杰出的理论物理学家，还被称为"宇宙之王"。他是英国剑桥大学应用数学、理论物理学系教授。他与彭罗斯一起证明了著名的奇性定理，为此他们共同获得了 1988 年的沃尔夫物理奖。他还证明了黑洞的面积定理，即随着时间的增加黑洞的面积不减。就是这样一位伟人，却很不幸，患上了只有三根手指和眼睛能够微微一动的病——卢伽雷氏症，也就是肌萎缩侧索硬化症，又称渐冻人症，是运动神经元病的一种，临床上常表现为上、下运动神经元合并受损的混合性瘫痪。他1942年1月8日出生于英国牛津，毕业于牛津大学和剑桥大学。21岁时就患上了卢伽雷氏症，被禁锢在轮椅上。疾病已经使他的身体严重变形，头只能朝右边倾斜，肩膀左低右高，双手紧紧并在当中，握着手掌大小的拟声器键盘，两脚则朝内扭曲着，嘴已经歪成S形，只要略带微笑，马上就会现出"龇牙咧嘴"的样子。这已经成为他的标志性形象。1985年，因患肺炎做了穿气管手术，被彻底剥夺了说话的能力，演讲和问答只能通过语音合成器来完成。当时医生预测他最多活两年，但至今他依然活着。我觉得他的存活至今，是孟子所说的"故天将降大任于斯人也，必先苦其心志，劳其筋骨，饿其体肤，空乏其身，行拂乱其所为，所以动心忍性，曾益其所不能"的一个典型吧，但是我觉得他更是上天给予我们整个人类的赏赐，给予我们的一个奇迹，他是一个智者，更是一个强者。我认为，他是整个人类的榜样。

《时间简史》是霍金撰写的一本有关宇宙学的经典科普著作。他认为时间的本质，就是时间随宇宙的变化而变，时间是因变量，时间是宇宙事件秩序的计量。

《时间简史》对外层空间奇异领域，对遥远星系、黑洞、夸克、"带味"粒子和"自旋"粒子、反物质、"时间箭头"等进行了介绍，并对宇宙是什么样的、空间和时间以及相对论等问题做了阐述，使我们这些宇宙学的门外汉能够了解狭义相对论以及时间、宇宙的起源等宇宙学的奥妙。

《时间简史》自 1988 年首版以来，被翻译成 40 种文字，销售了近 1000 万册，已成为全球科学著作发行量的里程碑，成为国际出版史上的奇观。这本书关于宇宙本性的最前沿知识，随后都得到取得非凡进展的观测技术方面的支持，这些观测证实了霍金在该书第一版中的许多理论预言，其中包括宇宙背景探险者（COBE）的最新发现，它在时间上回溯探测到离宇宙创生的 30 万年之内，显示了霍金超人的时空感知能力。

　　我读《时间简史》，首先的收获是对宇宙学的大致了解。我是学文科的人，也是富于好奇心的人，这两点，决定了我对这本书的理解还不够透彻，但是饶有兴味地把它读过三遍。我惊奇于宇宙有自己的开端，也就是奇点，奇是奇怪的奇，整个时间和空间是有起点的，同时，宇宙膨胀到一定时候还会坍缩，坍缩成一个奇点，奇是奇怪的奇。这颠覆了我以前所学的知识，说时间没有开始没有结束。还有许多概念，红移，虫洞，黑洞，霍金辐射，等等。

　　其次引发我的思绪纷繁。可以说，读得我心里又是好奇，又是一阵阵发凉。因为我不能想象，宇宙膨胀，星星们全部彼此远离，人类在宇宙间真的是越来越孤独；如果宇宙坍缩为奇点，奇点的尺度无限小，密度无限大，人类如果可以存活到那个时候，还能生存不，怎么生存；如果真的遇到黑洞，人被吸进去，那种加速坠入的痛感能够持续多久；等等。这也许就是杞人忧天，如果用从前的知识看，杞人忧天荒唐可笑，那么用现代科学知识来看，杞人忧天真的是一种科学的态度。

　　再次是不能不引发对人存在依据和未来命运的思考。人究竟是什么？人在宇宙中，在宇宙发展的进程中，算什么？是必然？是偶然？还是二者都是？随着宇宙发展，人类的存在能持续多久？我们知道，面对宇宙的各类事件，人类是这样的渺小，随便一个灾难发生在我们附近，就能够毁灭我们。但是人类的思想远比宇宙广阔，人类的精神又是这样的坚强，人类的性格又是如此光辉，我想我们人类的未来是美好的，但是道路曲折漫长。

最后是对自身的反省。世界美好，人间喧嚣，科技发展，人心浮躁。面对如此，我们该怎样？读过《时间简史》，好奇、悲凉、自信的心态过后，我感觉就是理性、真纯、宽厚了。简单来说，理性，就是理智地对待一切，包括大到自然、社会，小到鸡毛蒜皮，科学分析，正确对待，通俗点就是达到《不气歌谣》说的"他人气我我不气"等境界，就是达到"不是风动，不是树叶动，是心动"里的那个心不动的境界。真纯，就是时刻怀抱一颗真诚纯净的心。有这样一则故事，说有一次苏东坡和佛印一起打坐，下坐后两个人聊得兴起。苏东坡问佛印："你看我打坐的时候像什么？"佛印看了苏东坡一眼说："我看你像一尊佛。"苏东坡看佛印穿着黄色的袈裟，就忍不住说了一句："我看你打坐的时候像一坨狗屎！"佛印笑了笑，什么也没说。苏东坡很高兴，回家跟苏小妹说："老跟佛印论禅，从没有赢过，这次大胜而归。"结果苏东坡把经过跟苏小妹讲过以后，苏小妹说："哥哥呀，你这次输得更惨了！"苏东坡问："为什么呢？"苏小妹说："佛印看你像一尊佛，是因为他心中只有佛，所以他看什么都是佛；而哥哥你呢？"我不相信故事真是东坡先生的，这一定是人们的杜撰，但是，道理却是讲得非常好，就是人要真纯起来。宽厚，就是宽容厚道，诚恳友善。那就要在小事上不计较，能谅解别人，不得理不饶人。宽厚是高尚的，宽厚有利于个人身心健康，刚刚去世的邵逸夫老先生活了 107 岁，他就是一个非常宽厚和乐于助人的人，宽厚也可以为自己创造更加和谐融洽的人际关系。

　　总之，阅读《时间简史》，不仅使我了解到了宇宙学的知识，更使我大到世界观和为人处事的原则，小到性格脾气，都有了很大的改变。我觉得这就是知识的力量。"书中自有黄金屋，书中自有颜如玉"，我想加一句，"腹有诗书气自华"。

　　让我们多读书，读好书吧。

　　谢谢大家！

2014 年 1 月 13 日

亲缘　云缘　文缘（跋）

　　陶健的诗文作品准备出版了，他给我发来了电子版，要我给他题写书名，并且写上一些文字。

　　看完他的电子版文稿，我感慨万千。我不能不为他写，但又不敢为他写。尽管如此，我还是有许多许多的话要说，如果非要作为跋的话，那也只是跋外之言。

　　首先，我们有三缘。

　　第一，亲缘。

　　陶健，是我亲亲的侄儿，是我大哥的二公子，我们一直叫他"小健"。

　　我们老家本是河南方城县。小健的爷爷奶奶，都是清朝生人，在河南老家，为山西太平县的一家大庄园主做佣工。民国以后，他们随着庄园主来到山西，在当时的汾城县下尉村给这家老庄主做佣工，奶奶侍候老太太，爷爷侍候少爷。再后来，他们两个苦命的老乡成了亲，成了一家人。

　　两年后，也就是 1933 年，他们有了第一个儿子，那就是小健的父亲、我的亲大哥。从此，他们离开了老庄主的家，从下尉村搬到南贾村，正式落户成家，靠着借住房屋和租种土地维持生活。1935年又生下了我这个小健的"亲爸"。在那个兵荒马乱的年月，全家四口人，依然靠着租借房屋租种土地勉强维持生活。

小健的爷爷奶奶都是文盲，大字不识一个，连自己的名字都不会写。甚至奶奶都没有自己的名字，她姓李，只知道自己是陶李氏。还是1947年，汾城解放了，土地改革的时候，登记"房窑证"，她才算起了一个正式的名字叫作李绒。可以说，我们陶家，从河南到山西，从下尉到南贾，仅我记得的就搬过五次家，一直寄人篱下，过着没有饥饱、没有文化、没有尊严的生活。解放了，才有了真正属于自己的土地、耕牛、房屋，成了一家正式的人家。

小健的爷爷奶奶一个大字不识，所以对文化识字有非常痴迷的渴求，一心要让两个孩子到学堂去念书，学会识文断字，不要像他们一样两眼一抹黑。因此，我在7岁的时候，和哥哥也就是陶健的父亲，就都进入了官办的南贾国民小学堂。我们陶家的文化种子，就是这样种出来的。

后来，随着时局的发展，日本投降了，阎锡山回来了，大哥为了逃避阎锡山的抓兵，就到下尉和安子文一块学织布去了。而我在村里边儿，1947年解放、土改，当了土改时候的儿童团，和土改工作队一道斗开地主了。直到1950年，县里成立了南贾完小，我上了完小，而哥哥还在织布。不久，哥哥和安子文商量：这么明朗的天，不如去读书吧！于是他们二人停止了织布的营生，开始复习起功课来了。功夫不负苦心人，在1952年，哥哥和我都考上了中学。我考上了临汾一中，他考上了汾城中学。那时，家里面很穷啊，一下子供不起两个中学生。在无奈的情况下，哥哥凭着牛筋儿硬是上了汾城中学，而我就去了太原，17

岁就参加了工作，吃上了公家的饭。

随着年龄的增大，弟兄们各自找了对象，然后是结婚、生子、成家。我也有了孩子，哥哥也有了孩子。陶健，也就是"小健"，就是哥哥的二公子。写到此处大家可能就明白了，这个陶健和我，是一脉相承的陶氏血脉，是血肉不可分离的一个祖宗传下来的亲缘关系。

由于血缘叔侄的关系，所以我一直不叫他叫陶健，我只叫他小健，而他也只叫我"亲爸"。

哥哥的工作在乡宁，是个老山区，小健虽然生在南贾，却基本长在乡宁的山区。从小喝着鄂河水，吃着山玉米，数着山上的石头，看着山里的云彩，学着山里人的口音，唱着山里人的山歌，一岁岁长大，成了纯纯粹粹的大山里的孩子。

后来，他才随母亲又回到我们的老家南贾村，总算是到了平川，摘掉了"山猫"的帽子。当他第一次走出吕梁山口的时候，看着一望无余的开阔天地，一眼看不到边儿的阡陌，一眼看不到头儿也数不清的密集的村庄，眼睛睁大了。原来天外有天哪，大山外面竟然是这样的广阔。

再后来，他就在汾城中学念书，最后高考又考上了山西大学省委党校大学班，当了大学生。这真是我们陶门的荣耀，陶家门里，走出了完校生，也终于走出了大学生并且还成了公务员。小健争气，他儿子也青出于蓝，竟然读研究生了。

我和小健经常见面。他一有空儿就来看我，一谈就是大半天，言来语去，让外人看来，既不像一条血脉的叔侄，也不像相差近四十岁的老少，简直就是说不来关系的老朋友。这就是我和小健的关系，亲亲的血缘关系。他让我给他的作品写跋，我不能不写，但又写不出什么。我只得绕着他的文章外围，搜索一点题外之闲话来谈一些文外之事，先报一报小健的家门以及我和他的关系，这是一。

第二，云缘。

天上的云，随风摇摆，时高时低，时聚时散，变幻无穷。风有风的自由，云有云的浪漫。我从小对云就非常感兴趣，经常对着天上的云发愣。若干年前，我曾写过一篇关于云的文字：县西是吕梁山的尾巴，县里的人叫它马头山，因为它的形状像马头。马头山的云一出峪口，就下大雨。村里民谣说，小娃家，快回家，马头山的雨来啦。有时候，光过云不下雨，那云簇簇团团高低起伏，千奇变幻万种姿态的流云，滚出山峪，引得人们翘首远观，并不停地指虎点龙，绘出无穷幻境。

云是有性格的，虽然他的性格离不开风的动力，但它自成气候，自有魅力。它凝聚起来，可以遮云蔽日，可以借风行雨；发起怒来，可以制造透明的"炮弹"，没头没脑地砸向人间。

它温柔的时候，可以穿上五彩的花衣裳，借着微风轻柔，给太阳披上一层漂亮的婚纱，在空中摇来摆去，给人们撑起一把五彩的遮阳大伞。

它浪漫的时候，在山间，在海上，自由地飘荡，撩逗着文人墨士的心，把它画在画上，写到诗里，描在文里，显示着自己的清高和虚荣。

云又是神奇的，它是神仙们登天的"高速列车"，登上霞云可以直接进入南天门。它又是天界的"地"，连云霄宝殿都在祥云里。坐上飞机，在万米高空的云端上，云层高低起伏，斜拉横拽，形成了高山峡谷，河道丘陵。随着云卷云舒，出现了高山平地，云山雾罩。这一点，吴承恩描写得最为逼真，《西游记》就是例子。

但是，云却没有根，上不及穹宇，下不及黄土，即使江河之上平起青云，也是扶摇而上，最终还是飘浮在空中，任风将它推得摇来摆去，不得自主。正因为有了这种性格，所以人们往往将之称为流云、浮云、青云、彩云、五色云。

风与云是孪生弟兄，"说风就是雨""呼风唤雨""风雨欲来""风云突变""风云变幻""翻云覆雨"等，永远分不开。但云和烟又是结拜兄弟，"乱世烟云""烟云缭绕""过眼烟云"等，两者虽然性质根本不同，但形象却差不多，都是在空中飘忽不定变幻无穷的东西。

然而云，不仅在外观上让人看到它的美丽或狰狞，而且让人从内心上也产生出许多无名感慨，彩云飘飘、高天流云、波谲云诡、风云世事，显然是对云不同的鉴赏态度。

巧的是我们两个都爱看云说云，我不仅写过关于云的文字，还胡诌过关于云的诗句，尤其是我写了一本所谓的回忆录式的册子，取名就叫《往事流云》。这个小健，写文章，又偏偏弄一个"看云闲笔"。心有灵犀，都想到了一个云字。

然而不同的是，我是用眼睛来看云，只看到云流动变幻的表象，而小健是用"心"来看云，因而由看云引发出许多许多的心思来。这些个心思，天上地下，人鬼阴阳，喜怒哀乐，六欲七情，都用简洁明了或长或短的文字，写在了一个"闲笔"上，这就是他要出版的作品的其中之一——《看云闲笔选》。

就凭了一个对云的缘分，这个序我就没理由不写，这是二。

第三，文缘。

小健是做行政工作的，基层小吏，每天也是忙得不可开交。他不吸烟，少喝酒，生性内向，不善和人多聊，和他爸的脾性很接近，有时被人目为书呆子。他唯一的爱好就是舞文弄墨，经常写篇散文，写上两首小诗。年纪轻轻，居然就在《光明日报》发了一篇叫《三味真火》的散文。在偌大的《光明日报》上，居然也能插上一脚，这在小地方，最基层，很是难得。他曾写了一大篇赞誉我的文章，叫《一个考古专家的丁村缘》，在《山西日报》几乎占了一个版；接着又写了我和我那个小宠物博美小犬的故事，发表在山西一家报纸上。

无独有偶，我也爱写一些小东西，见诸报刊的也不少，多少也出版了几本小书。我们叔侄两个情趣相投，都爱写，还经常坐在一起就写文章的事论长道短，说得津津有味，忘记吃喝。

还有就是我们俩都爱写毛笔字，经常交流交流，当然也少不了说长道短，有时还互相吹捧吹捧，觉得挺得意。

也就是这个文缘，成了我不得不为他写这个序的理由。这是三。

《看云闲笔选》很有"古味儿"。过去有一种"笔记小说"的书，较早的像《齐谐记》《搜神记》等，后来的像《聊斋志异》《阅微草堂笔记》等，再近的好像就说不出什么了。我觉得他这本书程式上有蒲松龄的味儿，形式上有纪晓岚的味儿，语言上有鲁迅的味儿。好多虽然是看云看出来的感悟或感慨，但这云是接地气的，是出自地面的"云"（此处的"云"是古语"说"的意思），读起来特别亲切。那幽默的言语，甜得像乡宁山里的野生枸杞，酸得又像山崖上发红的小酸枣，辣得像乡宁饸饹面里的辣椒，看着红，吃着辣，但还是越辣越想吃。《鄂河谣》叙写了他的年少时光，我好像能看到自己的青涩岁月；《有距离的地方》，有故事，有情感，有人物，有文化，虽然不够多的文字，却反映了他的心灵敏感、恻隐与正义善良，其中《中秋的别》曾刊发在《山西日报》，被人民网转载，写的是我的大哥2000年冬天脑出血后的小事一件，我感觉可以和朱自清先生的《背影》相提并论；《闰七月的孩子》是一本诗集，其中的《丁村吟》，写的就是我生活工作了半个多世纪的丁村的两个全国重点文物保护单位——丁村遗址和丁村民居，没有几个字，却能把这两个"国保"写透，不简单，诗是人类的灵光，这孩子内向木讷模样，何以有此灵光？

由于我和小健的关系，由于这几种缘分，我就写了这些发自内心的话。通过这些话，我想让读者们知道，我和小健都是文盲家庭出身，是这个社会，给了我们文化，给了我们知识，给了我们光明。

对于他诗文作品的出版，想了半天，我只想说，形式朴雅，语言幽默，发人深思，耐人寻味。我祝贺陶健作品的出版。前路是畅通光明的，但又是曲折的。只要有了目标，循着目标，大步前行，我相信，我们小健的文采，会放出它应有的光芒。谢谢我的侄儿，小健。

陶富海
庚子年九月二十日于丁村旧院

后　记

　　那天，微信给老同学乔琰留言："稿子快校对完了。"老乔回说："那我也得加紧了。"我发了笑脸微信表情。

　　这两年，有了把哩哩啦啦写的东西整理出来进行出版的念头，但是时而觉得文章千古事，时而觉得了无意义。有一个场景我终生不能忘记。那是早年，一次偶然机会去北京，逛图书大厦，转着，就觉得世界上的话，好话赖话，哲思情感，科学艺术，尽皆在这大厦里，在这大厦如山的书里，自己喜欢写点东西，所写的东西，话不都在这里能找到吗，还写个什么劲儿！写都没意思，出版不就是皮之不存、毛将焉附？但是觉得文章千古事的当儿，曾经给老乔说过出书的事儿，因为老乔是我高中同班同学，有才华，他的"老家山西"微信公众号办得风生水起，就说让他给我写序。老乔应了，我却在患得患失间时光荏苒。老乔说："你下定决心出版，就写。"那天之前，我想通了，出吧，是骡子是马，爱咋咋的吧。给老乔打了电话，他说："我写。"

　　就出吧，与名利无关。

　　人过五十，心性大变，未来道路似乎还不短，但看看真不可曰长，毕竟人生无常，才是常态，知此，知天命。从小喜欢写作，做过文学的梦，就一直写哪写，文章不多，却不曾辍。想想，自己真正开始写东西，竟然有三十春秋了，把这么长的时间里写的东西，能看的，不丢人的，整理出版，也算是对过往的总结，是对自己的一段生命的交代。

没有多么高深的思想，没有多么深刻苦难的体味，没有多么宏大的事业。我写的东西，就是这样，就像自己的工作不能叫事业而应叫职业一样，但是，实实在在。作为一个业余写点东西的人，我的写作原则是，写自己的心，写身边的人，写身边的事，取向是真善美，为真善美。

写作，是个人化的、孤独的事情。写作者应该是孤独者。时尚的和哗众取宠的写作，我始终怀疑其"真"的刻度。

山西有一位作家，我记得其在一本集子的前言或是后记里，就在时间的、历史的、人生的长河里，留下的、留不下的，一番分析一番讨论一番唏嘘，当时我读来深为感叹。后来又读史蒂芬·霍金的《时间简史》，更是感觉人就是沧海一粟的 n 次方。书稿出版与不出版，始终有纠结，但是，还是出吧，时时得自我鼓励或坚定一下。

能说的，该说的，都在文稿里了。再说都是多余；再说，就应该是此后新的生活、新的感受。但是还想絮叨。平时书写，并无特别规划，说好听了这正是我自由散淡性子的写照，其实是说明了我不是一个善于规划的人。这也好，保证了自己的写作，是真诚的。不想，诗文整理出来，居然跟规划了的一样，可分四册，各有其意。《鄂河谣》是童年到高中毕业期间的事，仿佛是自传，却不是自传；《有距离的地方》是一些自认为可以让人阅读不至于作呕的小散文选集；《闰七月的孩子》是上苍所赐，我只是他的一支笔，能写，就主要集中在2014年至2017年那几年的时间里（有顿悟的小意思），此前读诗但是对诗的写作一窍不通，此后想写就根本不知道该怎么写了，感恩缪斯的垂青；《看云闲笔选》是走向知天命之年的随记，有感而发而记，有话则长，无话则短，长者千余字，短则数十字，率性随记，自觉有江郎才尽之感或却道天凉好个秋的意蕴，我本无才，何谈尽，能与江淹与辛弃疾比？！噫。

此书若得出版，心有感谢。

感谢我的父亲母亲。父亲名"富山"，正义认真固执，初中文化，小公务员，曾喜欢写小说散文，无成，弄小煤矿想发财，亦无成，全家的生活，仿佛从来没有宽裕过，直到他2005年去世。母亲张清香，四十二岁去世，在我这里，除了有她的几张不够清晰的照片和对她面容同样模糊了的记忆，就是她在世时我从没有感觉到的、现在却无尽思念的对我兄弟姐妹们的爱，我婴幼时期的百日咳差点使我不能生存于世，是她每天抱着我去离家十六里的汾城医院打针才得以幸存。文章里我说，百日咳百日咳，母亲抱着我至少跑了一百天。他们给了我生命，没有他们就没有我，此书便更是无从谈起。

感谢我的叔父。叔父名"富海"，听我哥哥说他的小名叫"小狗"，没有求证，不好意思问。关于他，收有好几篇文章，短的长的。他文人气息的书法给我题写书名，他美妙的画作给我作插画，他给我洋洋洒洒写了跋。本无须感谢，他是我的亲人，但还是要感谢，他是考古学家，又是书法绘画散文的卓有成就者，他的出手，为我的书增了彩。我们叔侄，不敢说珠联璧合，但是可说相得益彰吧。在家乡襄汾县南贾村那一带，若兄弟数人，有了下一辈的子侄，老大的孩子叫老二"亲爸"。我父亲本兄妹四人，成人者就他和叔父，恰好他俩是老大老二，我就叫叔父"亲爸"。

感谢路遇。我常想，人生就是一次单向的不回的旅程。我还常常把年份比作列车，像我，乘坐的就是1968年号。写作是个人化的孤独的事情，人生却离不开人们的帮助，那些上苍让我人生旅途路遇的曾经向我伸出援手的善良的人、友好的人，有领导，有同事，有同学，有社会上的，衷心地谢谢你们。

感谢侯马。这个晋南小城！无论在哪里，和人聊天，我都会说自己是襄汾人，说自己是乡宁人，却不会说自己是侯马人，只会在侯马以外的地方说我是"侯马的"。仔细想想，自己大学分配到侯马工作，已三十年整。曾经有远方的梦，有离去的想法，而终还是在侯马扎了自己的根。侯马是春秋时期晋国晚期的都城，是唯一从文献资料记载和考古发现可以得到相互印证的晋国都城，晋国辉煌于此，三家分晋于此，是三晋之源，曾经的辉煌散尽，沉淀成一处处遗迹，侯马盟书、宫殿台基、铸铜遗址……四十余处晋国遗迹集合而成的晋国遗址，是全国首批重点文物保护单位，为一方水土打上了沉甸甸的历史的文化的印记；太行八陉最南一陉轵关陉往北的终点铁刹关，在这里厄守着一条京城通往秦陇川的古驿道；"南来北往商埠地，千车百货旱码头"，古代的商业旱码头，而今是商贸物流城……历史文化的渊源，现实生活的演进，场面铺排，市井生活，城市真的是古老、年轻、厚重、时尚、世俗、清雅，时代脚步前行，而生活又是真真实实、踏踏实实，有理想的旗帜飘扬，有眼前的庸常苟且。侯马城区的正南面，有山，叫紫金山，也叫绛山，有闲暇，我会驻足自家阳台，七楼——视线还不错——去凝视它，山亘古不语，我心有喟叹，文字却难表达，于是便只默默地望着。我，也已经是地地道道的侯马人了。

感谢生活。我常常有一种想离开此地的愿望,与生俱来,"此地",是每一个"现时"所处之地。我不知道自己何以有这样的愿望,仿佛离开,仿佛游历或者说流浪,才能得到安宁。而离开了,又会深深地思念怀想。为什么呢?这样的矛盾!也许矛盾就是生活。正是这样的生活,使我时时有写作的欲望。突然想起了苏轼的一首词:

常美人间琢玉郎,天应乞与点酥娘。尽道清歌传皓齿,风起,雪飞炎海变清凉。

万里归来颜愈少,微笑,笑时犹带岭梅香。试问岭南应不好,却道,此心安处是吾乡。

好一个"此心安处是吾乡"!

感谢帮助我出版工作的人。悟阅文化的吴秀娟女士;老同学乔琰又是写序,又是策划;同事薛文军,从编稿到打印;小小一片"鑫鑫打印店",从老板到打字员,耐心又耐心……不能一一列出,一并致谢了。

虽说有点对自己作品不至于使人很厌恶的自信,但我心里还是惶惶然,因为自己毕竟是陋室白丁,出书,究竟是对水准吃不太准。倘若书得以顺利出版,奉在读者面前,有浅薄之感,有违和之感,还请海量包涵,批评则个。

再次感谢,感谢闫建国先生、王醒安先生、乔琰先生拨冗作序,谢谢所有帮助过我和打开此书的人!

陶 健

2021 年 11 月 28 日于家中